Aus dem Englischen
von Stefanie Kersten

DAS Gefühl VON Liebe

CLARE LYDON

Kapitel 1

Natalie Hill liebte ihre Tante Yolanda aus vielen Gründen, aber leider gehörten ihre Kochkünste nicht dazu. Zum Glück konnte Yolandas Ehemann Max kochen und gewann jedes Mal die Diskussion darüber, wer für das wöchentliche Familienessen verantwortlich sein würde. So auch heute.

Der Duft des mit Rosmarin gewürzten Lammbratens, den sie gerade genossen hatten, hing noch in der Luft. Die Landhausküche ihrer Verwandten strahlte mit ihrem leicht abgenutzten Stil Wärme und Gemütlichkeit zugleich aus. An dem großen Holztisch fanden bequem bis zu acht Leute Platz. Der alte Kamin sowie die Kupfertöpfe und -pfannen, die von der Decke hingen, sorgten zusätzlich für eine angenehme Atmosphäre.

Natalie ließ die Fingerspitzen über die Kante des Esstischs streichen. Als sie fünf Jahre alt gewesen war, hatte sie sich mal damit angelegt. Der Tisch hatte gewonnen.

»Ich habe die neuen Gin-Pralinen probiert, die du vielleicht im Laden anbieten willst.« Yolanda rümpfte die Nase angewidert. »Hast du die vorher mal getestet?« Sie schob sich die letzte Gabel Senf-Kartoffelpüree in den Mund.

»Ja, hab ich. Aber anscheinend haben sie dir nicht geschmeckt?« Um das zu merken, musste man wirklich kein Hellseher sein.

Yolanda schüttelte den Kopf. Erst jetzt fiel Natalie auf, dass die blonden Haare ihrer Tante noch deutlich kürzer waren als sonst. Hatte sie sie abrasiert? Waren das die ersten Anzeichen einer Midlife-Crisis? »Überhaupt nicht. Die mit Whisky waren okay, aber bei denen mit Gin passt irgendwas nicht. Zu viel Schokolade vielleicht?«

»Zu viel Gin«, mischte Yolandas Tochter Fi sich ein. Den Blick hielt sie weiter auf ihr Handy gerichtet, auf dem sie offenbar Bestellungen bearbeitete. Yolanda hatte Fi während des Abendessens mehrfach darauf hingewiesen, dass sie das in ihrer Arbeitszeit hätte erledigen sollen, aber Fi bestand auf ihrem eigenen Zeitplan. Sie war eine hervorragende Brandmanagerin und Verkäuferin, von daher war das schon in Ordnung. Allerdings hasste sie es auch, wenn man ihr Vorschriften machen wollte.

Das Urteil der beiden bedeutete wohl, dass Natalie sich einen anderen Lieferanten suchen musste. »Das klingt ja nicht sehr begeistert. Ich hab welche dabei, wenn du deine Meinung abgeben willst, Max?«

Ihr Onkel verzog enttäuscht das Gesicht. »Aber ich habe einen Gin-Tonic-Cheesecake zum Nachtisch gemacht.«

»Der kommt sicher trotzdem weg. Man kann nie genug Gin haben.« Yolanda musste es ja wissen, denn als Inhaberin der örtlichen Gin-Brennerei war sie die Expertin. Sie wandte sich wieder an Natalie. »Aber wenn wir das perfekte Rezept für diese Pralinen gefunden haben, werden sie weggehen wie warme Semmel. Ich kann die Kasse praktisch schon klingeln hören, du auch?«

»Könnte ich vielleicht, wenn wir in 1985 leben würden, als Kassen noch geklingelt haben.« Fi legte ihr Handy weg, eine fein gezupfte Augenbraue fragend nach oben gezogen.

Yolanda schnipste ihrer Tochter gegen die Schulter. »1985 war ein denkwürdiges Jahr. Da haben wir geheiratet.« Sie beugte sich nach vorne und gab Max einen Kuss auf den Mund.

Natalie wünschte sich insgeheim, ihren Tonfall auch so schnell von tadelnd zu liebevoll ändern zu können, wie ihre Tante. »Ich gehe mal davon aus, dass sich die Kasse zumindest über die Pralinen und die Lieferung der neuen Kerzen freuen wird. Sollte sie besser auch.« Natalie zögerte kurz. »Hast du dir schon Gedanken über dieser Idee mit dem Sommerfestival gemacht? Wenn die Brennerei das Startkapital stellt, könnte das eine tolle Werbeaktion werden. Außerdem könnte es unser Image pushen.«

Yolanda lehnte sich in ihrem Stuhl zurück und strich sich über den flachen Bauch. Sie verdrückte riesige Portionen, was sich aber nie in ihrem Gewicht niederschlug. In den Augen der modernen Medizin galt sie als Wunder. Natalie dagegen war der Meinung, dass es eher daran lag, dass ihre Tante selten zur Ruhe kam und immer in Bewegung war – was Fi definitiv von ihr geerbt hatte.

Mutter und Tochter konnten kaum die Füße stillhalten und gerade hörte Natalie praktisch, wie Yolandas Geschäftssinn arbeitete.

»Müssen wir denn an unserem Image arbeiten?«, fragte ihre Tante stirnrunzelnd. »Wir sind beliebt. Und wir sitzen nicht wie die Carlisles in ihrem Schloss auf einem Haufen Geld.«

Natalie schüttelte den Kopf. »Nein, aber mehr gute Publicity schadet auch nie, oder?«

Yolanda nickte knapp. »Gutes Argument. Mir gefällt die Idee auch. Stell gerne ein Konzept zusammen, dann reden wir weiter. Schaffst du das mit der Planung und Umsetzung? Wir haben schon März.«

Natalie grinste. »Sollte kein Problem sein, gib mir eine Woche.«

Mit einem zustimmenden Laut wandte Yolanda sich wieder an Fi: »Warum fällt dir so was eigentlich nie ein, Töchterchen?«

Fis neuer Boxerwelpe Rocky machte sich unter dem Tisch bemerkbar. Seine Pfoten rutschten auf dem glatten Beton immer wieder weg. Nach einem Blick nach unten nahm Fi ihn auf den Schoß und glücklich schleckte er ihr erst einmal das Gesicht ab. Natalie war sich nicht sicher, ob das erziehungstechnisch eine gute Entscheidung war. Rocky pinkelte aufgrund seines Alters schnell mal, wo er stand und saß – und Fis Schoß war ihm da genauso recht wie jeder andere Platz.

»Weil ich alle Hände voll mit meiner Familiengründung habe. Du wolltest doch unbedingt Enkelkinder. Hier, bitte schön.« Fi winkte Yolanda mit einer von Rockys Vorderpfoten zu. Sie hatte sich ihre kurzen Haare vor Kurzem grau gefärbt und Natalies Tante war darüber nicht sonderlich begeistert. Mit ihren 56 Jahren tat Yolanda schließlich alles dafür, um das Alter aufzuhalten, und verdeckte ihre echten grauen Haare mit blonden Strähnchen. Wieso Fi also absichtlich graue Haare wollte, war ihr offenbar ein Rätsel.

»Wo wir gerade von Schokolade reden: Wollt ihr wissen, wo ich neulich was echt Leckeres probiert habe?« Fi wartete ihre Antwort gar nicht erst ab. »In der *Chocolate Box*. Keine Ahnung, wer den Laden inzwischen führt, aber deren Lieferant ist echt gut. Du solltest mal fragen, mit wem sie arbeiten.«

Natalie verschränkte die Arme vor der Brust. »Hab gehört, dass es jemand aus London ist, der hier das schnelle Geld machen will.«

Die vorherigen Inhaber, die McManns, hatten die Arbeit in ihrem Geschäft gegen Ende ein wenig schleifen lassen. Sie waren beide weit über 60 und Elijah McManns Gesundheit hatte sich zunehmend verschlechtert, weswegen sie den Laden letztendlich unter Marktwert verkauft hatten, um die Übergabe zügig abzuwickeln. Das Ganze war Natalie immer noch ein Dorn im Auge. Sie hasste es, wenn sich diese Großstadt-Idioten in kleinen Städten breitmachen wollten.

Fi zuckte mit den Schultern und schob ihren noch halb vollen Teller von sich. »Keine Ahnung, aber du solltest mal hingehen. Sie haben alles neu gemacht, sieht echt gut aus. Modern. Außerdem verkaufen sie unterschiedlichen Süßkram.« Sie zog eine Augenbraue nach oben. »Und Kerzen.«

War ja klar. »Dann müssen wir eben einfach dafür sorgen, dass unsere besser sind.«

»Da habe ich keine Bedenken, solange Natalie sich darum kümmert.« Max zwinkerte ihr zu und begann, die Teller abzuräumen. Wenn sich Natalie je wieder auf eine Beziehung einlassen würde, dann wollte sie eine wie die ihrer Tante und ihres Onkels. Im Gegensatz zu ihren eigenen Eltern waren die da ein gutes Vorbild.

»War Dad heute im Büro?«

Yolanda schüttelte den Kopf und nahm einen Schluck von ihrem Merlot. Ihr diamantbesetzter Ehering funkelte, als sie das Glas anhob. Yolanda hatte teuren Schmuck schon immer genauso sehr gemocht wie teuren Gin. Zum Glück konnte sie sich beides leisten. »Nein, er hat sich wieder krank gemeldet. Aber er hat im Homeoffice gearbeitet, du weißt ja, wie er ist.«

O ja. Seine Ehe war den Bach runtergegangen, doch er hatte sich nicht einen Tag freigenommen, um sie vielleicht doch noch zu kitten. Für ihren Vater kam Arbeit immer an erster Stelle. Auch deswegen hatte ihre Mutter ihn verlassen. »Ich fahre morgen vorbei und sehe nach ihm. Als ich ihm vorhin geschrieben habe, meinte er, dass er sich bloß ein bisschen unwohl fühlt.« Das sah ihm gar nicht ähnlich, aber sie würde dem Ganzen auf den Grund gehen.

Und sie würde auch das Schokoladenproblem lösen. Auf keinen Fall wollte sie ihre Tante enttäuschen.

»Hat Fi dir erzählt, dass sie sich eine Dating-App runtergeladen hat, in der sich Leute aus den Cotswolds kennenlernen können.« Ein Funkeln trat in Yolandas braun-grüne Augen und sie legte ihrer Tochter eine Hand auf den Arm.

Fis Wangen färbten sich rot und sie fühlte sich sichtlich unwohl, plötzlich so im Mittelpunkt zu stehen. »Noch kein Glück, also mach dir nicht zu viel Hoffnungen.« Sie warf Natalie einen Seitenblick zu. »Die Auswahl ist hier nicht besonders groß, davon können Natalie und ich ein Lied singen.«

»Dir kann doch niemand widerstehen.« Yolanda kniff Fi in die Wange, was diese jedoch sofort unterband, indem sie den Kopf nach hinten wegzog. Zumindest damit musste Natalie sich nicht mit ihrer eigenen Mutter herumschlagen, da diese vier Stunden entfernt wohnte.

»Du solltest es auch mal versuchen. Du arbeitest viel zu viel.«

Jetzt errötete Natalie. »Ich habe mehr als genug Freizeit.«

»Hast du nicht. Du bist noch keine vierzig, du solltest viel mehr ausgehen. Stattdessen arbeitest du ununterbrochen«, meinte Yolanda. »Du steckst quasi jede wache Minute in Upper Chewford oder die Brennerei.«

»Das macht mir nichts aus, ich habe Spaß daran.«

»Mir macht es was aus.« Yolanda stupste ihr mit dem Zeigefinger gegen die Brust. »Du könntest doch mal zu dieser Herzblatt-Veranstaltung in den Pub gehen. Da sind immer Frauen aus der Gegend dabei, und außerdem würdest du Eugenie damit einen Gefallen tun.«

Natalie seufzte. Eugenie, die Besitzerin des *Golden Fleece*, war eine gute Freundin von Yolanda. Aber das hatten sie alles schon so oft durchgekaut. »Ich will nicht mit Harry ausgehen, das habe ich dir schon gesagt. Und hat sie nicht ohnehin was mit Josie am Laufen?«

»Nein, Josie ist wieder zurück in die USA«, warf Fi ein.

»Ich bin nicht gern die zweite Wahl. Außerdem wisst ihr genau, dass ich nicht gerne vor Leuten spreche.« Seit einem Vorfall in ihrer Schulzeit mied Natalie das Rampenlicht, wo sie nur konnte.

»Du musst da vor niemandem sprechen. Du stellst vorbereitete Fragen, ist wirklich keine große Sache. Außerdem sind da noch zwei weitere Frauen außer Harry.«

Natalie schloss die Augen. Sollte sie das machen? Sollte sie zustimmen, damit ihre Tante das Thema endlich ruhen ließ? Sie stand dabei immerhin nicht auf einer Bühne, das war ihre größte Angst. Und im Pub fühlte sie sich immer wohl. Sie kaute auf ihrer Unterlippe herum, während sie den Vorschlag abwog. »Lässt du mich in Ruhe, wenn ich darüber nachdenke?«

Yolanda grinste sie honigsüß an. »Ja. Mehr wollte ich gar nicht hören.« Sie zwinkerte Natalie zu.

»Ich sag Eugenie, dass du so gut wie zugesagt hast.«

Kapitel 2

Ellie Knap schaute aus dem größten Fenster des Cottages. Dieser Ausblick hatte sie zur Unterschrift des Mietvertrags bewogen: saftig grüne Wiesen und ein strahlend blauer Himmel. So ganz anders als die Aussicht in ihrer Londoner Wohnung. So viel anders als in London hatte ihr Morgen heute allerdings nicht begonnen, denn sie hatte bereits drei Schmerztabletten intus. Zwei nach Einnahmeempfehlung auf der Packung und eine zusätzliche. Jetzt massierte sie sich die Schläfen, während sie wartete, dass das quälende Pochen in ihrem Schädel nachließ. Sollte sie noch eine nehmen? Sie verzog das Gesicht. Nein. Sonst endete sie wie einer dieser amerikanischen Sitcom-Stars – in einer Schmerzmittelabhängigkeit. Eigentlich hatte die viele frische Luft sie von den Kopfschmerzen befreien sollen, aber noch war die erhoffte Wirkung nicht eingetreten.

In diesem Moment riss das Geräusch eines Autos, das ihre Einfahrt herauf kam, sie aus ihren Gedanken. Ein kurzer Handgriff ließ die Kaffeemaschine zum Leben erwachen. Vielleicht hätte eine Runde Joggen die Kopfschmerzen vertrieben. Aber sie war seit fast einem Jahr nicht mehr laufen gewesen – noch ein Umstand, den sie mit dem Umzug auf das Land hatte ändern wollen.

Ellie hörte, wie draußen eine Autotür zugeschlagen wurde und rieb sich ein letztes Mal über die Schläfen, bevor sie ihr überzeugendstes Lächeln aufsetzte. Ihre Schwester Red kam für eine Woche zu Besuch und Ellie wollte, dass sie einen schönen Urlaub in den Cotswolds verbrachte. Vielleicht würde sie ihr dann nicht mehr damit in den Ohren liegen, dass Ellie sich hier vor der Welt versteckte und ein Einsiedlerleben führte. Als könnte Red da mitreden, wo sie doch ein perfektes Leben zwischen perfekt manikürten Rasenflächen in Hampshire führte.

Ellie riss die Tür auf und wurde im nächsten Moment in eine Umarmung gezogen. Mit 1,75 Meter war sie keine kleine Frau, aber Red überragte sie mit ihren knapp einsachtzig Meter um ein gutes Stück.

»Wie geht's meiner Schwester in ihrem Kloster-Exil?« Red gab sie wieder frei und hielt sie auf einer Armlänge Abstand fest. »Du hast abgenommen.« Sie runzelte die Stirn. »Das hätte es nach der Sache mit Grace nicht auch noch gebraucht. Ich kenne keine Frau, die einen unpassenderen Namen trägt. Ich lebe praktisch nur von Koffein und Schokolade, aber ich schwöre, ich hab diese Woche schon wieder zugenommen.« Red schnappte sich Ellies Hand und diese kniff sie pflichtbewusst in den nicht vorhandenen Hüftspeck.

»Sag's ruhig, ich bin fett geworden, seit wir uns das letzte Mal gesehen haben, oder? Sei ehrlich, ich brauch das. Gareth meint immer nur, dass ich dummes Zeug rede.«

Gareth war Reds duldsamer Ehemann. Ellie verdrehte die Augen. »Du redest dummes Zeug. Ich bin da ganz bei Gareth. Wie wissen beide, dass du essen kannst, was immer du willst.« Sie umarmte ihre Schwester noch einmal und hielt sie ein bisschen länger fest als nötig. Nachdem sie in den letzten Wochen mit fast niemandem gesprochen hatte, war der Anblick eines vertrauten Gesichts erfrischend. Insbesondere von einem Menschen, der sie kompromisslos unterstützte.

Red hielt Ellies Hand noch immer umfasst und zog sie nun in die Küche. Sie stellte ihre schwarze Prada-Lederhandtasche auf einem der Hocker an der Frühstückstheke ab und holte eine kleine weiße Schachtel heraus. Neue Schokoladenkreationen. Ellie war immer Reds Versuchskaninchen gewesen, als sie sich vor Jahren eine Wohnung geteilt hatten. Manchmal vermisste sie diese unbeschwerte Zeit.

»Welche Sorte?« Ellie hob den Deckel an, auf dem in silberner Schrift *Red Chocolatier* eingeprägt war.

»Mach uns einen Kaffee, dann probieren wir zusammen. Kokosnuss mit einem Hauch Kirsche. Die Idee ist mir letztes Jahr in Australien gekommen. Dort gibt es Schokoriegel mit Kokos und Kirsche, eine unglaublich tolle Kombination. Wenn sie dir schmecken, bring ich dir ein paar für deinen Laden. Ich hab schon welche an meine eigenen Kunden verschickt und das Team muss sie am laufenden Band nachproduzieren.« Sie zwinkerte Ellie zu. »Ich denke, das wird ein voller Erfolg werden.«

Ellie stellte eine Kaffeetasse unter die Ausgabe der Maschine und drückte auf den grünen Knopf, bevor sie sich eine Praline in den Mund schob. Als sich die herrlichen Geschmacksnuancen auf ihrer Zunge ausbreiteten, hielt sie einen Moment inne. Das war absolut köstlich. In letzter Zeit waren Glücksmomente rar gesät gewesen, aber auf Reds Pralinen war immer Verlass. Ellie dankte dem Schicksal dafür, dass ihre Schwester Schokoladenmeisterin geworden war und nicht Buchhalterin. Damit würde sie Ellie zwar einiges an Steuern sparen, aber es wäre bei Weitem nicht so lecker.

»Schmeckt's?«

Ellie fuhr sich mit der Zunge über die Zähne, bevor sie antwortete. »Unglaublich gut. Aber ich belasse es bei einer, sonst gibt es pures Hüftgold.«

»Ach komm schon«, entgegnete Red. »Wann hast du das letzte Mal was anderes als Marmite auf Toast gegessen?«

Ellie versuchte, das Marmite-Glas auf der Anrichte zu verstecken, scheiterte aber kläglich.

Red griff über die Theke und schnappte es sich, um es ihr triumphierend vor die Nase zu halten. »Beweisstück A.« Sie schüttelte den Kopf. »Wann hast du das Haus das letzte Mal verlassen außer zum Einkaufen?«

Ellie hatte bereits in einem Telefonat mit Red zugeben müssen, dass sie eigentlich nur zweimal vor die Tür gekommen war, um das Nötigste zu besorgen. »Ich hab dir schon gesagt, dass ich eine Auszeit von allem brauche. London hat mich geschafft. Ich nehme mir ein bisschen Zeit für mich selbst.«

Red seufzte und stellte das Glas wieder auf die Arbeitsfläche. »Machst du das denn? Verbringt man Zeit mit sich selbst nicht normalerweise mit Wellness, in Yoga-Ressorts? Oder klettert man nicht auf Berge, um sich oben angekommen so richtig frei zu fühlen?« Sie machte eine ausladende Geste. »Du hast hier die pure ländliche Idylle, aber von *Eat, Pray, Love* sehe ich hier nicht viel. Die Frau ist nach Italien gereist und hat alles mitgenommen, was ihr dort geboten wurde. Du bist in die Cotswolds gezogen und hast kapselst dich von allen ab.«

Ellie gab einen Schuss Milch in Reds Kaffee, bevor sie den Karton zurück in den Kühlschrank stellte. »Du liest zu viel *Marie Claire*. Das Leben ist kein

Hochglanzmagazin. Es ist kompliziert und anstrengend. Ich hab diese Zeit gebraucht.«

Red nahm ihren Kaffee entgegen und zog Ellie hinüber zum Sofa auf der anderen Seite des Wohnraums.

»Du musst mal wieder rausgehen. Wieder in Kontakt mit anderen Menschen und dem Leben kommen.« Red griff nach Ellies Hand und strich mit dem Daumen über ihre Fingerknöchel. »Und du brauchst dringend Handcreme, darum kümmern wir uns heute Nachmittag.« Als sie lächelte, zeigten sich kleine Fältchen um ihre Augenwinkel. Doch wenigstens erreichte Reds Lächeln ihre Augen, was Ellie von ihrem Eigenen in letzter Zeit nicht behaupten konnte.

Red musterte sie von unten bis oben. »Du siehst dünn und traurig aus. Deine hübschen blauen Augen strahlen nicht mehr. Und du musst mal wieder zum Friseur.«

Gott, Menschen konnten so undiplomatisch sein, wenn man mit ihnen verwandt war. Ellie fuhr sich mit einer Hand durch die nachtschwarzen Haare. Red hatte recht. Sie betrachtete das perfekt geschminkte Gesicht und die hübsch frisierten, rot gefärbten Haare ihrer Schwester. Wenn Red jemals eine schwere Zeit in ihrem Leben durchgemacht hatte, wusste Ellie nichts davon.

»Ich weiß. Aber es ist *schwer*, einen neuen Friseursalon zu finden.«

»Dann erledigen wir das heute. Der einzige Punkt auf unserer Tagesordnung.« Red schüttelte erneut den Kopf. »Ich dachte, dass dein Umzug hierher deine Fahrkarte in ein glücklicheres Leben ist. Du hast letztes Mal schon gesagt, dass sich etwas verändert, aber tut es das auch?«

Ja, das hatte Ellie ihr erzählt. Aber dieses Mal würde sie es wahr machen. »Es verändert sich einiges. Das sind meine letzten Wochen in diesem Cottage. Die *Chocolate Box* läuft gut – hauptsächlich dank dir und Donna – und der Verkauf der Eisdiele ist durch. Ich treffe mich morgen früh mit der Maklerin zur Schlüsselübergabe.«

Reds Gesichtsausdruck entspannte sich etwas. »Gut. Genau das brauchst du. Du musst wieder unter Leute kommen und aufhören, dich mit deinem Toast vor allem zu verstecken. Was würde dein Londoner Fitnesstrainer dazu sagen, dass du dich nur von Kohlenhydraten ernährst?«

Ellie lachte und diesmal war es ehrlich. Darauf konnte sie bei Red immer zählen. »Ich glaube nicht, dass er noch mal mit mir sprechen würde.«

Ihr Personal Trainer Bryan, der sich selbst nur von Eiweiß und Gemüse ernährte, wäre entsetzt. Aber nach sechs Monaten auf dem Land erschien ihr London so unglaublich weit weg. Sechs Monate, in denen ihr nur Schafe Gesellschaft geleistet hatten.

In London hatte Ellie eine erfolgreiche Karriere als Finanzanalystin zurückgelassen. Die Kopfschmerzen, die sie täglich quälten, zeugten von ihrem Erfolg. Aber dann, nachdem sie Grace mit ihrer Assistentin und Officemanagerin in flagranti erwischt hatte, war etwas in ihr zerbrochen. Ellie hatte die Notbremse gezogen, war von der Karriereleiter gestiegen und hatte es keine Sekunde lang bereut.

Nun war es an der Zeit, ein neues Kapitel in ihrem Leben aufzuschlagen. Aber sie hatte eine Heidenangst davor. Würde sie sich unter neuen Leuten zurechtfinden? Würde die Dorfgemeinschaft sie und ihre Eisdiele mit offenen Armen aufnehmen?

Die mutige, selbstbewusste Londoner Ellie hätte es einfach angepackt und durchgezogen. Diese Seite war immer noch irgendwo in ihr. Sie musste sie nur wieder herauslocken.

»Bist du wenigstens mal in der grandiosen Landschaft joggen gegangen, in der du hier wohnst? Gareth und ich haben heute Morgen zehn Kilometer geschafft, bevor ich losgefahren bin.«

Ellie verdrehte die Augen. »Du bist ja auch Superwoman und lebst ein Leben, das keiner nachmachen kann. Ich habe mich noch eine Runde im Selbstmitleid gesuhlt. Außerdem hat es viel geregnet.«

Red schüttelte den Kopf und zog ihre Schwester noch einmal in die Arme. »Ich mache mir Sorgen um dich, das weißt du, oder? Irgendwer muss es ja. Unsere Eltern sind da zu nichts zu gebrauchen.«

Darüber musste Ellie herzlich lachen. »Nein, wirklich nicht.« Sie setzte sich etwas gerader hin. »Aber wie schon gesagt: Ich fahre morgen ins Dorf und hole die Schlüssel ab. Ist noch viel Arbeit, aber die Baufirma hat gemeint, dass sie es in fünf Wochen schaffen. Mit ein bisschen Glück kann ich Ende April aufmachen. Joggen war ich zwar nicht, aber ich bin auch nicht nur herumgesessen.«

Die Eisdiele musste komplett umgebaut werden, da der Vormieter des Ladens dort eine Schneiderei betrieben hatte. Die *Chocolate Box* hatte Ellie übernommen, weil der Preis gut gewesen war und alles andere mit Red als Geschäftspartner dumm gewesen wäre. Außerdem hatte Red dort ihre Freundin Donna als Geschäftsführerin eingesetzt, was Ellie vom Tagesgeschäft entband. Sie musste nur für alles blechen. Doch die Eisdiele war ihr Baby, und da würde sie bei jedem Schritt selbst Hand anlegen. Bislang hatte sie ihre Arbeitstage damit verbracht, Zahlen in Tabellen zur Kooperation zu überreden – blieb nun die Frage, wie sie sich im täglichen Umgang mit der Kundschaft schlagen würde. Aber das würde sie wohl bald herausfinden.

»Gut.« Red runzelte die Stirn. »Wann holst du morgen die Schlüssel ab?«

»Irgendwann nach vier.«

»Um die Uhrzeit habe ich eine Telefonkonferenz angesetzt. Wie weit ist es bis nach Upper Chewford?« Red griff nach ihrer Kaffeetasse.

»Etwa 15 Minuten mit dem Auto.«

»Können gleich mal mit dem Rad hinfahren? Ein bisschen frische Luft würde dir guttun und ich habe die Räder mitgebracht.«

Ellie zögerte einen Moment lang, nickte dann aber. »Klar, warum nicht.«

Red grinste. »Dann Kaffee austrinken und los geht's. Du kannst mir deine neue Eisdiele zeigen und auf dem Rückweg gehen wir Mittagessen.«

Red hatte vergessen, die Fahrradhelme einzupacken, aber Ellie fuhr sowieso lieber ohne. Als sie sich den Hügel zum Radweg hinunterrollen ließen, der durch die Felder nach Upper Chewford führte, vergaß sie einen Moment lang alle Sorgen. Red hatte recht. Sie musste nur mal wieder den Wind im Haar und die Sonne auf der Haut spüren. Lächelnd hob sie das Gesicht den warmen Strahlen entgegen. Sogar ihre Kopfschmerzen ließen etwas nach.

»Das ist großartig!« Der Fahrtwind trug ihr Red Worte entgegen und Ellie konnte die Freude ihrer Schwester deutlich hören. Ein Großteil von Reds

Schokoladenkundschaft wohnte in ihrem Heimatdorf in Hampshire und sie fuhr immer mit dem Rad zu ihnen, wenn sie konnte. »Viel besser als im Auto zu sitzen.«

Ellie nickte und sog tief den Duft der Felder, den öligen, scharfen Geruch des Rapses ein, der auf ihnen angebaut wurde. Ein Auto passierte sie in entgegengesetzter Richtung, als sie auf den unbefestigten Weg abbogen, der für Spaziergänger und Radfahrer gedacht war. Jetzt, Mitte März und außerhalb der Ferienzeit, war hier kein Mensch unterwegs. Sie fuhren nebeneinander weiter.

»Hast du dich eigentlich schon für einen Namen entschieden?«

»Für die Eisdiele?« Ellie warf Red einen Seitenblick zu, die sich gerade etwas aus dem Gesicht wischte.

»Ja.«

Sie schüttelte den Kopf. »Noch nicht. Ich will was Witziges, das hängen bleibt, aber nicht zu sehr nach Großstadt klingt. Ich will mich gut einfügen, nicht unangenehm auffallen. Das ist einer der Gründe, warum ich den Namen der *Chocolate Box* behalten habe.« Red hatte für einen moderneren Namen plädiert, aber in diesem Punkt war Ellie hart geblieben. Sie hoffte, die Einheimischen so von sich überzeugen zu können. Ob das geklappt hatte, würde sie herausfinden, sobald sie selbst ihren Laden eröffnete.

Sie blickte in eine goldene Zukunft – zumindest sagte Red das immer. Sie musste es nur angehen. Was Grace gerade wohl machte? Ellie warf einen Blick auf ihre Armbanduhr: 10 Uhr morgens. Wahrscheinlich saß sie gerade auf ihrer Schreibtischkante, das Handy zwischen Schulter und Ohr eingeklemmt und bellte Zahlen ins Telefon.

Ellie umfasste die Handgriffe des Fahrradlenkers ein wenig fester und trat kräftiger in die Pedale. In diesem Moment ging ihr etwas auf: Grace war Teil ihres früheren Lebens. Ihr neues Leben zeigte sich gerade auf diesem Fahrrad und in ihren protestierenden Muskeln.

Ihr altes Leben war auf Autopilot eingestellt gewesen, und an ihr vorbeigezogen. In ihrem neuen wollte sie sich im besten Sinn die Hände schmutzig machen. Anders als ihre Schwester, die gerade neben ihr wild gestikulierte. »*Scoop-a-licious*? *The Ultimate Scoop*? *Ice Ice Baby*?« Red unterstrich jeden Vorschlag mit einem ausladenden Schwenk und ihr Rad schlingerte wild nach links und rechts. Irgendwann erwischte sie sogar Ellie.

Diese konnte sich nur mit Mühe aufrecht halten und musste aufpassen, dass sie nicht im nächsten Dornenbusch landete. Sie bremste scharf und stützte sich mit einem Fuß auf dem Boden ab, damit ihr Puls sich wieder etwas beruhigen konnte. »Hey!« Kurze Bestandsaufnahme – alle Körperteile noch dran. »Pass doch auf, wo du hinfährst.«

Red stoppte und grinste sie verlegen an. »Tut mir leid. Die Namensfindung für die Eisdiele hat mich ein bisschen mitgerissen. Aber die waren doch gut, oder?«

Ellie verdrehte die Augen, ehe sie ihren Weg Seite an Seite fortsetzten. »Sie waren tatsächlich nicht schlecht«, räumte sie schließlich ein. »Du verschwendest dein Talent im Schokoladenbusiness. Geh doch ins Marketing oder in die Markenentwicklung.«

Ihre Schwester lachte schallend, behielt aber die Hände brav am Lenker. »Ich weiß. Aber ich würde wahrscheinlich schon beim ersten Meeting jemanden umbringen, also bleibe ich lieber in meiner Küche.«

»Als wärst du je in deiner Küche geblieben.« *Red Chocolatier* war auch deshalb so erfolgreich, weil Red selbst die Marke war. Sie war schon von Hochglanzmagazinen und Tageszeitungen interviewt worden, und ihre Schokoladenkreationen standen auf jedem Wunschzettel für handgemachte Köstlichkeiten.

»*The Ultimate Scoop* gefällt mir.« Der Pfad machte eine Biegung nach rechts in Richtung des Flusses Ale. Zu Fuß war sie hier schon ein paarmal unterwegs gewesen. »Das könnte gut passen.«

Eine Weile fuhren sie schweigend weiter, begleitet vom Zwitschern der Vögel und dem Rauschen der Baumkronen. Sie verließen den Weg und rollten ins Dorf. Red stieß einen lang gezogenen Pfiff aus. »Ist das Upper Chewford und die Brücken, von denen du erzählt hast?«

Ellie nickte und der Anblick brachte sie zum Lächeln. »Ist es.«

Der Ale im Süden des Dorfes war mit seinen etwa zehn Metern Breite und einem knappen Meter Tiefe zwar eher ein größerer Bach, aber das störte die

Enten, die ihn bevölkerten, wenig. Auf der ganzen Länge des Dorfes führten zahlreiche winzige Fußgängerbrücken, auf denen jeweils nur drei oder vier Menschen gleichzeitig Platz fanden, über das Wasser. Entlang des Bachs reihten sich etliche Cottages, Pubs und üppige Gärten aneinander. Die Gebäude waren aus dem gelblichen Sandstein erbaut worden, der so typische für die Cotswolds war.

»Diese Brücken sind so niedlich! Aber dank des fehlenden Geländers landet da bestimmt der ein oder andere Pub-Besucher mal im Wasser.«

»Ich weiß«, meinte Ellie. »Mein neues Dorf ist echt goldig. Warte mal, bis du den Marktplatz siehst, wo auch das Ultimate Scoop ist. Sieht aus, als hätte jemand die Kulisse eines *Fünf Freunde*-Romans mit *Gilmore Girls* gekreuzt.«

»Wenn es einen Diner gibt, bei dem Luke hinter der Theke steht, können wir dort sehr gerne Mittagessen.«

Ellie schüttelte den Kopf. »Kein Diner. Aber wenn die Eisdiele gut läuft, könnte das meine nächste Geschäftsidee werden.« Sie passierten eine junge Frau mit einem Boxerwelpen an der Leine, der sie aufgeregt anbellte.

»Wolltest du nicht auf dicke Londoner Hose machen und einfach das ganze Dorf aufkaufen?«

»Hab ich doch glatt vergessen«, antwortete Ellie grinsend. »Aber du hast recht. Mit deiner Hilfe werde ich diese Woche zur echten Cotswolderin, die sich perfekt in die Dorfgemeinschaft eingliedert. Lass uns über die Brücke da fahren, auf der die Frau steht. Der Platz ist nur ein Stück weiter, glaube ich.«

»Kann's kaum erwarten, dein neues Reich zu sehen«, meinte Red. »Aber versprich mir bitte, dass du kein Bananeneis auf die Karte nimmst, oder? Alles mit Bananen sollte verboten werden.«

»Ich liebe Bananen!« Ellie Rad schlingerte ein wenig, als sie sich umdrehte. Einen Sturz in den Fluss konnte sie nicht gebrauchen. Das wäre kein guter Start in ihr Leben in den Cotswolds. »Ich hatte an Banane mit Karamell gedacht. Oder vielleicht Banoffee.«

Red steckte sich zwei Finger in den Mund und machte ein Würgegeräusch. Doch dadurch verlor sie die Kontrolle über ihr Rad und fuhr direkt in Ellie rein, als sie ausscherte. Und dieses Mal machte auch Ellie einen Schlenker, als Reds Arm sie traf.

Keine gute Idee auf einer gerade mal drei Meter breiten Brücke. Sie hielt direkt auf eine zierliche Frau mit kurzen Haaren zu, die sich der Gefahr nicht bewusst war, die auf sie zurollte.

Panik breitete sich in Ellie aus und sie versuchte verzweifelt, die Kontrolle über ihr Fahrrad zu behalten. Sie drückte beide Bremsen und schwenkte noch weiter nach links. Im gleichen Moment drehte die Frau sich zu ihr um.

»Was machen Sie denn?«, rief die Frau erschrocken und machte einen Satz zur Seite. Unglücklicherweise stolperte sie dabei und taumelte nach hinten.

Ellie wollte sie noch warnen, da sie sich zu nah an der Kante der Brücke befand. Ihr Rad kam schlitternd zum Stehen und ließ kleine Steinchen aufspritzen. Die Frau machte einen Schritt nach hinten, als sie von ihnen im Gesicht getroffen wurde. Das brachte sie erneut ins Straucheln und plötzlich war da keine Brücke mehr unter ihrem Fuß, als sie weiter zurückwich.

»Nein!«, schrie Ellie erschrocken auf, ließ ihr Fahrrad los und rannte auf die Frau zu.

Zu spät.

Der Abgang der Fremden von der Brückenkante war beinahe elegant. Mit einem lauten Platschen landete sie im Wasser und das Geräusch übertönte sogar Ellies dröhnenden Herzschlag. Die Zeit schien stillzustehen und einen Moment lang herrschte Totenstille.

Ellie schloss die Augen. *Scheiße.*

Als sie sie wieder öffnete, kam die Frau prustend auf die Beine. Hoffentlich bedeutete das, dass sie sich nicht verletzt hatte. Es war bestimmt ein gutes Zeichen. Allerdings befand sie sich noch immer im Fluss. Wasser rann ihr über das Gesicht, tropfte aus ihren Haaren und ihre Kleidung war komplett durchnässt. Ihre Laufkleidung deutete darauf hin, dass sie gerade beim Joggen gewesen war oder zumindest auf dem Weg dorthin.

Ellie hatte keine Ahnung, wie sie sich dafür entschuldigen sollte. Was musste ihre Schwester auch solchen Blödsinn veranstalten.

Sie lehnte sich über die Brückenkante und hoffte, dass sie zerknirscht genug aussah. »Geht es Ihnen gut? Es tut mir so leid, das war unsere Schuld.« Ellie schüttelte den Kopf. So stellte man sich dem Dorf gleich mal richtig positiv vor.

Red trat mit hochrotem Kopf neben Ellie. »Es war meine Schuld, ich habe sie geschubst.« Sie streckte eine Hand nach unten aus. »Können wir Ihnen helfen?«

Die Frau schwenkte ihre Arme ein paarmal und watete dann kopfschüttelnd zum Ufer. »Es gibt hier zehn Brücken. Auf den anderen war kein Mensch unterwegs, warum musstet ihr unbedingt die nehmen, über die ich gehe?«

Ellie wäre am liebsten im Erdboden versunken. Genau das war der Grund, warum sie selten vor die Tür ging. Man konnte sie schlicht nicht in die Gesellschaft anderer Menschen lassen. Aber das musste sich ändern, nicht wahr? Also ließ sie ihr Rad liegen und sprintete zu der Stelle, auf die die Frau gerade zuhielt, um ihr von dort aus eine Hand anzubieten.

Die Frau sah auf und starrte sie aus kastanienbraunen Augen finster an, was Ellie ihr nicht verdenken konnte. Sie ignorierte die angebotene Hand und stemmte sich auf das Ufer hoch, wo sie sich zitternd aufrichtete. Der Frühlingsmorgen war zwar nicht eiskalt, das Wasser aber mit Sicherheit schon. Die Brustwarzen der Frau zeichneten sich deutlich sichtbar unter ihrem Oberteil ab und Ellie musste aufpassen, nicht zu starren.

»Es tut mir so, so leid.« Das machte es wahrscheinlich auch nicht besser.

Die Frau wirkte auch kein bisschen erfreuter. »Wenn Sie nicht gelernt haben, wie man ordentlich Fahrrad fährt, steigen Sie halt das nächste Mal ab, bevor Sie über eine Brücke fahren. Wäre für alle Beteiligten sicherer.«

Ellie biss die Zähne zusammen, nickte aber. »Ich kann mich gar nicht genug entschuldigen. Darf ich Sie auf einen Kaffee einladen, damit Sie sich wieder aufwärmen?«

Das entlockte der Frau immerhin ein Lächeln, das ihr ganzes Gesicht erhellte. In Ellies Magen regte sich ein Gefühl.

»Ist eigentlich nicht der richtige Zeitpunkt, um mich um ein Date zu bitten.« Sie seufzte. »Ich muss mir was Trockenes anziehen. Versuchen Sie einfach, heute niemanden sonst in den Fluss zu befördern, okay?«

Damit ließ sie Ellie einfach stehen und marschierte davon, ohne sich noch einmal umzudrehen.

Ellie konnte es ihr nicht verübeln. Sie ging zu Red zurück, die immer noch mit zerknirschten Gesichtsausdruck bei den Fahrrädern stand.

»Du bist so blöd, weißt du das?«

»Ich bin nur leicht zu begeistern. Normalerweise mögen die Leute das an mir.« Red zog den Kopf ein wenig zwischen die Schultern. »Denkst du, dass Schritt eins des Plans gelungen ist, uns gut ins Dorf einzufügen?«

»Hätte nicht besser laufen können.«

Kapitel 3

Natalie steckt die Flasche Yolanda-Gin in eine braune Papiertüte und schenkte der Kundin ein Lächeln. »Lassen Sie ihn sich schmecken. Und denken Sie dran, am leckersten ist er auf Eis mit einer Scheibe rosa Grapefruit.«

Die Frau nickte. »Rosa Grapefruit, ist notiert.« Die Metallglocke über der Tür klingelte, als sie den Laden verließ.

Natalie ließ den Blick durch den Brennereiladen schweifen, über den polierten, dunklen Holzfußboden, die stabilen Holzregale und die Verkostungsecke auf der gegenüberliegenden Seite des Raums. Es war vielleicht nicht jedermanns Sache, aber sie liebte ihr kleines Geschäft so, wie es war. In der letzten Stunde hatte das Geschäft gebrummt und ihr Stellvertreter Guy war gerade beim Zahnarzt. Endlich war der Laden wieder leer und es kehrte nach dem Mittagshoch ein wenig Ruhe ein. Die Gin- und Whiskyregale mussten dringend aufgefüllt werden, also ging Natalie zur Theke und entnahm den rustikalen Unterschränken vier Flaschen.

Der Gin-Boom war für Yolanda und ihre Brennerei gerade zur rechten Zeit gekommen. Natalie machte sich eine Notiz, Yolanda dran zu erinnern, ihr schnellstmöglich die neuen Geschmacksrichtungen zu liefern, die sie ihr versprochen hatte. Und dass sie zusammen mit Max in der kommenden Woche zum Abendessen vorbeikam. Natalie hatten ein neues Curry-Rezept gefunden, das ihnen sicher schmecken würde.

Ihr Blick fiel auf die mit Alkohol gefüllten Schokoladenkostproben. Yolanda hatte recht gehabt, die Schokolade war zu bitter. Das hatte Natalie heute schon einen unangenehmen Anruf beim Lieferanten abverlangt, um ihm mitzuteilen, dass sie nicht bei ihm bestellen würde. Die Firma hatte ihren Sitz in Cheltenham, wodurch sie den Mitarbeitern immerhin nicht hier im Dorf über den Weg laufen würde.

Also alles wieder auf Anfang. Immerhin verkauften sich die Kerzen, die Souvenir-Geschirrtücher und Untersetzer sehr gut. Natalie konnte die Sache mit den Geschirrtüchern nicht so richtig nachvollziehen, aber die Touristen liebten die Dinger und die Gewinnspanne war exzellent.

Durch das Schaufenster des Ladens sah man den Marktplatz des Dorfs, der Eingang befand sich jedoch in einer kopfsteingepflasterten, schmalen Nebengasse. Im Geschäft gegenüber hatte früher Mr Clarke seine Schneiderei betrieben, aber seit er vor drei Monaten in Ruhestand gegangen war, stand es leer. Natalie hatte mitbekommen, dass Jodie von der Immobilienvermittlung Cotswolds Estates jemanden herumgeführt hatte, aber wofür die Räume zukünftig genutzt werden sollten, war noch nicht bekannt. Es gab Gerüchte über die Eröffnung eines Cafés oder einer Eisdiele. Im Prinzip war es ihr auch egal, solange bald jemand dort einzog. Leerstände direkt am Marktplatz gaben kein gutes Bild ab. Außerdem würde ein gut laufender Laden auch ihrem eigenen Zulauf verschaffen.

Das Klingeln des Telefons riss sie aus ihren Gedanken. Sie schnappte sich den altmodischen, etwas unhandlichen Hörer und hob ihn ans Ohr.

»*Yolanda's Distillery Shop*, wie kann ich Ihnen helfen?«

»Natalie? Hier ist Eugenie. Ich rufe wegen der Herzblatt-Veranstaltung an. Ich weiß nicht, ob du's schon gehört hast, aber letzte Woche war ein voller Erfolg. Es waren noch nie so viele Leute da. Da kam mir die Idee, dass ich auch eine Veranstaltung für Lesben machen könnte, weil wir ja jetzt welche im Dorf haben.« Eugenie kannte andere Lesben außer Natalie? »Yolanda meinte, dass du dabei wärst. Passt dir nächste Woche?«

Aus der Nummer kam sie wohl wirklich nicht mehr heraus. Seit sie sich von Ethan getrennt hatte, wartete das ganze Dorf, dass sie wieder mit jemandem zusammenkam. Vielleicht würde sie bei so was irgendwen kennenlernen. Vielleicht wartete die Frau ihrer Träume just an diesem Abend im Pub auf sie. Sollte ja vorkommen.

»Wann genau?«

»Wie wäre es am Mittwoch? Das gibt dir eine Woche Zeit, dir über dein Outfit Gedanken zu machen und dir ein paar Fragen zu überlegen?«

»Okay. Ich ruf dich am Wochenende an, dann können wir die Einzelheiten klären.«

Sie verabschiedeten sich und Natalie starrte geschlagene zehn Sekunden lang ins Leere. Hatte sie einen riesigen Fehler gemacht? Das würde sie wohl unweigerlich herausfinden.

In diesem Moment bog ein schwarzer Land Rover in die Gasse ein und hielt direkt vor ihrer Eingangstür, womit er sie prompt versperrte. Jemand stieg aus, eine Autotür wurde zugeschlagen. Vielleicht gab derjenige nur etwas ab. Natalie wartete ein paar Minuten, aber es tat sich nichts. Was sollte das denn? Schließlich war das kein Parkplatz.

Die Glocke über der Tür bimmelte wie immer, als Natalie auf die Straße hinaustrat. Sie quetschte sich an dem Auto vorbei und versuchte, die Ruhe zu bewahren, obwohl sich Anspannung in ihrem Körper ausbreitete. War das ihr neuer Geschäftsnachbar? Wenn ja, war das kein gutes Omen. Sie atmete noch einmal tief durch, als sie die Ladentür erreichte und entdeckte eine Frau im Inneren.

Aber es war nicht irgendeine Frau. Es war die Radfahrerin vom Vortag. Die, wegen der sie zum ersten Mal in ihrem Leben im Fluss gelandet war. Fi war betrunken schon unzählige Male reingefallen, das gehörte für sie praktisch zu einem Partyabend dazu. Für Natalie war das dagegen eine Premiere gewesen. Eine, auf deren Wiederholung sie gerne verzichten konnte, denn trotz der frühlingshaften Temperaturen war das Wasser verdammt kalt gewesen.

Als die Frau im Geschäft Natalie vor der Tür bemerkte, huschte eine ganze Reihe von Emotionen über ihr Gesicht, bevor sie ein unsicheres Lächeln aufsetzte. Sie zögerte kurz, öffnete dann aber die Tür. »O hallo!«

Offenbar hatte sie sich für fröhlich und herzlich entschieden. Interessante Wahl.

Sie musterte Natalie von oben bis unten. »Sie sind trockener als bei unserer letzten Begegnung.« Ein verlegenes Lächeln. »Noch mal Entschuldigung deswegen.«

Natalie verschränkte die Arme vor der Brust. »Ich hab es überlebt, wie Sie sehen.«

»Das tue ich.« Die Stimme der Frau war angenehmer und sie klang selbstsicherer als am Vortag. Ihr Akzent ließ auf Geld und Bildung in Privatschulen schließen. Anders als bei Natalie. Außerdem wirkte sie, nun da sie nicht mehr auf dem Fahrrad saß, um einiges eleganter. Sie war ziemlich groß – aber das waren die meisten Menschen im Vergleich zu Natalie. Zu ihren gut sitzenden Jeans trug sie Schuhe, die sicher noch nie Dreck gesehen hatten. Großstadtschuhe. Die dunklen Haare waren zu einem perfekten Bob frisiert und ihre hellblauen Augen schauten überall hin, nur nicht zu Natalie.

Das überraschte nicht besonders. Natalie streckte eine Hand aus.

Die Frau wich einen Schritt zurück, bevor sie Natalies Blick suchte. Dann schüttelte sie ihr die Hand.

»Ich bin Natalie. Mir gehört der Brennereiladen gegenüber.« Wärme breitete sich in Natalie aus, als ihre Hände sich berührten, doch sie ignorierte es. Stattdessen deutete sie mit dem Kopf in Richtung ihres Geschäfts. »Aber im Moment kann da niemand rein, weil Sie mit Ihrem Auto den Eingang versperren. Ich wollte nur eben Hallo sagen und Sie bitten es umzuparken.«

Das Problem schien der Frau erst jetzt aufzugehen und es war ihr sichtlich peinlich. Sie ließ Natalies Hand los. »O Gott, das tut mir so leid. Ich habe nicht darauf geachtet, wo ihre Tür ist. Ich bin zum ersten Mal mit dem Auto hier, hab gerade erst die Ladenschlüssel abgeholt.« Sie drehe sich um und deutete auf den Schlüsselbund, der auf dem Verkaufstresen lag. »Ich wollte auf dem Marktplatz parken, hatte aber klein Kleingeld für die Parkuhr dabei. In London kann man überall mit Karte zahlen, hier aber nicht.« Sie verstummte. »Ich hinterlasse keinen besonders guten ersten Eindruck bei Ihnen, oder?«

Natalie nickte knapp. »Ich hatte schon Bessere.« Wie viele Londoner Großstadtklischees konnte man denn noch erfüllen? Wer hatte denn kein Bargeld dabei? »Sie brauchen nichts fürs Parken zu bezahlen, wenn Sie einen Parkausweis haben. Rufen Sie einfach nachher bei der Stadtverwaltung an.«

»Alles klar, das mache ich.« Die Frau versuchte sich erneut an einem Lächeln, aber es war nicht sehr überzeugend. »Ist es in Ordnung, wenn ich noch ein paar Fotos mache, bevor ich wegfahre?«

Natalie sah ihr weiterhin fest in die Augen. »Wenn Sie nur noch ein paar Minuten brauchen, kein Problem.« Am liebsten hätte sie die Augen verdreht. »Verraten Sie mir Ihren Namen?«

Die Frau schüttelte den Kopf und dieses Mal zeigte sich ein ehrliches Lächeln auf ihrem Gesicht. »Sie müssen mich für furchtbar unhöflich halten. Tut mir leid, ich bin nur ein bisschen überfordert. Ich habe den Laden erst vor zwei Wochen gekauft und jetzt bin ich tatsächlich hier. Mein Name ist Ellie. Ellie Knap.«

Natalie entspannte sich etwas und entschied sich, nachsichtig mit Ellie zu sein. Solange die Frau sie nicht noch mal in den Fluss beförderte oder ihr Riesengefährt hier parkte, würden sie vielleicht ganz gut miteinander auskommen. Das mussten sie ja, schließlich wurden sie Nachbarn. »Schön, Sie kennenzulernen, Ellie Knap. Noch mal.« Natalie schwieg kurz. »Ich sollte wohl mal lieber zurückgehen.« Sie wandte sich zum Gehen, hielt aber noch einmal inne. »Eine Frage. Was eröffnen Sie hier?«

»Eine Eisdiele.« Ellie strahlte übers ganze Gesicht und das stand ihr deutlich besser. Wenn sie lächelte, ging die Sonne auf. »Also, inklusive eines Cafés, aber mein Hauptgeschäft wird Eis.«

»Jeder mag doch Eis.« Das wäre, als würde man sagen, dass man keinen Gin mochte, und Natalie kannte niemanden, der das wagte. »Ich freue mich darauf. Wahrscheinlich werden wir uns ab jetzt oft über den Weg laufen.«

Ellie nickte und zückte ihr Handy. »Bestimmt. Ich beeile mich mit den Fotos und mache dann sofort den Weg frei. Beim nächsten Mal mache ich Ihnen keinen Ärger, versprochen.«

Kapitel 4

Ellie umfasste das Lenkrad kopfschüttelnd ein wenig fester, als sie das Auto aus der Gasse steuerte. *Toll, Ellie. Ganz toll.*

Man konnte wahrlich einen besseren ersten Eindruck bei seiner Nachbarin hinterlassen. Aber mal im Ernst, die Parksituation hier war ein Witz, und wer hatte bitte immer Kleingeld bei sich? Sie war es aus London gewöhnt, sich an problematischen Stellen einfach irgendwohin zu quetschen und die Warnblinkanlage anzumachen. Aber diese Regel schien hier nicht zu existieren.

Sie machte sich einen gedanklichen Vermerk, Red nach dem richtigen Umgang mit kleinen Läden und ihren Besitzerinnen zu fragen. Das war offenbar etwas ganz anderes als die Zusammenarbeit mit gesichtslosen Konzernen. Den Menschen hier schaute man direkt in die Augen. Und Natalies braune Augen hatten sich in Ellies Gedächtnis eingebrannt, als sie sie mit diesem direkten Blick fixiert hatte. Die Frau wirkte nett und praktisch veranlagt – Eigenschaften, die Ellie sich nach der viel zu langen Zeit in der Großstadt erst wieder aneignen musste.

Sie war sich sicher, dass ihre früheren Mitarbeiter sie nicht als nett bezeichnet hätten. Was hatte Mandy doch gleich wieder gesagt, als Ellie gekündigt hatte? »Du kannst exzellent mit Dingen wie Tabellen umgehen. Aber das mit den lebenden Menschen solltest du vielleicht noch mal üben, denn damit tust du dich wirklich schwer.«

Das hatte wehgetan, vor allem, weil Ellie gedacht hatte, dass sie und Mandy ein gutes Verhältnis zueinander pflegten. Wenn ihre Freunde schon so etwas zu ihr sagten, was tratschte dann wohl der Rest der Belegschaft hinter Ellies Rücken? Der Umzug aufs Land war ein Schritt gewesen, um sich selbst neu zu erfinden, doch der Prozess war noch nicht abgeschlossen.

Sie bremste an der Ecke zum Marktplatz, um zwei Fußgänger die Straße überqueren zu lassen. Sie transportierten gemeinsam ein sperriges, gepolstertes

Bettkopfteil, das aussah, als könnte es einen problemlos im Schlaf erschlagen. Und sie bewegten sich damit im Schneckentempo vorwärts.

Das war auch etwas, das ihr am Landleben bereits aufgefallen war: Die Leute machten alles langsamer. Sie fuhren langsamer, sie brachten einem Getränke langsamer, aber dafür lächelten sie mehr. In den Cotswolds nahmen sich die Menschen die Zeit, um andere zu fragen, wie es ihnen ging.

Ellie beobachtete das Paar auf seinem Weg, als die Frau ihr Ende auf einmal mitten auf der Straße abstellte und winkte. Verwirrt schaute Ellie sich um, doch die Frau winkte offensichtlich ihr zu. Sie runzelte die Stirn. Kannten sie sich?

Die Frau schien das Kopfteil komplett vergessen zu haben, was ihren Tragepartner jedoch nicht zu verärgern schien, der immer noch sein Ende in den Händen hielt. Wenn das Ellies Bett wäre, das da mitten auf der Straße herumstand, hätte sie nicht so geduldig darauf reagiert. Aber hier wurde offenbar *erwartet,* dass man den Verkehr aufhielt, um andere zu grüßen. Denn genau das tat die Frau gerade. Sie rief Ellie einen Gruß zu und kam zur Fahrerseite.

Ellie drückte auf den Fensterheber und ließ die Scheibe runter. Zum Glück fiel ihr gerade noch rechtzeitig der Name der Frau wieder ein. Jodie. Sie war die Maklerin, die Ellie die Eisdiele vermittelt hatte.

»Hab ich doch richtig gesehen, dass Sie das sind. Wie geht es Ihnen? Waren Sie schon in Ihrem neuen Laden?«

So etwas war Ellie in den zehn Jahren in London und den paar Jahren in Chicago kein einziges Mal passiert. »Ja, ich komme gerade von dort.«

»Wundervoll! Das ist so aufregend. Ich habe schon allen erzählt, dass wir bald eine Eisdiele im Ort haben werden und sie freuen sich schon sehr darauf. Genau das fehlt uns bisher, vor allem, weil es in Lower Chewford und den umliegenden Dörfer welche gibt. Höchste Zeit, dass wir da nachziehen, nicht wahr?«

»Die Umbauarbeiten beginnen nächste Woche, Sie werden Ihre Eisdiele also bald bekommen.« Ellie schaute zu Jodies Begleiter, der inzwischen sein Handy hervorgeholt hatte. »Aber ich will Sie nicht aufhalten, Sie sehen beschäftigt aus.«

Jodie sah kurz zu dem Mann hinüber. »Das stimmt. Wir sind gerade selbst in eine neue Wohnung gezogen, ich kann also gut nachvollziehen, wie stressig das ist. Das ist mein Freund Craig.« Sie räusperte sich und brüllte dann: »Craig, begrüß Ellie, die neue Eisdielen-Lady!«

Craig merkte auf und winkte pflichtbewusst. Ellie tat es ihm gleich. Wahrscheinlich war er solche Situationen gewohnt.

»Wenn wir Ihnen irgendwie helfen können, lassen Sie es uns gerne wissen. Sie wissen ja, wo Sie mich finden. Wir Nachbarn helfen uns hier gegenseitig.« Jodie schenkte ihr noch ein strahlendes Lächeln und richtete sich dann wieder auf. »Ich gehe mal besser zurück, das Kopfteil bewegt sich nicht von allein.« Beschwingt kehrte sie zu Craig zurück und wenige Augenblicke später setzte das Paar den langsamen Weg über die Straße und anschließend auf dem Gehweg fort.

Ellie gab etwas Gas und rollte über den Marktplatz des Dorfs, vorbei am Fish-and-Chips-Imbiss namens *The Plaice To Be* und dem Friseursalon namens *A Cut Above*. *The Ultimate Scoop* passte da doch perfekt dazu, oder?

Kapitel 5

Natalie ging an der alten Schneiderei vorbei, aus der bald eine Eisdiele werden würde. Drinnen unterhielt sich gerade eine Frau mit rot gefärbten Haaren, die Nat irgendwie bekannt vorkam, mit einem Handwerker. Der war allerdings sicher nicht von hier, da er illegalerweise auf dem Gehweg vor dem Laden parkte. Sollte sie etwas sagen? Ellie war nirgends in Sicht und der Van verstellte nicht den Eingang zu ihrem Laden, also entschied Natalie sich dagegen. Darauf brauchte sie keine Energie verschwenden. Zumal ihr wahrscheinlich das Treffen mit ihrem Vater einiges davon abverlangen würde. Sie warf einen Blick auf das riesige Schoko-Osterei, das sie ihm mitbrachte, in der Hoffnung, ihm damit ein Lächeln zu entlocken. In letzter Zeit konnte man es Keith Hill nicht recht machen.

Sie schlenderte über den Marktplatz und winkte Jodie und Craig zu, die ein paar Sachen in ihre neue Wohnung brachten. Gestern hatten die beiden schon eine ganze Menge die Straße entlanggeschleppt. Stellte sich die Frage, warum sie nicht einfach ein Auto nutzten – aber vielleicht betrachteten sie das als ihr persönliches Fitnesstraining. Sah zumindest aus, als würde es funktionieren, wenn das ihr Ziel war.

Gegen zwei Uhr mittags nahm der Verkehr deutlich zu, zumindest wenn die Sonne schien. Um Ostern herum kamen mehr Touristen, die gerne einen Tagesausflug in die Cotswolds machten.

Natalie nahm die Straße in Richtung Fluss, wo überall Besucher Fotos von den winzigen Brücken machten. Das Licht sammelte sich an diesem Märznachmittag perfekt auf dem Sandstein der kleinen Übergänge und umliegenden Gebäude, was das ganze Dorf in die unterschiedlichsten Gelb- und Goldtöne tauchte. Daran würde sich Nat nie sattsehen können und sie bemitleidete die Menschen, die nie in diesen Genuss kommen würden.

Natalie war in den Cotswolds geboren und aufgewachsen, allerdings zwei Dörfer weiter in Gatbury. Viele ihrer Freude und auch ihr Ex-Freund wohnten jedoch in Upper Chewford. Als Nat zusammen mit ihrer Tante den Brennereiladen eröffnet hatte und in die kleine Wohnung direkt über dem Geschäft gezogen war, hatten die Dorfbewohner sie mit offenen Armen empfangen. Sie war zwar nicht in Chewford geboren, aber im Herzen gehörte sie einfach hierher.

War Ellie Knap schon am Fluss spazieren gegangen und hatte den von der Sonne geküssten Sandstein bewundert? Natalie würde auf ein nein wetten. Ellie Knap machte nicht den Eindruck als hätte sie Zeit dafür.

Leute wie Ellie kannte Natalie nur zu gut. Wahrscheinlich hatte sie die Nase voll von ihrem lukrativen Job in der Großstadt gehabt und sich ein einfaches Leben auf dem Land ausgemalt. Plante sie auf Dauer hierzubleiben? Hatte sie ihren Mietvertrag nur für sechs Monate abgeschlossen? Das würde Natalie nicht wundern, solche Geschichten wiederholten sich ständig.

Wie die Besitzerin einer Modeboutique, Mimi, die nach drei Monaten aufgegeben und Natalie im Zuge dessen das Herz gebrochen hatte. Der Friseur Sean, der nach sechs Monaten wieder verschwunden war. Der Café-Betreiber Steve, der nach einem Jahr wieder einen Job in London gesucht hatte, als ihm aufgegangen war, dass man durch den Verkauf von Kaffee und Kuchen an Touristen hier nicht reich wurde. Der Traum von den Cotswolds wurde für viele zum Albtraum, wenn sie merkten, wie viel harte Arbeit hinter diesem Leben steckte und wie lange es dauerte, bis es sich auszahlte.

Natalie mochte die Ladenbesitzer in ihrer Umgebung und war auch Mitglied des örtlichen Unternehmensverbands. Allein deswegen musste sie nett sein und Ellie willkommen heißen, selbst wenn sie ihr am liebsten direkt ein Knöllchen für mangelnde Parkkünste und noch schlechtere Radfahrfähigkeiten verpasst hätte.

Dieser Gedanke brachte Nat zum Lächeln. Vielleicht sollte sie Ellie unvoreingenommener entgegentreten. Möglicherweise war sie die erste Londonerin, der es hier gefiel, und die sich nicht darüber beschwerte, wie langsam die Leute hier gingen. Am Ende überraschte sie Natalie noch, indem sie ihren Kaffee mit echter Milch trank.

Auf dem Schild am Eingang stand Appletree Cottage, obwohl weit und breit kein Apfelbaum zu sehen war. Natalies Vater hatte sich das Häuschen vor acht Jahren gekauft, kurz nach der Scheidung von ihrer Mutter. Damals schien alles in Natalies Leben den Bach runterzugehen. Ihre Eltern hatten sich scheiden lassen und sie selbst auch. Diese Monate waren nicht als die besten in die Geschichtsbücher der Hill-Familie eingegangen.

Trotzdem liebte Natalie das Cottage ihres Dads. Auch ihre Mutter Amanda war inzwischen glücklich, weit weg von den »klaustrophobischen Cotswolds«, wie sie es nannte. Das Leben hier war nicht jedermanns Sache und das konnte Natalie durchaus verstehen. Ihre Mum besuchte sie gerne, lebte jedoch weitaus lieber mit ihrem zweiten Ehemann Dave in Hove direkt am Meer. Nat sah sie nicht so häufig, wie es ihr lieb gewesen wäre, aber immerhin telefonierten sie beinahe wöchentlich miteinander.

»Da ist ja mein Mädchen!« Ihr Vater hatte die Tür geöffnet und umarmte sie.

Natalie erwiderte die Umarmung, obwohl seine von Grau durchzogenen, dunklen Bartstoppeln sie im Gesicht kratzten. Ihr Dad war kürzlich beim Friseur gewesen und wie immer ordentlich gekleidet, heute in einen gelben Pullover, unter dem er ein weißes Hemd trug und Jeans. Sie folgte ihm in das großzügige Wohnzimmer in hinteren Bereich des Hauses. Die Doppeltür zum Garten stand halb offen.

Ihr Vater hatte renoviert – nachdem er ein paar Renovierungs-Soaps zu viel geschaut hatte – und das helle, freundliche Ergebnis gefiel Natalie ungemein. Sie mochte ihre Wohnung, vermisste aber einen Platz im Freien, insbesondere im Sommer. Auf dem Sofa in diesem Wohnzimmer hatte sie unzählige Abende damit verbracht, die Sterne durch das riesige Oberlicht zu betrachten und über den Sinn des Lebens nachzudenken. Bislang allerdings ohne tiefgreifende Erkenntnis.

»Wie war deine Woche? Benimmt sich meine Schwester anständig?« Ihr Vater nahm den Teekessel von der vollgestellten Küchenanrichte.

Natalie versuchte, nicht zu auffällig auf das schmutzige Geschirr zu starren, das sich in der Spüle stapelte. »Yolanda geht es gut. Das Abendessen diese Woche war wunderbar, aber wir haben dich vermisst.«

»Zu viel Arbeit.« Keith wich ihrem Blick aus.

»Versuch doch nächste Woche zu kommen, ja? Ich koche bei mir.«

Er wandte sich um, schaute Natalie aber immer noch nicht an. »Ich versuch's.« Dann holte er zwei Tassen aus dem Hängeschrank über dem Toaster. »Tee? Kaffee?«

»Tee, bitte.« Natalie nahm die Milch aus dem Kühlschrank und stellte sie auf die Arbeitsplatte.

Nach ihrer Scheidung hatte sie eine Weile hier bei ihrem Vater gewohnt, während sie sich beide an ihre neuen Lebenssituationen gewöhnten. Keith hatte seine Frau verloren, Natalie ihren Ehemann. Mit dem sie hatte alt werden wollen. Ihr Dad und sie hatten die ersten paar Wochen damit verbracht, wahlweise Gin oder Tee zu trinken. Für Briten eine überaus adäquate Reaktion auf solche Situationen.

»Hat dir Yolanda von dem Sommerfestival erzählt, das ich organisiere? Ich habe so viele Pläne, das wird ein richtig großes Ding. Ich würde mich freuen, wenn du mir dabei hilfst.«

Keith rührte in seiner Teetasse und musterte Natalie nachdenklich. Seine breiten Schultern wirkten ein wenig eingesunken, er machte einen niedergeschlagenen Eindruck. Ging er noch joggen? Vermutlich nicht, wenn man Rückschlüsse aus dem Zustand seines Spülbeckens ziehen konnte.

Einen Augenblick später nickte er. »Im Sommer sollte das kein Problem sein. Du kannst mich gerne einplanen. Solange ich mich nicht als Gin-Flasche oder Zitronenscheibe verkleiden muss, tue ich alles für meine Tochter.«

Natalie wünschte, sie könnte ihm das glauben. Während des letzten Jahres hatte er sich verändert, war distanzierter geworden. Als hätte ihre Beziehung einen Riss bekommen. Außerdem hatte er früher nie Hausarbeit schleifen lassen. Bei ihrem Vater musste alles seine Ordnung haben. Irgendetwas stimmte nicht, aber Nat wusste, dass er noch Zeit brauchte, bis er es ihr anvertrauen konnte. So gingen die Hills eben mit ihren Gefühlen um.

»Die Kostüme überlassen wir Fi.« Sie zwang sich zu einem breiten Grinsen.

Keith sah aus, als wüsste er nicht, was er noch sagen sollte. Sie biss sich auf die Oberlippe, um es nicht zu kommentieren, und griff dann in ihre Handtasche, um das Osterei herauszuholen. »Ach ja, frohe Ostern. Ich hab dir dein Lieblings-Ei mitgebracht.« Sie legte das Schoko-Ei auf die Anrichte.

Keith starrte es einen Moment lang an, schüttelte dann den Kopf. »Womit habe ich das nur verdient. Sollte nicht eher ich dir ein Ei besorgen?«

Natalie schüttelte ebenfalls den Kopf. »Das hast du meine komplette Kindheit über getan. Jetzt bin ich dran, dir was Gutes zu tun.«

Ihr Vater runzelte die Stirn und schloss sie dann in eine Umarmung.

Natalie entspannte sich etwas. Er war noch da. Sie musste ihm nur Zeit geben, sich durch das zu arbeiten, was an ihm nagte. Einen Moment später ließ er sie wieder los und sie machten es sich auf der grauen Couchlandschaft mit Blick auf den gepflegten Garten bequem. Bei näherer Betrachtung fiel Natalie auf, dass das Haus insgesamt ziemlich sauber und aufgeräumt wirkte. Vielleicht war ihr Vater wirklich nur müde, weil er beruflich viel um die Ohren hatte, und sie zog bloß voreilige Schlüsse.

»Hast du von der Herzblatt-Sache gehört?« Schon bei diesem Satz wurde ihr ganz anders zumute. Es würde in einer Katastrophe enden, da war sie sich sicher.

Keith nickte und schob sich die Brille höher auf die Nase. »Ja.« Er zögerte kurz. »Wolltest du das oder hat Yolanda dich dazu genötigt? Sie freut sich sehr darauf.«

Nat zuckte betont lässig mit den Schultern. »Ein bisschen von beidem. Ist nicht das erste Mal, dass mir war peinliches im *Golden Fleece* passiert und wohl auch nicht das letzte.«

Ihr Vater warf ihr einen forschenden Blick zu. »Wenn du meinst. Es ist nur … ziemlich öffentlich da, oder?«

Ihr Magen verkrampfte sich. »Öffentlich?«

»Sehr … Na, du weißt schon, was ich meine.« Er hielt den Blick fest auf den Garten gerichtet.

Natalie wurde flau im Magen. Das hatten sie schon durchgekaut. »Nein, weiß ich nicht.«

»Vergiss, was ich gesagt habe. Das wird bestimmt toll. Aber ich glaube nicht, dass ich kommen kann. Zu viel Arbeit«, sagte Keith.

Die verbale Ohrfeige schmerzte. Auch mit ihren 38 Jahren suchte sie noch immer bei ihm nach Bestätigung. »Ich habe noch gar nicht gesagt, an welchem Tag es stattfindet.«

Das ließ ihn einen Augenblick innehalten. »Ich bin im Moment einfach sehr eingespannt.«

»Du warst beim Friseur«, wechselte Natalie schließlich das Thema, nachdem sie einen Schluck von ihrem Tee genommen hatte. Seine kurzen, grauen Haare waren sauber geschnitten. »Steht dir gut.«

Keith fuhr sich mit einer Hand über den Hinterkopf. »Danke.« Wieder zögerte er. »Hat Jen geschnitten.« Das klang, als würde ihr Vater seine Worte sehr sorgfältig abwägen, als wollte ein Teil von ihm sie gar nicht aussprechen.

Natalie schluckte hart, als sie den Blick ihres Vaters auf sich spürte. »Hat sie gut gemacht.«

Zwischen seinen Augenbrauen bildete sich eine steile Sorgenfalte.

»Was schaust du denn so?«

Keith seufzte und stellte seine Tasse auf dem hölzernen Couchtisch ab. »Ich will nicht, dass du das von jemand anderem erfährst, also erzähle ich es dir.«

Natalie runzelte skeptisch die Stirn.

»Jen ist schwanger. Ich dachte, das solltest du wissen.«

Sie holte tief Luft, hielt den Atem kurz an und ließ ihn dann langsam wieder entweichen. Jen war schwanger. Die Ehefrau von Natalies Ex-Mann bekam ein Kind. Was bedeutete, dass Ethan ein Kind bekommen würde. Das sollte sie nicht so mitnehmen, tat es aber. Nur zu gut erinnerte sie sich noch daran, wie sie sich mit Ethan nach ihrer Heirat über potenzielle Baby-Namen unterhalten hatte. Orton für einen Jungen, Jessie für ein Mädchen. Doch die hatten sie nie gebraucht. Stattdessen hatte sie festgestellt, dass sie lesbisch war, und jetzt bekam Ethan mit einer anderen Frau ein Kind.

»Das ist schön für die beiden.« Die Worte kratzten Natalie im Hals. Das *war* schön für die beiden. Sie selbst hatte kein Baby mit Ethan gewollt, also freute sie sich für ihn. Ethan und Jen waren verheiratet. Ehe. Kinder. Das machten Hetero-Paare eben so.

Für Ethan war das Leben weitergegangen. In den acht Jahren, seit Natalie ihn verlassen hatte, hatte er eine andere Frau kennengelernt, sie geheiratet, ein Haus mit ihr gekauft und nun gründeten sie eine Familie. Natalie dagegen war in die Wohnung ihrer Tante gezogen, hatte den Laden übernommen und sich zweimal das Herz brechen lassen. Ja, sie freute sie für Ethan. Aber es schmerzte sie auch ein wenig.

Ethan zeigte ihr und der Welt, dass sein Leben ohne sie wunderbar lief und er die Hindernisse, die das Schicksal ihm in den Weg legte, überwand. Das konnte Natalie auch. Und ebenso ihr Dad.

Doch auch wenn keiner von ihnen es laut aussprechen wollte: Es wäre schön, das Leben an der Seite einer besonderen Person zu bestreiten.

Natalie begrüßte Fi mit einem demonstrativen Schmollen, als diese die Tür öffnete. Ihre Cousine sagte nichts, sondern bat sie nur mit einer Handbewegung herein. Sie waren zusammen aufgewachsen, beide als Einzelkinder, und waren daher mehr Schwestern als Cousinen. Fi wohnte ebenfalls in Upper Chewford, ihre Wohnung war Natalies zweites Zuhause und umgekehrt. Daher marschierte Nat auch ohne Umschweife in die Küche und ließ sich dort am Tisch auf einen Stuhl fallen.

Rocky sprang auf und versuchte sogleich ihr Bein zu rammeln, was Natalie jedoch lachend unterband. Hunde waren gut für den Blutdruck, oder? Zumindest brachte Rocky sie zum Lächeln und dafür war sie dankbar.

Fi nahm zwei Flaschen Craftbeer aus dem Kühlschrank und hielt sie fragend hoch.

»Ja, bitte«, antwortete Natalie, ohne zu zögern.

Nachdem Fi die Kronkorken geöffnet hatte, setzte sie sich Nat gegenüber, stützte das Kinn auf den Händen und die Ellenbogen auf dem Tisch auf, und sah sie fragend an. »Was ist los?«

Natalie schüttelte den Kopf. »Ich weiß nicht, vielleicht bin ich einfach überempfindlich.«

»In Bezug auf was?«

»Dad.«

Fi lachte humorlos auf. »Bei unseren Eltern kann man gar nicht überempfindlich genug sein. Die Hills leben fürs Drama.«

Das ließ Natalie lächeln. »Womit haben wir das nur verdient?« Sie nahm einen Schluck von ihrem Bier, bevor sie das Etikett eingehender studierte. »Das schmeckt gut. Hast du das neu entdeckt?«

Fi hatte Kontakte zu zahlreichen Brauereien in der Umgebung und tauschte immer gerne Ginflaschen gegen Bierkästen.

»Gut, oder? Davon kaufe ich vielleicht sogar was nach, wenn der Kasten leer ist.« Fi trommelte mit den Fingern auf der Tischplatte herum. »Was hat Keith dieses Mal angestellt?«

Natalie verdrehte die Augen. »Keine Ahnung. Er hat eigentlich nichts gemacht, er war nur seltsam.«

»Mehr als normal?«

»Nur … distanziert. Wie schon seit Jahren. Aber dann umarmt er mich plötzlich, als würde er mich nie wieder sehen und das macht mich irre. Außerdem hat er immer noch ein Problem damit, dass ich lesbisch bin, aber das war ja noch nie anders. Glaubst du, dass er vielleicht eine Depression hat? Oder irgendwas Dummes tun wird?« Allein der Gedanke jagte Natalie einen kalten Schauer über den Rücken. Das wollte sie sich noch nicht einmal vorstellen. Auf ihren Vater hatte sie sich immer verlassen können. Er war Buchhalter, um Himmels willen. Sollten eine klare Weltsicht und logisches Denken da nicht selbstverständlich für ihn sein?

Fi neigte den Kopf zur Seite. »Vielleicht fühlt er sich gerade wirklich nicht so gut. Das würde auch erklären, warum er im Moment so viel im Homeoffice arbeitet. Ich sehe ihn ein bisschen öfter als du, also kann ich ihn im Auge behalten.«

Natalie schenkte ihr ein schmales Lächeln. »Danke. Bestimmt ist es nichts, aber vielleicht braucht er unsere Hilfe. Er hat mir heute erzählt, dass Jen und Ethan ein Baby bekommen und mich dabei angesehen, als würde ich jeden Moment zusammenbrechen.« Sie fuhr sich mit einer Hand durch die kurzen Haare. »Das ist okay für mich. Ich wollte nie ein Kind mit Ethan, und es ist gut, dass seine Frau das offenbar tut. Aber Dads Gesichtsausdruck? Ich weiß nicht …Mir kam es vor, als ob *er* ein Baby mit Ethan wollte.«

Fi lachte. »Na, das wäre aber eine größere Sensation als das lesbische Herzblatt-Event.«

Natalie vergrub das Gesicht in den Händen. »Die ist am Mittwoch. Du kommst doch, oder?«

»Als ob ich mir das entgehen lassen würde. Das ganze Dorf wird dabei sein.« Fi schüttelte den Kopf. »Aber was anderes überrascht mich viel mehr: Wie hat Eugenie es geschafft, dass Harry dran teilnimmt, wo sie doch Josie immer noch ziemlich hinterhertrauert? Glaubst du, dass Eugenie darauf spekuliert, dass Josie zurückkommt?«

»Ist der Plan nicht, eine Ehefrau für mich zu finden?« Natalie erschauderte. »Das wird eine absolute Katastrophe.«

»Oder der Abend des Jahrhunderts. Du hast die Wahl.«

Kapitel 6

Red war stirnrunzelnd mit ihrem Handy beschäftigt, als Ellie den Coffeeshop auf der gegenüberliegenden Seite des Platzes betrat. Nur hier bekam man in diesem Dorf einen anständigen Kaffee – zumindest so lange, bis ihr eigener Laden eröffnete. Die Handwerker hatten heute damit angefangen, ihn in eine Baustelle zu verwandeln.

Grinsend schaute Red auf, als Ellie sich ihr näherte. »Viele Leute haben Angst vor wilden Tieren, wenn sie aufs platte Land rausfahren. Mich beunruhigt da eher der schlechte Handyempfang. Du bekommst gutes WLAN für die Eisdiele, oder?«

»Natürlich, das wollen die Touristen schließlich und ich bin vor allem für die da.«

»Wenigstens eins, das du von mir gelernt hast.«

Wenn man sich Red so anschaute, würde man wohl nie vermuten, dass ihr eine landesweit bekannte Firma gehörte und ihre Produkte sowohl in namhaften Ketten als auch in kleineren, unabhängigen Geschäften verkauft wurden. Aber das war Teil ihres Charmes. Red war nicht das, was man erwartete. Heute trug sie silber-glitzernde Stiefel, hautenge Jeans und ein Sweatshirt mit einem regenbogenfarbenen Eis auf der Vorderseite. Ellie hatte ihr bereits gesagt, dass sie ihr das Oberteil überlassen musste, sobald das Ultimate Scoop eröffnete.

»Bist du soweit?«

Red nickte und steckte ihr Handy wieder ein. »Ja. Lass uns doch im Pub vorbeischauen. Alle reden über das *Golden Fleece* und ich will wissen, warum.«

Ellie hatte sich bis eben um die Auswahl der Bodenfliesen gekümmert, und ein kühles Getränk war genau das, was sie jetzt brauchte. Fliesen-Shopping an einem regnerischen Mittwochnachmittag machte depressiv.

»Hast du deinen Businessplan für die Eisdiele schon fertig?«, fragte Red, während sie nebeneinander den Marktplatz entlangschlenderten. Ein roter Astra fuhr an ihnen vorbei, aber abgesehen davon war weit und breit keine Menschenseele zu sehen. »Die *Chocolate Box* läuft super, vor allem im Ostergeschäft diese Woche. Eis ist aber was ganz anderes. Wenn es heiß ist und die Leute einen Spaziergang machen, kein Problem. Aber was, wenn es kalt ist und regnet? Wie sieht dein Plan für den Winter aus? Wie willst du dann Geld verdienen?« Sie gestikulierte in Richtung des Marktplatzes. »Heute zum Beispiel. Wollen die Leute bei zwölf Grad auch noch Eis essen gehen?«

Ellie zuckte mit den Schultern. »Ich kann das ganze Jahr über Eis essen. Und brauchen die Leute nicht Eis, wenn sie schlecht drauf sind? Bei Trennungen, wenn sie kurz vorm Nervenzusammenbruch stehen und so?«

»Du willst also das Dorf mit einem Fluch belegen und hoffen, dass die Leute dann mehr Eis kaufen? Bin mir nicht sicher, ob dich das hier so beliebt macht.«

»Wenn ich das könnte, würde ich damit deutlich interessantere Dinge anstellen.« Ellie warf Red ein freches Grinsen zu. »Aber ich werde auch Kaffee und Snacks anbieten. Eis ist zwar mein Hauptgeschäft, aber nicht mein Einziges. Im Moment beziehe ich meine Ware von einem Hersteller hier in der Gegend, aber über kurz oder lang will ich auch meine eigenen Sorten anbieten.« Sie suchte Reds Blick. »Welche Geschmacksrichtung wolltest du schon immer mal ausprobieren?«

»Salz und Essig.«

»Abgefahren«, kommentierte Ellie spöttisch.

»Pulled Pork? Eier und Speck?« Red grinste, hob dann aber beschwichtigend die Hände. »Okay, okay. Wie wäre es mit Piña colada? Vielleicht könntest du dir Sortennamen wie *Spaziergang im Regen* oder *Liebe um Mitternacht* einfallen lassen.«

Ellie schürzte die Lippen. Die Idee war gar nicht so schlecht. »Das ist ziemlich gut. Vielleicht könnte ich Geschmacksrichtungen passend zur Laune anbieten.«

Ihre Schwester runzelte die Stirn. »Das könnte die Kunden ein bisschen verwirren. Wenn ich du wäre, würde ich bei Mint-Choc-Chip und Salted Caramel bleiben. *Depression deluxe* und *Montagskrankheit* verkauft sich in

Upper Chewford vielleicht nicht so gut. Wahrscheinlich noch nicht mal in London.«

Es war trotzdem ein Memo in Ellies Smartphone wert. »Ich habe schon überlegt, ob ich eine Umfrage hier im Dorf nach Lieblingssorten machen soll, auch um mich ein bisschen beliebt zu machen. Ich könnte bei Natalie Hill anfangen.«

»Deine Nachbarin, die du beinahe ertränkt hättest?« Red lachte. »Leckeres Eis könnte zumindest das Eis zwischen euch brechen.«

»Manche Frauen mögen Eis lieber als Sex.«

»Dich eingeschlossen?«

»Zumindest kommt man meiner Erfahrung nach leichter dran. Außerdem kriegt man gute Laune und mehr als eine langweilige Sorte …«

Red warf ihr einen vielsagenden Blick zu. »Das trifft alles auch auf Sex zu, wenn man ein bisschen sucht.« Sie neigte den Kopf zur Seite. »Vielleicht spendiert sie dir eine Flasche Gin, wenn du ihr eine Eissorte kreierst.«

Sie kamen an einer Boutique vorbei, die der Kleidung im Schaufenster nach zu urteilen direkt aus den 90ern zu stammen schien. Ob das wohl ein Retroladen war? In so kleinen Dörfern konnte man das nie so genau wissen. »Du kennst mein Verhältnis zu Gin. Ich kann das Zeug immer noch nicht riechen, seit ich mich mit sechzehn damit betrunken und mich in der Küche übergeben habe.«

»Das solltest du ändern. Gin ist ein großer Hype und nichts wird sie schneller auf deine Seite ziehen, wie wenn du bei ihr einkaufst.«

»Ich könnte ja eine Flasche bei ihr kaufen und sie dann dir schenken.«

»Da hätte ich auch nichts gegen.«

Da hatte ihre Schwester natürlich recht. Vielleicht sollte Ellie wirklich ein paar Flaschen von Natalie kaufen, um in ihrem Ansehen zu steigen. »Mache ich morgen.«

Sie ließen den Marktplatz hinter sich und gingen die Straße weiter hinunter bis zum Fluss, wie sie es auch an den vergangenen fünf Tagen gemacht hatten. Schon jetzt wirkte die Umgebung viel vertrauter. Die Lebensumstellung war nicht leicht für sie, aber Ellie war zuversichtlich, dass sie mehr zur Ruhe kommen würde, sobald der Laden erst mal eröffnet war. Sie konnte es kaum erwarten.

»Ach du Scheiße, was ist denn hier los? Gibt's Freibier?«

Ellie musterte die vielen Menschen, die über die kleinen Fußgängerbrücken ins Dorf kamen und schnurstracks auf den Pub zuhielten. Für einen Mittwoch war das ganz schön viel Publikum. »Das finden wir wohl gleich raus.«

Kapitel 7

Natalie konnte sich nicht erinnern, jemals so viele Gäste im *Golden Fleece* gesehen zu haben. Und es kamen immer noch mehr. Eugenie, die Veranstalterin und Besitzerin des Pubs, hatte irgendwo einen weißen Raumteiler in japanischer Optik gefunden. Natalie saß auf ihrem Barhocker auf der einen Seite, ihre drei potenziellen Date-Partnerinnen auf der anderen.

Das wusste sie, weil etliche Leute im Raum gerade anerkennende Pfiffe von sich gegeben hatten. Als wären vier Frauen auf Barhockern ein dermaßen ungewöhnlicher Anblick. Eugenie hatte sich mit einem kleinen Schwarzen in Schale geworfen und ihr graues Haar zu einer Turmfrisur aufgesteckt, die an einen mehrstöckigen Kuchen erinnerte.

Auf einmal fiel Natalie auf, dass sie in ihren Jeans und der gebügelten Bluse ziemlich unauffällig war. Außerdem baumelten ihre kurzen Beine in der Luft, was sie sicher wie eine Fünfjährige aussehen ließ. Das gute an diesem Herzblatt-Event war jedoch, dass ihre potenziellen Partnerinnen das nicht sehen konnten. Das Publikum allerdings sehr wohl. Abgesehen von Natalies Dad war außerdem so ziemlich das ganze Dorf anwesend.

Doch Natalie konnte den Anwesenden gerade keine große Beachtung schenken. Sie warf einen Blick auf ihre Fragekärtchen und räusperte sich. Das war ihre große Chance, ihre Angst zu überwinden, vor Leuten zu sprechen. Das war einer ihrer guten Vorsätze für dieses Jahr gewesen. Auch wenn sie nicht damit gerechnet hatte, dass ihr erster Versuch gleich vor so *viel* Öffentlichkeit stattfinden würde.

Trotzdem. Jetzt oder nie. Eugenie stellte gerade die anderen Teilnehmerinnen des Spiels vor und wandte sich dann an Natalie. »Die meisten hier werden sie sicher kennen. Applaus für die mutige Geschäftsfrau und Chewforderin, die heute hier ihre Wahl treffen wird!«

Mehr Pfiffe und Zurufe.

Eugenie warf einen Blick zu den Teilnehmerinnen auf der anderen Seite des Raumteilers und gab ihnen einen Daumen nach oben. »Ladys, auf euch wartet eine Schönheit!«

Natalie konzentrierte sich auf Eugenies Ohrringe, die im Schein der Deckenlichter funkelten. Alles war besser als die Angst, die sich in ihr ausbreitete. Am liebsten wäre sie aufgesprungen und so schnell wie möglich abgehauen.

»Was sollte die Dame, die du heute auswählst, mitbringen?«

Auf einmal war Natalies Kopf vollkommen leer. Wonach suchte sie bei einer Frau? Ein sexy Lächeln. Mag Gin. Und Kochshows mit Nigella Lawson. Trägt keine Sonnenbrille in geschlossenen Räumen. Das war viel zu viel für ihren ersten Satz.

Eugenie lächelte sie breit an. »Sie sollte attraktiv sein, wollen wir das nicht alle?«

»Hübsche Titten!«, brüllte Rich, ein ehemaliger Klassenkamerad.

Natalie verdrehte die Augen. Das war nicht hilfreich.

»Großartig! Bist du bereit, die erste deiner drei Fragen zu stellen?«

Natalie nickte mit zusammengebissenen Zähnen. Sie war bereit. Irgendwie. Oder doch nicht.

Sie räusperte sich erneut und setzt zum Sprechen an. Kein Ton kam ihr über die Lippen. Ihre Panik schoss erneut in die Höhe. Wenn sie jetzt wieder scheiterte, würde sie sich mit Sicherheit übergeben müssen. Das Trauma ihrer Schulaufführung blitzte vor ihrem inneren Auge auf.

Eugenie lächelte sie aufmunternd an und Natalie versuchte es noch einmal »Ich …« Doch mehr kam nicht. *O fuck.*

Eugenie linste auf die andere Seite des Raumteilers. »Bereit für Frage Nummer eins, Ladys?« Sie schaute wieder zu Nat. »Los geht's.«

Tief durchatmen. Entspannen. Wie sie es mit Fi geübt hatte. »Frage eins«, begann Natalie.

»Lauter!«, rief jemand aus dem Publikum, den Natalie nicht sehen konnte.

Vielleicht sollte ich es einfach sein lassen.

Konzentrieren. Als sie wieder aufsah, nickte Eugenie ihr enthusiastisch zu.

»Was war …« Natalie holte Luft, um sich zu beruhigen. »Was war das Schwerste, das du je tun musstest?« Übelkeit stieg in ihr auf, aber sie hatte es geschafft. Hatte ihren Satz rausgebracht. Das war das Zweitschwerste, was sie je getan hatte.

Harry antwortete als erste. Sie sprach darüber, dass sie jemanden hatte gehen lassen und es ein Fehler gewesen war. Dabei ging es offensichtlich um Josie, Eugenies Tochter. Josie und Harry hatten sich kürzlich getrennt. Josie war anschließend in die USA abgehauen. Das machte die Situation nicht weniger unangenehm.

Am liebsten hätte Natalie sich auf ihrem Barhocker zusammengerollt. Oder Harry getröstet. Aber zumindest war das Publikum gerade von ihr abgelenkt, das war schon mal was. Auch Eugenie schaute zur anderen Seite der Trennwand.

Das Mikrofon ging an die nächste Frau, eine Karen aus Gatbury. Ihre Stimme war so hoch und schrill, dass Natalie schon im ersten Moment klar war, dass zwischen ihnen nie etwas laufen würde. Teilnehmerin Nummer drei war Daisy aus Marden. Ihre schwierigste Situation war die Zubereitung von Fernsehköchin Nigellas Coca-Cola-Schinken, die angeblich so einfach sein sollte. Die Cola war übergekocht und ihre Küche wäre beinahe in Flammen aufgegangen. »Jetzt schalte ich immer direkt um, wenn ich beim Fernsehen über Nigella stolpere.«

Das lief nicht gut. Natalie stellte ihre zweite Frage. »Welche Jahreszeit magst du am liebsten?«

Wieder begann Harry. »Frühling. Aber am liebsten, wenn ich die Zeit mit jemandem verbringen kann, den ich liebe. Nicht, dass es da noch jemanden gäbe.« In ihrer Stimme schwang so viel Liebeskummer mit, dass Natalie erneut am liebsten auf die andere Seite des Raumteilers gegangen wäre, um sie in den Arm zu nehmen. Stattdessen schaute sie zu Eugenie, die reichlich überfordert wirkte. Die anderen beiden Antworten waren oberflächlich und nichtssagend.

Natalie wollte nur noch von diesem Hocker runter und einen ordentlichen Drink. Ja, sie hatte es geschafft, ein paar Sätze vor vielen Menschen zu sagen, aber wohlfühlte sie sich dabei immer noch nicht. Aber es war ein erster Erfolg.

Außerdem wollte sie sicherlich mit keiner der drei Frauen auf der anderen Seite ausgehen.

Als es so weit war, entschied Natalie sich für Harry, weil sie ganz genau wusste, dass es mir ihr zu keinem Date kommen würde. Das bestätigte sich, als Harry den Raumteiler umrundete, Natalie die Hand schüttelte und dann dicht gefolgt von Eugenie aus dem Pub stürmte. Es hätte Natalie nicht überrascht, wenn die Hälfte der Anwesenden ihnen gefolgt wäre, aber die gute Kinderstube gewann letztendlich.

Nat ließ sich von ihrem Barhocker gleiten und marschierte schnurstracks zur Bar, wo sie den Platz neben Ethan einnahm. Der fragte gar nicht erst, sondern gab nur Clive hinter der Bar einen Wink. Innerhalb von Sekunden stand ein großes Glas *Yolanda Gin* Tonic vor Natalie, für das Clive nicht einmal Geld haben wollte. Sie nahm einen großen Schluck und wandte sich dann ihrem Ex zu.

»Mach schon. Sag es.«

Ethan runzelte die Stirn. Er zeigte erste Anzeichen von Geheimratsecken in seinem dunkelblonden Haar. »Was soll ich sagen?«

»Frag mich, was ich mir dabei gedacht habe, mich für so was herzugeben.«

Ethan wurde rot. »Das geht mich nichts an. Ich gehe mal davon aus, dass Eugenie dich dazu überredet hat. Wer sind die anderen Frauen?«

Natalies Blick folgte seinem zum anderen Ende der Bar, wo sich Karen und Daisy gerade angeregt miteinander unterhielten. »Keine Ahnung, aber vielleicht war die Fahrt hierher immerhin keine Zeitverschwendung. Anders als für mich.«

Doch stockte Natalie der Atem, als sie sie sah. Ellie. Ihre neue Ladennachbarin. Zusammen mit einer rothaarigen Frau.

O Gott, Ellie hatte *das* gesehen. Alles. Sie wusste, dass Natalie lesbisch war. Und außerdem Single, verzweifelt und mehr als nur ein bisschen nuschelig. War nuschelig überhaupt ein Wort? Jetzt schon. Außerdem bekam Ellie gerade mit, dass zwei der vier Kandidatinnen sich jetzt besser kennenlernten und Natalies Date den Pub fluchtartig verlassen hatte.

Dann trafen sich ihre Blicke und Nat blieb die Luft weg. Was passierte hier?

Ellie prostete ihr zu und Natalie versuchte sich an einem Lächeln, von dem sie bereits wusste, dass es bestenfalls schief ausfiel. Mehr brachte sie heute nicht mehr zustande. Bislang hatte sie immer gedacht, dass sie nichts mehr schocken konnte, nachdem sie in ihren jüngeren Jahren in diesem Pub gekellnert hatte. Falsch gedacht.

Rasch konzentrierte sie sich wieder auf Ethan. Nicht auf die Mutlosigkeit, die ihr aufs Gemüt drückte. »Ich habe gehört, dass es bei dir etwas zu feiern gibt.« Sie musterte seinen Drei-Tage-Bart und merkte, wie er zögerte. Er wusste nicht, wie er es ihr sagen sollte, also nahm sie ihm das ab.

Ein schmales Lächeln. »Hast du gehört? Ich wollte es dir selbst sagen, aber Jen konnte nicht warten.«

»Dad hat Jen getroffen und es mir dann erzählt. Das ist toll, ich freue mich für dich.«

Ethan vergrub die Hände in den Taschen seiner Jeans und seine Kiefermuskeln spannten sich an. »Danke.«

»Natalie! Schwing deinen Hintern hier rüber!« Fi winkte ihr mit einer von Rockys Vorderpfoten zu.

»Das ist wohl mein Stichwort.« Natalie fasste Ethan am Arm und drückte ihn kurz. »War schön, dich zu sehen, *Dad*.«

Dann schlenderte sie zum Tisch ihrer Cousine und ertrug dabei die Klapse auf den Rücken und das Lächeln einiger Gäste tapfer. Mit etwas Glück war diese Episode bald vergessen. So in einem Jahr. Oder maximal zwei.

Fi schob ihr einen freien Stuhl hin, auf den Natalie sich so unauffällig wie möglich sinken ließ.

»Auf einer Skala von eins bis zehn, wie schlimm war das?«

»Du hast dich gut geschlagen, bis dir Harry die Schau gestohlen hat. Aber sieht aus, als wären zumindest Karen und Daisy ganz glücklich damit«, meinte Fi mit einer hochgezogenen Augenbraue.

Natalie verdrehte die Augen. »Scheint so.« Sie seufzte. »Es ist vorbei. Jetzt kann ich wieder zu meinem normalen Leben als alleinstehende Dorf-Lesbe zurückkehren.«

Fi legte ihr eine Hand auf den Arm. »Zumindest hast du mal einen großen Schritt gemacht, das ist das Wichtigste.«

»Wie Neil Armstrong?«

»Wenn Neil Armstrong eine Lesbe in den Cotswolds wäre, ja.«

Natalie lehnte sich in ihrem Stuhl zurück. »Hattest du diese Woche nicht ein Date?«

»Er hat mich versetzt.« Fi zuckte die Schultern, als wäre ihr das gleichgültig, aber Natalie kannte sie zu gut. »Damit sind wir schon zwei alte Dorfjungfern.«

»Jungfern wohl eher weniger.«

Auf einmal legten sich schlanke Arme über Natalies Schultern und sie spürte Lippen, die ihr einen Kuss auf die Wange drückten. »Meine großartige Nichte, du warst wundervoll!« Yolanda drückte sie fest an sich. »Sehr schade, dass Harry und Eugenie zu schnell verschwunden sind. Aber du warst toll, im Ernst. Jetzt musst du nur noch ein bisschen mehr Kraft in die Stimme bekommen, aber daran können wir arbeiten.«

Natalie lachte. »Nein, können wir nicht. Ich bin sehr glücklich da, wo ich bin. In meinem Laden, wo ich alles so mache, wie ich es will. Und da kann ich jetzt auch wieder hin.«

»Werden wir sehen. Wir wollten uns auch nur eben verabschieden. Bis bald.« Yolanda und Max verteilten Küsschen an Natalie und Fi und verließen den Pub dann.

Ein paar Minuten später alberten Nat und Fi mir Rocks herum, als sich plötzlich jemand neben ihnen räusperte. Da stand Ellie, in einer Hand ihre Kreditkarte. Warum wirkte sie jedes Mal größer, wenn Natalie ihr begegnete?

»Netter Auftritt«, bemerkte Ellie ohne einen Hauch von Spott. »Du hast dich wirklich gut geschlagen.« Sie lächelte Natalie an. »Ich wollte nur fragen, ob ich dir einen ausgeben darf, als Entschuldigung für den ganzen Ärger, den ich dir bereitet habe. Das ist das Mindeste, was ich tun kann.« Ihr Blick fiel auf Fi. »Dir auch, natürlich.«

Fi erhob sich und reichte Ellie die Hand. »Jemand, der mir einen Drink spendieren will, ist immer herzlich willkommen.«

Ein unangenehmes Gefühl kroch Natalies Rückgrat hinauf. Das Letzte, was sie heute noch brauchte, war Fi, die ihren Charme auspackte.

»Das ist nicht nötig«, sagte sie deshalb zu Ellie.

»Ich weiß, ich würde aber trotzdem gerne«, antwortete diese und es klang aufrichtig.

»Okay, vielen Dank«, gab Natalie schließlich nach.

Kapitel 8

»Also, warum lädst du uns noch mal ein? Oh, und ich bin Fi, Natalies Cousine.«

Ellie neckten den niedlichen Boxerwelpen auf Fis Schoß ein wenig, indem sie vor ihm mit den Fingern wackelte. »Ich bin Ellie und das ist meine Schwester Red. Die Drinks sind für den kleinen Unfall neulich, bei dem Natalie ein bisschen nass wurde. Und dann habe ich ihren Laden zugeparkt.« Sie lächelte entschuldigend. »Wahrscheinlich schulde ich ihr eher zwei Drinks. Und ein Abendessen.«

»Du bist die Eisdielen-Frau! Natalie hat mir von dir erzählt.« Fi lehnte sich etwas nach vorne. »Und ihrem Herzblatt macht es wahrscheinlich nichts aus, wenn du sie zum Essen einladen willst. Die Gute heult sich wahrscheinlich wegen einer anderen gerade die Augen aus.«

»Was sollte das eigentlich? Uns fehlt da ein bisschen der Kontext, weil wir neu im Ort sind«, mischte Red sich ein.

Rocky fing an zu bellen, woraufhin Fi eine wegwerfende Geste machte. »Das ist eine lange Geschichte. Eugenie, die Pubbesitzerin, hat da was nicht ganz zu Ende gedacht.«

Ellie hatte den Blick nicht von Natalie abgewandt, die sich bei Fis Worten verlegen auf die Unterlippe biss. Ganz schön süß.

»Aber das Wichtigste zuerst: Wirst du Honeycomb-Eis anbieten? Wenn nicht, muss ich wohl eine Petition starten.«

»Die Einheimischen sollen bei mir voll auf ihre Kosten kommen, also bekommt ihr Honeycomb-Eis, wenn ihr das wollt. Die erste Kugel geht aufs Haus.« Ellie musterte Natalie noch einen Moment länger, bevor sie zu ihrer Schwester schaute.

Red schüttelte den Kopf. »Meine Schwester muss sich ganz schnell ein bisschen mehr Geschäftssinn zulegen. Früher war sie ein Finanzgenie in London, aber Eis gleich mal zu verschenken, lässt die Kasse nicht gerade klingeln.«

Natalie schaute von ihrem Glas auf. »Aber es ist eine gute Marketingstrategie. Ein paar Kugeln verschenken, um die Leute anzufixen, damit sie auf der Straße Schlange stehen. Machen Drogendealer auch so.« Sie grinste Ellie an.

»Genau mein Gedanke. Ich hoffe, dass mein Eis genauso schnell abhängig macht wie Crack.« Ihre Blicke trafen sich erneut und die Hintergrundgeräusche des Pubs schienen kurz ein wenig leiser zu werden. Ellie hatte viel von diesem Abend erwartet, aber nicht das. Doch nun waren sie hier und schauten sich an. Teilten diesen Moment. Seltsam, dass sich das so natürlich anfühlte – vor allem angesichts der vielen Unannehmlichkeiten, die zwischen ihnen in den letzten Tagen vorgefallen waren.

»Betreibst du auch eine Eisdiele?« Fi deutete mit dem Zeigefinger in Red Richtung. »Und nebenbei, deine Haare sehen fantastisch aus. Hast du deinen Namen daher?«

Red errötete und verriet damit den tatsächlichen Grund für ihren Spitznamen. »Nein.« Sie deutete auf ihre Wangen. »Deswegen. Mein Gesicht wird ständig rot. Man lernt damit zu leben.«

»Also kannst du auch genauso gut deine Haare passend färben?«

»Die Leute wollen eine gute Geschichte, also gebe ich sie ihnen.« Sie lächelte. »Aber wenn ich mich nicht gerade frech zu fremden Leuten an den Tisch setze, betreibe ich eine Schokoladenmanufaktur. Vielleicht habt ihr schon mal was von *Red Chocolatier* probiert? Ich stelle einen Großteil der exklusiveren Produkte in der *Chocolate Box* hier im Ort, seit meine Schwester sie übernommen hat.« Red legte Ellie eine Hand auf den Arm.

Natalie runzelte die Stirn und deutete auf Ellie. »Die *Chocolate Box* gehört dir auch?«

Das war ihr offenbar neu. »Ja, ich habe den Laden gekauft, aber eine Geschäftsführerin für das Tagesgeschäft eingestellt. Ich wohne im Moment in Marden und habe mir dort eine persönliche Auszeit genommen.« Sie zuckte die Schultern. »Aber als die Schneiderei frei wurde, habe ich mich entschieden, meinen Traum von einer Eisdiele in die Tat umzusetzen. Da werde ich auch selbst Hand anlegen.«

»Wow. Fängst du bald mit dem Umbau an?«

»Die Handwerker sind schon da«, meinte Ellie. »Ist wirklich aufregend, aber ich entschuldige mich schon mal im Voraus für den Krach und Dreck. Ich werde dich wohl in Zukunft noch öfter einladen.« Sie schenkte Natalie ein beschwichtigendes Lächeln.

»Nicht nötig. Was sein muss, muss sein.« Natalie lehnte sich nach hinten und nippte an ihrem Gin. »Dann ist das alles komplett neu für dich? Hast du schon mal Dienstleistungssektor gearbeitet?«

Ellie schüttelte den Kopf. »Aber ich lerne schnell und kann außerdem auf das Know-how meiner Schwester zurückgreifen. Und alles ist besser als das, was ich vorher gemacht habe. Die zehn Jahre in der Großstadt haben mich ausgebrannt, aber inzwischen bin ich bereit für eine neue Herausforderung.« Sie sah Natalie in die Augen, doch diese ließ nicht erkennen, was sie von dem Ganzen hielt.

»Oh, das ist ja hervorragend«, sagte Fi. »Natalie hat neulich erst gesagt, dass sie einen neuen Lieferanten für unsere Gin-Schokolade braucht, und da bist du. Ein Schokoladen-Wunder.«

»Hab schon schlimmere Namen bekommen.« Red kramte kurz in ihrer schwarzen Handtasche und reichte Natalie und Fi dann jeweils eine Visitenkarte. »Wir gehen gerne auf Kundenwünsche ein, wenn ihr zum Beispiel euren eigenen Gin verarbeiten lassen wollt. Schreibt mir einfach eine E-Mail, das sehen wir, ob wir zusammenkommen.«

Natalie nickte und steckte die Karte in ihre Jackentasche. »Danke, das mache ich gern.«

»Aber sprich vor Ellie nicht zu oft von Gin, sonst übergibt sie sich am Ende noch.« Red grinste ihre Schwester an, wofür Ellie ihr am liebsten eine übergebraten hätte.

»Du bis kein Fan von Gin?«, fragte Natalie.

Ellie wiegte den Kopf von einer Seite auf die andere und versetzte Red unter dem Tisch einen Tritt. »Ist nicht so, dass er mir nicht schmeckt, ich bevorzuge nur andere Getränke.«

Ihre Schwester nahm den Tritt gleichmütig hin.

»Du solltest mal unseren Gin probieren, vielleicht überzeugt der dich ja vom Gegenteil.«

Ihre Blicke trafen sich erneut und Ellies Herz schlug unwillkürlich schneller, als sie in Natalies große braune Augen schaute. Okay, das war neu.

»Sehr gerne.« Das war glatt gelogen. Ellie hasste Gin. Aber sie mochte Natalie. Würde sie ein bisschen Gin ertragen, um ihre Nachbarin besser kennenzulernen? Das würde sich wohl bald zeigen.

Kapitel 9

Nat saß in ihrem Laden hinter der Theke und massierte sich die Schläfen. Guy hatte gerade die letzten Tickets für die Brennerei-Tour an eine 12er-Gruppe begeistertet Touristen verkauft und außerdem genug Gin, dass sie ihren Besuch in Chewford so schnell nicht vergessen würden. Oder vielleicht doch. Das hing gänzlich von ihrem Alkoholpegel ab. Die Brennerei befand sich zehn Autominuten von Upper Chewford entfernt, aber die Besichtigungstickets gingen hier im Laden wie warme Semmeln.

Sie versuchte, das Bohren und Hämmern aus Ellies Geschäft zu ignorieren, aber das war vergebene Liebesmüh. Der Krach weckte sie quasi jeden Tag um sieben Uhr morgens und hielt dann durchgehend bis sieben Uhr abends an.

Natalie ging nach hinten und holte sich ein Glas Wasser. Chaos um sie herum hin oder her, sie musste genug trinken. Die empfohlenen drei Liter am Tag waren eine ganz schöne Herausforderung. Ein bisschen, wie das unaufhörliche Gebohre nebenan.

Guy verabschiedete sich in den Feierabend, doch zehn Minuten später bimmelte die Glocke über der Tür erneut. Als Nat zurück in den Verkaufsraum kam, stand dort genau die Frau, die für ihre Kopfschmerzen verantwortlich war. Ellie Knap. Sie trug perfekt sitzende Jeans, Nike-Turnschuhe und ein graues Sweatshirt mit der Aufschrift *Happy* in regenbogenfarbenen Buchstaben. In der Hand hielt sie eine Pralinenschachtel.

Sie lächelte Natalie strahlend an. »Hey, happy Freitag!«

»Ebenso. Oder zumindest nach sieben.«, sagte Natalie und erwiderte das Lächeln.

Ellie verzog schuldbewusst das Gesicht. »Tut mir wirklich leid. Ich weiß, dass du hier wohnst und arbeitest. Das muss anstrengend sein. Aber du bekommst als Dankeschön die erste Kugel Eis. Deine Lieblingssorte, aufs Haus.« Sie hielt Natalie die Pralinen hin. »Und ich habe die hier mitgebracht. Ich weiß, dass du diese Woche mit Red wegen eurer eigenen Sorte telefoniert hast, aber ich war mir nicht sicher, ob du ihre Kreationen schon mal probiert hast. Vielleicht bin ich voreingenommen, aber ihre Sachen sind echt lecker.«

Natalie nahm die Pralinen entgegen und ging wieder hinter den Tresen. Ihre Hand zitterte ein wenig, als sie die Schachtel darauf ablegte. Sie brauchte etwas zu essen, und zwar schnell. Vielleicht würde sie noch einen Abstecher zum Supermarkt machen, sobald sie hier fertig war. Kochen hatte diese Woche nicht auf dem Plan gestanden, sie hatte sich vor allem von Suppen und Salaten ernährt. Dann konnte sie sich nachher auch ein paar Pralinen gönnen.

»Das ist nett, vielen Dank. Meine Cousine Fi hat mir schon davon vorgeschwärmt und ich habe sie verkostet. Die mit Karamell waren sagenhaft.« Natalie stutzte. »Ist deine Schwester noch da?«

»Sie ist heute Morgen wieder gefahren, weil sie ihren Mann vermisst. Die beiden sind so widerlich süß.« Ellie seufzte. »Ich erinnere mich kaum noch dran, wie das ist.« Einen Moment lang hielt sie Nats Blick fest, schaute dann jedoch weg.

Natalie tippte auf die Pralinenschachtel. »Richtest du ihr aus, dass ich mich wegen unserer Bestellung zeitnah melde?«

Ellie nickte und wippte ein wenig auf den Zehenspitzen. »Hast du Pläne fürs Wochenende?«

Natalie sah auf. Sie tauschten Nettigkeiten als Nachbarn aus. Das konnte sie. »Organisationskram für ein Sommerfestival. Das ist das erste Mal, aber meiner Tante Yolanda gehört die Brennerei und sie finanziert das Ganze. Es wird Stände und Bandauftritte, Essen und Kunsthandwerk geben. Wie ein Mini-Festival auf dem Marktplatz, vielleicht auch noch ausgeweitet auf die Pubs. Ich würde gerne alle ansässigen Ladenbesitzer mit ins Boot holen. Das heißt, dass ich das Wochenende mit Planungen verbringen werde.«

Ellie schob sich eine dunkle Haarsträhne hinters Ohr. »Da bin ich sehr gerne dabei. Eis und Sommerfestivals passen exzellent zusammen. Außerdem bin ich gleich zweifache Ladenbesitzerin. Im Ernst, wenn du Hilfe brauchst oder noch einen Sponsor brauchst, stehe ich gerne zur Verfügung. Ich möchte gerne Teil dieser Gemeinde werden und ihr auch etwas zurückgeben. Insbesondere, weil ich bald herziehen werde.«

»Steht das schon fest?«

Ellie nickte. »Ja. Mein aktueller Mietvertrag läuft aus, also miete ich vorläufig die Wohnung über der Eisdiele. Dann sind wir in jeder Hinsicht Nachbarinnen.«

Ein Gefühl breitete sich in Natalie aus. Angst? Vorfreude? Irgendwo hatte sie mal gehört, dass das praktisch das Gleiche war.

»Du kannst also wirklich auf mich zählen.«

Natalie nickte mit zusammengebissenen Zähnen. Ihr gefiel nicht, wenn sich Neulinge in alles einmischten, aber Ellie schien es ehrlich zu meinen. »Bist du dir sicher, dass du dir das zutraust? Oder anders gefragt: Denkst du, dass du langfristig hierbleiben wirst?« Sie war nicht gerne so direkt, aber wenn Ellie am Festival teilnehmen wollte, musste da Klarheit herrschen.

Ellie wirkte jedoch nur überrascht. »Ich kann natürlich nicht in die Zukunft schauen, aber ich habe nicht vor, wieder wegzuziehen.«

Natalie hob eine Hand, um Ellie am Weitersprechen zu hindern, weil sie direkt ein schlechtes Gewissen bekam. »Das ist nichts Persönliches. Es ist nur, dass ständig Londoner in die Cotswolds kommen und meistens auch genauso schnell wieder verschwinden. Normalerweise haben sie schon eine Fluchtroute vorbereitet und können jederzeit die Reißleine ziehen.«

Ellie runzelte die Stirn. »Ich bin keine von denen. Ich will Teil des Dorfes werden und hier einen guten Eindruck hinterlassen. Und wie schon gesagt, ich habe nicht vor, wieder wegzuziehen. Tu also mit mir, was immer du willst.« Kaum hatten die Worte ihren Mund verlassen, lief sie rot an. »Du weißt schon, was ich meine.«

Natalie hustete, um das Flattern in ihrem Magen zu überspielen. »Das behalte ich gerne im Hinterkopf.«

Es war offensichtlich, dass Ellie gerade der Mut verließ. »Dann überlasse ich dich mal der Organisation. Schönes Wochenende. Bis Montag?«

»Bis Montag.«

»Wie läuft es in Upper Chewford? Wie kommt Eugenie mit Clive zurecht?« Natalies Mutter Amanda wusste besser darüber Bescheid, was hier im Dorf vor sich ging, als die meisten.

Natalie lächelte und betrachtete dabei die Pralinenschachtel, die Ellie ihr vorbeigebracht hatte. Zwei waren schon gegessen und eine dritte stand kurz davor. Red verstand ihr Handwerk wirklich, ihre Pralinen waren nicht von dieser Welt. Das war sowohl auf persönlicher wie auch auf beruflicher Ebene vielversprechend. Wenn Natalie Red eine Absage hätte mitteilen müssen, wäre das ganz schön unangenehm geworden. Außerdem würde der Laden ein fantastisches, neues Produkt bekommen, wenn Red die richtige Mischung aus Gin und Schokolade fand. Eine Win-Win-Situation und Yolanda würde vollkommen aus dem Häuschen sein. Nicht, dass Nat ihrer Tante erzählte, dass die neue Lieferantin ihr per Zufall in den Schoß gefallen war. Oder zumindest nach nebenan.

»Eugenie hält ihren Bruder gut auf Trab. Habe ich dir erzählt, dass Josie wieder aus den USA zurückkommt? Sie ist noch dort, aber ich glaube, dass die Herzblatt-Veranstaltung sie umgestimmt hat. Irgendwie ist sie an das Video davon gekommen und jetzt kommt sie wieder nach Hause. Hat sich herausgestellt, dass sie ursprünglich überhaupt nicht gehen wollte, aber dachte, dass Harry das will.«

»Gut, dass die Kommunikation der Einwohner von Upper Chewford so reibungslos wie immer funktioniert. Und ich freue mich, dass du den Abend überlebt hast.«

»Gerade so.« Allein der Gedanke ließ Natalie immer noch erschaudern.

»War dein Dad auch da?« Ihre Mutter wurde immer sehr zurückhaltend, wenn sie über Natalies Vater sprach. Der gleiche Tonfall, den Keith anschlug, wenn er mit Natalie über Ethan redete. Der Trennungstonfall. Auch wenn sie Ethan verlassen hatte.

»Nein. Er benimmt sich immer noch seltsam, aber niemand hier kann so richtig den Finger darauflegen. Er ist nur … anders.«

Kurzes Schweigen. »Vielleicht hat er jemanden kennengelernt.«

»Daran habe ich auch schon gedacht, aber als ich ihn danach gefragt habe, hat er das verneint.«

Natalie war außerdem am Dienstag bei ihm vorbeigefahren, aber er war nicht zu Hause gewesen. »Ich frage mich, ob er sich wohl insgesamt ein bisschen down fühlt. Vielleicht sollte ich Yolanda mal darauf ansprechen, dass sie mit ihm redet.«

»Gute Idee«, erwiderte Amanda. »Wenn ihn jemand dazu bringt, über seine Gefühle zu sprechen, dann seine Schwester. Ich hatte da nie eine Chance.«

Natalie lächelte. Ihre Mum hatte alles gegeben und Nat machte ihr keinen Vorwurf, dass sie irgendwann gegangen war. Amanda verdiente alles Glück der Welt und es schien, als hätte sie es mit Dave gefunden. Der zweite Ehemann ihrer Mutter war der Inbegriff eines netten Kerls und Natalie hielt große Stücke auf ihn.

»Was ist sonst so los im Dorf? Manchmal vermisse ich es schon.«

»Lügnerin.«

»Ich vermisse die Leute.«

Sollte sie ihrer Mutter von Ellie erzählen? Der Frau, die Nat in den Fluss geschubst, sie später auf einen Drink eingeladen und ihr Schokolade vorbeigebracht hatte? War Ellie lesbisch? Bi? Natalie war sich nicht sicher, aber ihr Gaydar war schon immer schlecht gewesen.

»Ich habe eine neue Ladennachbarin, die Mr Clarkes Schneiderei übernommen hat und sie jetzt zur Eisdiele umbaut. Das Dorf ist ganz aus dem Häuschen deswegen.«

»Kann ich mir vorstellen. Die Leute jammern schon seit Jahren, dass es keine gibt, vor allem, weil Lower Chewford ja The Creamery hat.«

»Jetzt ist es soweit. Ellie – die Besitzerin – war vorhin bei mir im Geschäft und hat angeboten, beim Sommerfestival zu helfen.«

»Wie schön. Ist sie nett?«

War sie das? Zumindest gab Natalie ihr langsam eine Chance. »Ja.«

»Ich höre da ein Aber raus.«

Für Amanda war Natalie schon immer ein offenes Buch gewesen. Besonders nervig, wenn man ein Teenager mit Geheimnissen sein wollte. »Nicht wirklich.

Es ist nur … Du weißt ja, wie ich über Leute denke, die hierherkommen und Geschäfte aufmachen, nur um dann sofort wieder zu verschwinden, wenn sie merken, wie schwierig das ist. Insbesondere Leute aus London. Es ist nicht gut für die Dorfgemeinschaft, wenn sie sich immer wieder Hoffnungen macht.«

»Aber nicht alle Menschen sind gleich. Einige schaffen es und diese Frau zählt vielleicht dazu. Du klingst allerdings, als hätte sie durchaus einen bleibenden Eindruck bei dir hinterlassen.«

Natalie ging im Kopf die wenigen, sehr unterschiedlichen Begegnungen mit Ellie durch. »Sie wirkt ehrlich, aber du weißt ja, wie das mit alten Geschichten ist. Sie haben die Tendenz, sich zu wiederholen.«

Amanda schwieg einen Moment lang. »Magst du sie? Also *magst* du sie?«

Natalie schüttelte den Kopf. Nein, so war das nicht. Oder? »Nein. Nur weil sie eine Frau ist, heißt das nicht automatisch, dass ich sie *mag*.«

»Das weiß ich. Aber du klingst so. Und denk dran: Sie ist nicht Mimi.«

Natalie hatte sich schon gefragt, wie lange ihre Mum wohl brauchen würde, um das Thema aufzubringen. Die Beziehung von Nat und Mimi hatte sich langsam entwickelt und sie hatten nur ein paarmal miteinander geschlafen. Die Chemie zwischen ihnen war nicht explosiv gewesen, aber trotzdem hatte der Schock tief gesessen, als Mimi drei Monate nach Eröffnung ihre Sachen gepackt hatte. Sie hatte bis zum Ablauf der Kündigungsfrist gezahlt und das Dorf mit den Worten verlassen, dass das Landleben ihr zu viel abverlangte.

»Ich weiß. Ellie ist schon mal viel hübscher. Und hat auch mehr Humor.« Nat beschwor das Bild von Ellie vor ihrem inneren Auge herauf: ihr sympathisches Lächeln, ihr ansteckendes Lachen. Ja, sie schlug Mimi um Längen. »Es ist nur … Sie ist kein Dorfkind. Sie versteht Dorfpolitik nicht oder wem man besser nicht auf die Zehen tritt.«

»Das wird sie auch weiterhin nicht wissen, wenn du ihr nicht hilfst. Außerdem halst du dir sowieso immer zu viel auf. Wenn diese Frau dir bei der Festival-Organisation helfen will, dann lass sie doch. Selbst wenn sie in einem Jahr ihre Koffer wieder packt und zurück nach London geht, was spielt das für eine Rolle? Sei nicht so distanziert wie dein Vater und lass Leute an dich ran.

Sie hat dich gefragt, ob sie dir beim Sommerfestival helfen kann, nicht, ob du sie heiraten willst.«

Natalie lächelte. Ihre Mum hatte noch nie ein Blatt vor den Mund genommen. »Vielleicht hast du recht. Sie könnte die Ausnahme von der Regel sein. Ich sollte nicht jeden aus London nur danach beurteilen, oder?«

»Nein. Hier in Hove leben auch ein paar sehr nette. Und du solltest mich bald mal wieder besuchen kommen, du warst Weihnachten das letzte Mal hier. Muss ich am Ende wieder Yolanda anrufen und ihr sagen, dass sie dir frei geben soll?«

Natalie massierte sich mit Daumen und Zeigefinger die Nasenwurzel. Das war nicht ihre Sternstunde gewesen. »Bitte nicht. Ich verspreche dir, dass ich mir demnächst freinehme. Sie liegt mir deshalb sowieso schon in den Ohren.«

»Gut. Und wenn du schon dabei bist, kannst du ihr auch gleich sagen, dass sie Keith wieder in die Spur bringt. Obwohl das wahrscheinlich sogar für Yolanda eine Mammutaufgabe ist.« Sie hielt kurz inne. »Wenn es nötig ist, kann ich ihn auch anrufen, das weißt du.«

Das stimmte. Amanda hatte ihn zwar verlassen, doch Natalies Eltern verstanden sich immer noch recht gut. Sie waren sogar ein paarmal zu dritt Essen gegangen. Das war ein wenig seltsam gewesen.

»Ich weiß.«

»Und lass dir von dieser Frau helfen. Wie hieß sie noch mal?«

»Ellie.« Nat gefiel, wie sich der Name auf ihrer Zunge anfühlte. Ellie.

»Ein schöner Name. Nimm ihre Hilfe an. Wenn sie verrückt genug ist, sich an einem Chewford-Event zu beteiligen, spann sie ein, bevor sie es sich anders überlegt.«

Kapitel 10

Die Handwerker lagen im Zeitplan und hatten die alte Schneiderei bereits komplett entkernt. Nun setzten sie Ellies Eisdiele Stück für Stück zusammen. Als erstes standen drei Sitznischen in Retro-Rosa mit passenden Tischen und Aluminiumleisten auf dem Plan. Alles wirkte wie aus dem Film *Grease* entsprungen. Ellie ließ eine Hand über die glänzende Vinyloberfläche des Polsters gleiten. Sie war schon immer ein Fan dieses amerikanischen 50er-Jahre-Stils gewesen und die Nischen sahen genau so aus, wie Ellie sie sich vorgestellt hatte. Außerdem hatten die Handwerker ein Servierfenster in der Ladenfront installiert, das im Sommer dem Straßenverkauf dienen würde.

Als Nächstes war der schwarz-weiß-geflieste Boden dran und als Letztes schließlich die Theke, ebenfalls in Retro-Optik mit Chrom-Blenden sowie die Gefrierauslage für die Eisbehälter. Zwei frei stehende Tische mit Stühlen standen den Gästen ebenso zum Verweilen zur Verfügung wie fünf rosafarbene Barhocker entlang der Theke, wo sie ihren Kaffee oder ihr Eis genießen konnten. Wo früher Hosen genäht worden waren, würde nun Eis verkauft werden.

Mit Klemmbrett und Maßband in der Hand schlenderte Ellie durch den Gastraum und notierte, wie viel Platz im hinteren Bereich für die Tische war. Mehr als gedacht, was gut war. Demnächst würde sie auf Shopping-Tour für die Ausstattung des Ladens gehen. Gläserne Eisbecher mit Stiel, Kaffeetasse, kleine Milchkännchen – Ellie liebte Shopping jeder Art, darauf freute sie sich. Red und Gareth wollten sie begleiten und würden sie mit ihrer Catering-Erfahrung beraten, damit sie ihr Geld nicht für Sachen ausgab, die sie nicht wirklich brauchte.

Sie konnte es kaum erwarten, bis der Laden geputzt war und die Theke voller Eis, das auf die Leute wartete, die durch die Türen strömten und ihr Geld ausgeben wollten. Heute hatte sie die ersten Vorstellungsgespräche geführt und direkt zwei Mitarbeiterinnen gefunden, womit sie sehr zufrieden sein konnte.

Geld war im Moment noch kein großes Problem, aber ein Einkommen schadete natürlich auch nicht, da sie jetzt sieben Monate lang ohne Beschäftigung gewesen war. Dieser sonnige Apriltag wäre perfekt, um Eis zu verkaufen. Hoffentlich hielt das Wetter, wenn sie Ende des Monats offiziell eröffnete. Aber es war Frühling in England. Was sollte da schon schiefgehen?

Ellie machte sich einen Vermerk, den Kaffeelieferanten anzurufen, den ihr eine Freundin empfohlen hatte. Ein Meeting für die kommende Woche stand bereits. Sollte sie die freie Zeit, die sie gerade hatte, dazu nutzen, ihre Wohnung in London leer zu räumen? Sie möglicherweise auch gleich verkaufen und sich von dem Geld hier vor Ort Eigentum zulegen?

Darüber musste sie noch etwas nachdenken, das war ein großer Schritt. Red war dafür gewesen und hatte es als Schritt gesehen, sich auf das Landleben einzulassen und hinter der Entscheidung zu stehen. Andererseits war auch klar, dass es inzwischen unmöglich war, in London Wohnraum zu finden. Wenn Ellie die Stadt hinter sich ließ, gab es wahrscheinlich kein Zurück mehr. Im Augenblick entspannte sie sich Tag für Tag ein bisschen mehr und spürte förmlich, wie ihr Körper zehn Jahre London-Stress verarbeitete. Aber war das genug, um der Stadt endgültig den Rücken zu kehren?

Als Ellie aufsah, entdeckte sie draußen Natalie, die gerade ein Schild zum Schaufenster ihres Geschäfts trug. Nach dem etwas holprigen Start war ihre Ladennachbarin einer der Gründe, warum sie sich hier zunehmend wohlfühlte. Je besser sie Nat kennenlernte, desto deutlicher kam deren Humor zum Vorschein. Ellie konnte nur hoffen, dass sie die Frau mit dem Baulärm nicht zu sehr verärgerte. Vielleicht sollte sie sie mal zum Essen einladen, um das Ganze ein bisschen erträglicher zu machen.

Urplötzlich stand Ellie ein Bild von sich und Natalie bei einem Candle-Light-Dinner vor Augen, was sie stirnrunzelnd in ihren Notizen innehalten ließ.

Wo kam das denn auf einmal her? In ihrer Vision goss ihnen ein Kellner Wein ein und sie prosteten sich zu, sahen sich dabei mit geröteten Wangen tief in die Augen.

Ellies Herz schlug schneller und sie schob den Gedanken rasch von sich. Sie hatte keine Zeit für Verliebtheit oder eine Beziehung, nicht mit dem Geschäft, das sie sich hier gerade aufbaute. Ja, Natalie stand auf Frauen, das war nach der Herzblatt-Sache im Pub klar. Ja, sie war Single. Aber nur weil sie beide queer und Single waren, hieß das doch noch lange nicht, dass sie auch zusammenkommen würden, oder? Hatte Ellie sich nicht geschworen, nicht als Klischee zu enden?

Außerdem hatte sie noch nie ein gutes Händchen für Beziehungen gehabt, anders als ihre Schwester. Paarbeziehungen waren was für Leute, die man in Hochglanzmagazinen sah und die sich am Wochenende gemeinsam im Möbelhaus ein neues Sofa kauften. Ellie hatte ihre Sofas immer bestellt, denn wer wollte schon allein Probesitzen? Einmal hatte sie Grace etwas in die Richtung vorgeschlagen, doch die hatte nur gelacht, in der Annahme, dass Ellie einen Witz gemacht hatte.

Damals hatte sie es einfach hingenommen – aber hatte sie bei Grace jemals sie selbst sein können? Rückblickend musste Ellie das verneinen. Selbst mitten im Orgasmus, bei dem man sich eigentlich so frei fühlen sollte wie sonst nirgendwo, hatte sie sich immer zurückgehalten. Tief im Inneren hatte sie gewusst, dass ihre Ex-Freundin es gegen sie verwenden würde, wenn Ellie sich voll auf sie einließ. Also hatte sie sich selbst eingeredet, dass Grace das war, was sie wollte und sie dann eben auch mit Grace leben musste. Bis ihr das nicht mehr gereicht hatte.

Würde sie in den Cotswolds finden, was sie suchte? Ellie schaute sich in ihrem entkernten Laden um und strich mit dem Fuß über den unebenen Betonboden. Die Eröffnung des Ultimate Scoop fühlte sich zumindest danach an. Sie tat etwas, das ihr wichtig war, bei dem sie sich lebendig fühlte. Etwas, bei dem sie nicht den lieben langen Tag lang auf einen Bildschirm starrte. Bei diesem Gedanken konnte Ellie ein Grinsen nicht unterdrücken. Die passgenau angefertigten Sitznischen waren für sie das größte Erfolgserlebnis der letzten 10 Jahre.

Ihr Blick hing immer noch an Natalie, die das Schild auf dem Gehweg in die richtige Position rückte. Natalie sah auf und winkte ihr zu.

In Ellies Magen machte sich ein flaues Gefühl breit. Ihr wurden die Knie weich und sie musste die Zähne zusammenbeißen, um ihren beschleunigten Atem wieder zu beruhigen. Auch das war neu. Sie winkte zurück, wollte aber nicht hinausgehen, weil sie nicht wusste, ob ihre Beine mitspielen würden. Würden sie unter ihr nachgeben? Zittern? Auseinanderfallen wie die Steine bei Tetris? Ellie klammerte sich an ihr Klemmbrett, als Natalie in ihre Richtung kam und schließlich ihre Ladentür öffnete.

Sie konnte den Blick nicht abwenden. Eben hatte sie noch ein romantisches Abendessen mit Natalie genossen, nur dass diese dabei gar nicht wirklich anwesend gewesen und alles nur Ellies Fantasie entsprungen war. Nun musste sie sich so normal wie möglich verhalten, ihren rasenden Herzschlag unter Kontrolle bringen und so tun, als wäre nichts. Kein Problem. Absolut nicht.

»Hübsches Schild.« Guter Anfang. Sehr unverfänglich.

Natalie schenkte ihr ein Lächeln. »Danke. Ich habe mir gedacht, dass der Laden ein bisschen mehr Werbung vertragen könnte, um Laufkundschaft anzuziehen.«

»Sieht gut aus.« Ellie überlegte verzweifelt, was sie noch sagen könnte, doch ihr Kopf war wie leer gefegt. Ihre ganze Aufmerksamkeit war auf Natalies strahlendes Lächeln gerichtet.

»Ich habe die Jungs von Sure Signs neulich bei dir gesehen. Hast du dich für einen Namen entschieden?«

»*The Ultimate Scoop*«, sagte Ellie zufrieden.

»Klingt lecker«, sagte Natalie grinsend.

»Klingt ganz gut, oder? Ich freue mich echt drauf, wenn das Schild kommende Woche fertig wird. Dann sieht es schon mal so aus, als würde hier bald etwas entstehen, weißt du, was ich meine?«

»Ja.« Natalie schob eine Hand in ihre Hosentasche. »Ich kann mich noch ganz genau daran erinnern, wie es war, als ich mein Ladenschild bekommen habe. Man hat das Gefühl, dass sich endlich was bewegt.« Sie deutete auf die Sitznischen. »Hier fühlt es sich auch schon ein bisschen realer an, oder?«

»Absolut. Mein Traum wird langsam wahr.« Dann runzelte Ellie die Stirn. »Kurze Frage: Hast du ein Sofa?«

»Ja.«, Natalie sah sie neugierig an.

»Hast du es im Laden oder online gekauft?«

Wenn Natalie das für eine seltsame Frage hielt, ließ sie es sich zumindest nicht anmerken. »Ich habe es in einem Laden in Cheltenham gekauft. Man sollte ein Sofa nicht online bestellen, wie soll man sich da draufsetzen und es ausprobieren? Ich habe Fi mitgenommen, um eine zweite Meinung zu haben.« Sie zögerte kurz. »Darf ich fragen, warum du das wissen willst?«

Hitze stieg Ellie in die Wangen. Da sie den wahren Grund nicht preisgeben wollte, ließ sie sich rasch eine Ausrede einfallen. »Ich brauche vielleicht demnächst eine Empfehlung für meine Wohnung.« Klang doch plausibel.

»Wenn du Wert auf eine zweite Meinung legst, kann ich gerne mitkommen«, erwiderte Natalie. »Ich wollte eigentlich nur kurz nachfragen, ob du nachher Zeit hast.« Sie schaute Ellie unverwandt in die Augen.

Ellie nickte. »Ja.«

»Ich habe gerade eine neue Lieferung Gin reinbekommen, wenn du also wirklich mal probieren möchtest, wäre das der ideale Zeitpunkt. Ich mache um halb sechs zu und könnte dir ab sechs eine Privatverkostung geben. Hast du Lust?«

Ellie saß auf einem Barhocker an der hölzernen Verkostungstheke und beäugte Natalie, als würde sie gerade Gift mischen.

Nat goss etwas Gin in zwei winzige Plastikbecher und stellte diese dann vor Ellie ab. »Okay«, begann sie und klang dabei sehr geübt und selbstsicher. »Das ist unser Zugpferd unter den Gins. Er hat Preise auf Landesebene gewonnen, worauf wir ziemlich stolz sind. Unsere beliebteste Spirituose: *Yolanda Gin*.« Diese Sätze sagte sie jeden Tag mindestens fünfmal auf, sie könnte das wohl sogar im Schlaf.

»Yolanda ist deine Tante?«

»Genau. Ihr gehört der *Yolanda's Distillery Shop*, der eine ganze Reihe von Gins, Whisky und Wodka anbietet. Sie ist ein bisschen wie ihr Gin: Von zu viel kann einem schon mal schwindelig werden. Daher auch der Name.«

Lachend griff Ellie nach der Flasche. »Hübsches Etikett. Sehr ästhetisch mit den Schnörkeln und ich mag das Design mit schwarz auf weiß. Wirklich edel.«

»Du klingst wie jemand, der sich in letzter Zeit ausgiebig mit Grafikdesign und Schriftzügen beschäftigt hat«, sagte Natalie amüsiert.

»Was hat mich verraten?« Ellie grinste und nahm sich dann einen der Becher, um daran zu riechen. Prompt wäre sie beinahe rückwärts vom Stuhl gekippt.

Natalie hielt sie am Arm fest, um sie zu stützen, und Wärme durchflutete sie, als wäre Ellie eine warme Sommerbrise. Einen Moment lang verharrten sie so und der Ausdruck in Ellies blauen Augen ließ Nat hart schlucken.

Sie konnte nicht recht deuten, was hier vor sich ging. Signalisierte Ellie ihr Interesse? Natalie hatte sie nur eingeladen, um sie vom Gin zu überzeugen, und für den Moment würde es auch dabei bleiben – selbst wenn jede Nervenzelle in ihrem Körper auf Ellies Anwesenheit reagierte.

Natalie räusperte sich. Sie wusste nicht, ob Ellie lesbisch war und selbst wenn, war jetzt kein geeigneter Zeitpunkt, um ihrer neuen Nachbarin möglicherweise unerwünschte Avancen zu machen. Also zog sie lieber wieder ihre Hand zurück und konzentrierte sich auf den Gin. Der änderte sich nie. Gin war eine Konstante. »Die Kopfnote ist recht blumig und wir verfeinern ihn mit Lavendel, wodurch er beim Mischen mit Tonic trüb wird. Probier ihn erst mal pur und dann gebe ich dir etwas Tonic dazu.«

Ellie musterte den Gin noch einen Moment lang misstrauisch, holte dann tief Luft und nahm einen winzigen Schluck. Und schüttelte sich prompt. Sie rutschte sogar etwas auf ihrem Hocker herum, bevor sie sich wieder fing. Als sie Natalie wieder anschaute, tränten ihre Augen ein wenig.

»Noch am Leben?«

»Gerade so«, erwiderte Ellie und atmete ein paarmal bewusst durch. »Tatsächlich war das nicht so schlimm, wie ich dachte.«

»So viel Lob, das sollten wir auf unsere Flaschen schreiben.«

Ellie lachte. »Ein Teil ist sicher meinem Jugendtrauma mit sechzehn geschuldet. Aber wie du gesagt hast: Gin hat sich deutlich weiterentwickelt. Außerdem habe ich in dem Alter sicher nicht so guten Gin getrunken.«

»Genau. Wahrscheinlich hattest du irgendwas Billigeres. Muss auch nicht schlecht sein, aber es ist eben nicht *Yolanda*.« Sie füllte den zweiten Becher mit Tonic auf und hielt ihn Ellie hin. »Siehst du, wie er milchig wird?«

Ellie nahm den Becher entgegen. »Ja.« Sie nippte am Inhalt, spürte dem Geschmack nach und schluckte. »Hey, das ist gar nicht mal schlecht. Daran könnte ich mich tatsächlich gewöhnen.«

Natalie reckte beide Arme in die Luft. »Volltreffer!« Sie grinste. »Willst du unseren Ingwer-Gin auch probieren? Wir haben noch einen speziellen mit Meerrettich, aber der Geschmack ist speziell. Da sollten wir uns lieber langsam herantasten.«

Ellies Gesichtsausdruck war zum Schießen. »Meerrettich? Da passe ich. Den mag ich nicht mal zu Rindfleisch.« Sie warf einen Blick über Natalies Schulter und deutete in die Richtung. »Was ist denn das da?«

Natalie drehte sich zur Wünschetruhe um. Sie war wie eine Piratenschatulle in dunklem Rot mit Silberbeschlägen gestaltet. Auf der Oberseite befand sich ein Schlitz, durch den man etwas einwerfen konnte. »Das ist unsere kleine Wünschetruhe für das Sommerfestival. Ich habe sie im Internet gefunden.« Sie griff nach hinten und holte die Schatulle auf die Verkostungstheke. »Sieht cool aus, oder?«

»Fantastisch. Bist du etwa Piratin und hast es mir nicht erzählt?« Mit hochgezogener Augenbraue musterte sie Natalie von oben bis unten.

Nat spürte den Blick am ganzen Körper und wich ihm rasch aus. »Nein, leider nicht. Vielleicht würden Frauen mich dann anziehender finden. Jeder steht doch auf Frauen in Uniform, oder?« O Gott, was hatte sie da gerade gesagt? Wo war der Filter zwischen Hirn und Mund abgeblieben? Offenbar hatte der sich heute freigenommen.

»Hab ich gehört.« Schmunzelnd verlagerte Ellie das Gewicht auf ihrem Barhocker, bevor sie Natalie wieder in die Augen sah. »Ich denke, das würde dir echt gut stehen. Vielleicht hättest du bei dem Herzblatt-Ding neulich auf den Look gehen sollen.«

Natalies Hirn hatte immer noch einen Kurzschluss von Ellies Worten. Sie würde eine attraktive Piratin abgeben? Das hatte ihr auch noch niemand gesagt. »Ich versuche ehrlich gesagt, diesen Abend ganz schnell aus meinem Gedächtnis zu verbannen.«

»Solltest du nicht. Das war sehr mutig, sich auf diese Bühne zu stellen. Sich so zu öffnen. Ich glaube nicht, dass ich das könnte.« Ellie schien einen Moment in Gedanken zu versinken, wandte ihre Aufmerksamkeit dann aber wieder der Truhe zu. »Wofür genau ist die gedacht? Davon ausgehend, dass du keinen entsprechenden Jobwechsel planst.« Sie tippte mit den Fingern auf das Holz.

»Im Moment eher nicht.« Natalie griff nach einem Stapel leerer, verschiedenfarbiger Postkarten. »Das ist eine Benefizsache. Die Leute können für ein Pfund eine Karte kaufen, darauf ihren Wunsch notieren, sie in die Box stecken und vielleicht wird er ja wahr. Je stärker der Wunsch, desto größer die Erfolgschance.«

»Das ist ja klasse! Wessen Idee war das?«

Natalie zog den Kopf zwischen die Schultern. Sie wusste genau, dass sie gerade rot wurde. »Meine.« Ein kleines Räuspern. »Ist ein bisschen esoterisch, aber vielleicht bin ich das im Herzen ein wenig.«

Dieses Mal war Ellie diejenige, die Natalie am Arm berührte. Nat schaute ihr nicht in die Augen, hielt jedoch still.

»Das ist nicht esoterisch, sondern romantisch. Keine Sorge, dein Geheimnis ist bei mir sicher.« Ellie griff sich eine gelbe Postkarte vom Stapel und reichte sie Natalie, um sich anschließend die blaue darunter zu nehmen. »Sollen wir die ersten sein, die eine Karte ausfüllen?«

Natalie runzelte die Stirn. Das hatte sie nicht erwartet. »Jetzt?«

»Warum nicht?«

Darauf fiel Natalie kein passender Grund ein. Sie öffnete die schmale Schublade unterhalb der Verkostungstheke und entnahm ihr zwei Kugelschreiber, von denen sie Ellie einen gab.

Grinsend ließ Ellie die Mine ihres Kugelschreibers mit einem Klicken ausfahren und kritzelte dann etwas auf die Karte, das sie unterstrich. Sie faltete die Karte in der Mitte, bevor sie sie in die Truhe warf. Dabei ging sie so routiniert vor, dass es wirkte, als würde sie das jeden Tag machen.

»Du bist dran. Und nicht morgen heimlich reinschauen, wenn du allein bist.«

Natalie lächelte und rüttelte an dem goldenen Schloss. »Der Schlüssel ist sicher oben verwahrt. Die Truhe wird erst nach dem Festival aufgemacht.« Sie tippte sich mit dem Ende ihres Kugelschreibers gegen die Wange, schrieb dann ihren Wunsch auf die Karte und warf sie ebenfalls ein. Ihr Herz klopfte wie wild und als sie aufsah, merkte sie, dass Ellie sie beobachtete.

»Was hast du dir gewünscht?« Ellie hob jedoch eine Hand, bevor Natalie antworten konnte. »Ich weiß, dass du es mir nicht sagen kannst, sonst geht es nicht in Erfüllung. Aber war es was Persönliches oder hatte es mit deinem Laden zu tun?«

Natalie zwang sich, sich auf Ellies Worte zu konzentrieren. Nicht auf ihre Lippen. Oder das Knistern in der Luft.

Sie schüttelte den Kopf. »Ich kann es nicht sagen, weil du es sonst wahrscheinlich erraten würdest.« Bedeutungsvolles Schweigen breitete sich zwischen ihnen aus.

Das Läuten der Glocke über der Ladentür ließ sie beide erschrocken zusammenzucken. Natalie riss ihren Blick los und erkannte ihren Vater, der gerade hereinkam. Eigentlich war sie sich sicher gewesen, die Tür abgeschlossen zu haben. Es war viertel nach sechs, eine ungewöhnliche Uhrzeit für ihn. Und außerdem ein denkbar ungünstiger Moment, da sie uns Ellie gerade etwas geteilt hatten, dass sich beinahe intim angefühlt hatte.

Als Keith Ellie erblickte, verhielt er mitten im Schritt und versuchte wohl, die Situation zu ergründen. Dann entdeckte er die Probierbecher. »Tut mir leid, ich wusste nicht, dass du einen Gast hast.«

O Gott, warum reagierte er denn so komisch? Das machte die Situation für sie und Ellie ein wenig unangenehm. Die Atmosphäre war angespannt und Nat ballte die Hände zu Fäusten.

»Kein Problem, ich habe nur versucht, Ellie davon zu überzeugen, dass Gin kein Schimpfwort ist.« Sie zögerte kurz. »Ellie, darf ich dir meinen Vater Keith vorstellen? Ellie eröffnet nebenan eine Eisdiele.«

Keith kam zu ihnen und schüttelte Ellie die Hand. »Schön, Sie kennenzulernen und willkommen im Dorf. Und wenn Sie wirklich auf den Geschmack von Gin kommen wollen, gibt es keinen besseren als *Yolanda*.«

»Das habe ich mitbekommen.« Ellie saß nun kerzengerade auf ihrem Barhocker, als würde sie sich für eine Prüfung vorbereiten. Die Intimität, die sie gerade noch vor ein paar Minuten geteilt hatte, hatte sich in Luft aufgelöst, als wäre sie nie da gewesen.

»Ich war gerade in der Nähe und dachte mir, dass ich eine Flasche Whisky mitnehmen könnte«, erklärte Natalies Vater. »Aber nur, wenn es dir gerade passt.«

Nat stellte die Truhe wieder auf den Boden und warf ihrem Dad einen vielsagenden Blick zu. »Natürlich.« Sie umrundete den Tresen und ging zum entsprechenden Regal, dem sie eine Flasche entnahm. »Hättest du dir nicht eine bei der Arbeit mitnehmen können? Immerhin arbeitest du in der Brennerei.«

Keith räusperte sich. »Ich habe Homeoffice gemacht. Weniger Ablenkung. Und dein Laden ist näher.«

Natalie steckte die Whiskyflasche in eine Geschenktüte und winkte nur ab, als er bezahlen wollte. »Komisch, ich bin vorhin bei dir vorbeigefahren, aber du hast nicht aufgemacht.«

Stirnrunzelnd senkte ihr Vater den Blick. »Ich muss wohl die Kopfhörer aufgehabt haben. Um mich besser zu konzentrieren.« Er nahm die Tüte entgegen und gab Natalie dann einen Kuss auf die Wange. »Aber ich will dich nicht weiter aufhalten. War schön, Sie kennenzulernen, Ellie.« Damit war er auch schon wieder auf dem Weg zur Tür.

»Ebenso.«

Natalie sah ihm kopfschüttelnd hinterher. »Ich entschuldige mich für meinen Vater. Er ist manchmal ein bisschen seltsam.«

»Er wirkte sehr nett.«

»Manchmal hat er seine Momente.« Irgendetwas stimmte nicht mit ihm, aber jetzt war nicht der geeignete Zeitpunkt, um sich darüber Gedanken zu machen. Sie ging wieder zu Ellie hinüber. »Wolltest du den Ingwer-Gin noch probieren?«

Ellie grinste. »Warum nicht? Jetzt, wo nach fünfundzwanzig Jahren meine Gin-Pechsträhne endlich abgerissen ist, kann ich auch in die Vollen gehen.«

Kapitel 11

Das Wochenende hatte Ellie sich für ihren Umzug freigehalten. Allerdings war ihr gemietetes Cottage komplett möbliert, weswegen das Zusammenräumen ihrer Habseligkeiten in Rekordzeit erledigt war. London zu verlassen war eine impulsive Entscheidung gewesen, weswegen sie nur mit drei Koffern, einer Schuhtasche, ihrem Laptop und ein paar wenigen Habseligkeiten in die Cotswolds gefahren war. Dinge, die eben problemlos ins Auto passten. Ihre Londoner Wohnung hatte sie möbliert an eine Freundin vermietet und bislang war sie nur einmal zurückgefahren, um ein paar Sachen zu holen. Ins Dorf umzuziehen würde nicht mehr als zwei Touren erfordern. Auch das Packen war ein Kinderspiel.

Was mit ihrer Stadtwohnung passieren sollte, stand immer noch nicht fest. Sie war inzwischen wieder frei und Ellie hatte Grace eine Nachricht geschrieben, dass sie bitte ihre restlichen Sachen abholen sollte – ein Bett, einige Gemälde und ein paar Kisten. Eigentlich hätte Ellie schon vor ihrer Abreise darauf bestehen sollen, aber zu der Zeit war ihr das nicht wichtig gewesen. Jetzt hoffte sie, dass Grace keinen Aufstand machen würde.

Da die Wohnung jetzt nicht mehr vermietet war und Ellies Leben sich zunehmend hier im Dorf abspielte, tendierte sie mehr und mehr zum Verkauf der Immobilie. Zumindest konnte sie ihren Makler darauf ansetzen, um den Markt zu sondieren. Das würde Grace nicht gefallen, aber es war nicht ihre Entscheidung und Ellie wollte auch nicht mit ihr darüber reden. Das Letzte, was sie jetzt brauchte, waren Rechtfertigungen vor ihrer Ex.

Sie seufzte und trank noch einen Schluck Kaffee, während ihr Blick zum Fenster ihres Cottages hinauswanderte. Glücklich war sie hier nicht gewesen, aber das Häuschen hatte seinen Zweck erfüllt. Ein Zufluchtsort, um sich zu sammeln, ihre Wunden zu lecken und sich auf einen Neustart vorzubereiten. Die Aussicht auf die grüne Hügellandschaft würde sie vermissen, die Isolation dagegen nicht.

Grace nahm beim vierten Klingeln ab. Hatte sie während der ersten drei auf Ellies Namen auf dem Display gestarrt? Nicht, dass es Ellie wirklich interessierte.

»Hallo, Fremde.«

Selbst das ärgerte Ellie schon. So viel Selbstgerechtigkeit in zwei Worten. Aber vielleicht interpretierte sie auch einfach zu viel hinein. Was durchaus möglich war. »Hey.« Sie waren fünf Jahre lang zusammen gewesen und doch fiel es ihr schwer, ihre Ex am Telefon zu begrüßen. Wobei Ex vielleicht auch ein bisschen zu viel gesagt wäre. Ebenso wie die Bezeichnung »Paar«. Sie hatten fünf Jahre lang miteinander gevögelt, sich gegenseitig zu offiziellen Anlässen begleitet und ab und zu im gleichen Bett geschlafen. Aber weder Ellie noch Grace waren je mit vollem Herzen dabei gewesen. Fünf Jahre und Ellie hatte nicht einmal Grace' Familie kennengelernt.

»Was verschafft mir die Ehre? Kommst du endlich wieder zur Vernunft und ziehst wieder in die Zivilisation? Wäre meine Hoffnung, du fehlst hier.«

Das bezweifelte Ellie stark. »Im Gegenteil, ich habe mich entschieden hierzubleiben und ich werde die Wohnung verkaufen. Hast du meine Nachricht wegen deiner Sachen bekommen und dass du mir den Schlüssel einwerfen sollst? Du hast nicht darauf geantwortet.« Auch das war für Ellie ein Ärgernis.

Stille am anderen Ende.

»Hast du gehört, was ich gesagt habe?«

Grace räusperte sich. »Habe ich. Ich frage mich nur, was du dir dabei denkst. Du willst in den Cotswolds bleiben? Bist du verrückt geworden? Allein der Handyempfang dort ist ein Grund, nicht hinzuziehen.«

Ellie verdrehte die Augen. Unrecht hatte Grace nicht, der Empfang war auf dem Land fürchterlich. Aber die letzten Monate hatten Ellie bewiesen, dass ihre geistige Gesundheit mehr wert war als das Handynetz.

»Es gibt Wichtigeres im Leben, Grace.«

»Das ist doch Unsinn.« Wieder eine Pause. »Meinst du das ernst mit dem Verkaufen?«

»Todernst. Ich eröffne eine Eisdiele, fange hier neu an. Ich habe lange darüber nachgedacht und werde die Zelte in London abbrechen.« So sicher war sie sich da bis zu diesem Moment eigentlich nicht gewesen, aber jetzt bestand kein Zweifel mehr. Das Gespräch mit Grace verfestigte es nur noch.

»Aber du liebst London!«

»Also, hast du deine Sachen abgeholt?« Ellie hatte keine Lust, das Telefonat in die Länge zu ziehen.

»Noch nicht.« Grace verschwieg sicherlich irgendetwas.

»Du hattest genug Zeit, Grace. Es gibt keinen Grund so zu tun, als käme das überraschend.«

Grace zögerte hörbar. »Ich hatte nicht damit gerechnet, dass du nicht mehr zurückkommst. Nach London oder zu mir.«

Ellie schüttelte den Kopf. Das war das Problem bei Grace: keine Weiterentwicklung. Sie war glücklich damit, immer und immer wieder das Gleiche zu tun, während Ellie Antrieb und etwas Abwechslung brauchte. »Das steht nicht zur Debatte. Kannst du also bitte deine Sachen ausräumen und die Schlüssel dort lassen, wo sie immer gelegen haben?«

»Na ja, eine Freundin von mir übernachtet da gerade. Und bevor du jetzt sauer wirst, es ist nur für ein paar Tage, keine große Sache. Lass uns noch mal reden, wenn sie wieder weg ist. Vielleicht bei einem Drink, wenn du wieder in der Stadt bist.«

Ellie schloss die Augen. Genau das hatte sie vermeiden wollen. Drama. »Wer ist da gerade in meiner Wohnung?«

Wieder Stille am anderen Ende.

In diesem Moment ging Ellie ein Licht auf. »Ist sie dein neuestes Betthäschen? Vögelst du mit jemandem in *meinem* Bett?« Auf einmal trat die Ruhe, die die Aussicht auf grüne Hügel und blauen Himmel vermittelte, komplett in den Hintergrund. In Ellies Kopf tobte ein wahres Gewitter. »Das kann doch nicht dein Ernst sein. Du sorgst besser dafür, dass sie weg ist, bevor ich komme. Lass die Schlüssel in der Wohnung liegen und kriech zurück in das Loch, aus dem du gekommen bist.« Mit diesen Worten beendete sie das Gespräch, legte das Handy auf die Anrichte und brüllte dann aus vollem Hals los.

Ihr Magen krampfte sich zusammen und Kopfschmerzen streckten ihre dürren Finger nach ihrem Hirn aus. Daraus hatte ihr Leben in London bestanden – Drama mit Grace und viel zu viel Arbeit. Grace-verursachter Stress, Kopfschmerzen, Liebeskummer. Ellie massierte sich die Schläfen.

Schluss damit. Sie war in den Cotswolds und baute sich gerade in jeglicher Hinsicht etwas Neues auf. Grace würde ihr sicher nicht den Tag vermiesen. Ellie würde sich erst wieder mit ihr befassen, wenn sie geschäftlich in London war und sie dann ein für alle Mal aus ihrem Leben verbannen. Sie brauchte sie nicht mehr.

Das Bild einer lächelnden Natalie mit ihrer Wunschtruhe stieg vor Ellies innerem Auge auf. Nachdem Keith sie unterbrochen hatte, war die Gin-Verkostung recht schnell zu Ende gegangen. Etwas hatte sich durch die Störung verändert und Natalie schien mit den Gedanken ganz woanders zu sein.

Spielte Natalie auch solche Spielchen wie Grace? Ellie bezweifelte es. Sie war viel direkter, führte ein einfacheres Leben. Natalie wusste, wer sie war. Aber sie kannte Ellie noch nicht. Wusste nicht, dass sie lesbisch war. Ellie konnte sich gut vorstellen, dass es auf dem Land deutlich anstrengender war, homosexuell zu sein, als in der Stadt. Dort ging alles anonymer zu. Hier stand das eigene Leben immer unter Beobachtung. In den Cotswolds musste Ellie sich noch outen, aber das hatte Zeit. Ob Natalie es vielleicht schon ahnte? Davon war auszugehen.

Ihr Smartphone meldete eine eingehende Nachricht von Carl, ihrem Bauleiter, der sie darum bat, zeitnah in den Laden zu kommen, um sich ein Problem mit dem Boden anzusehen. Ellie trank den Rest ihres Kaffees aus und schob den Zorn weg, den Grace in ihr hatte aufflammen lassen.

Ihr Weg ins Dorf führte über eine schmale, gewundene Straße, zu deren Seiten sich Büsche und dahinter nur Felder und Wiesen befanden. In diesem Moment vermisste sie London und seine verstopften Straßen kein Stück. Warum sollte sie dorthin zurück? Es gab nichts mehr, was sie daran reizte, und das schon seit einer Weile nicht mehr. Um das zu erkennen, hatte sie aber erst eine Weile weg sein müssen und das würde Ellie nicht vergessen.

Sie lenkte ihren Land Rover über die Autobrücke nach Upper Chewford, vorbei an der alten Mühle, deren Wasserrad sich unablässig drehte. Während sie am Ale entlangfuhr, drosselte sie das Tempo, um Rücksicht auf die Touristen zu nehmen, die auf den Fußgängerbrücken Fotos schossen. Als sie im vergangenen September hier angekommen war, war sie noch eine von ihnen gewesen, einsam und verletzt. Jetzt, ein paar Monate später, wurde sie zur Einheimischen. Sie hatte inzwischen sogar einen Parkausweis, der das belegte.

Am Star Inn vorbei bog Ellie auf den Marktplatz ein. Fi stand mit ihrem Welpen auf dem Arm auf der gegenüberliegenden Seite. Das bedeutete es, an einem Ort heimisch zu sein: Man fuhr zur Arbeit und sah auf dem Weg Leute, die man kannte.

Vorsichtig umrundete Ellie den Platz, auf dem sich zahlreiche Einkaufswütige tummelten. Als sie näherkam, setzte Fi Rocky auf dem Boden ab und beugte sich über ihn, um ihn anzuleinen. Doch bevor sie den Karabiner einhaken konnte, entwand Rocky sich ihrem Griff und rannte los – direkt vor Ellies Auto.

Entsetzt Ellie schrie auf und ihr Herz setzte für einen Moment aus. Sie biss die Zähne zusammen und riss das Lenkrad scharf nach links, um eine Kollision mit dem Hund zu vermeiden. Mit zusammengekniffenen Augen erwartete sie den schrecklichen Aufprall, doch der blieb aus.

Die Zeit schien stillzustehen, und die Welt drehte sich um sie. Ellie stieg mit voller Wucht auf die Bremse und riss das Steuer erneut herum, um nicht in ihrem eigenen Laden zu landen. Wie durch ein Wunder waren gerade keine Leute auf dem Gehweg unterwegs, auf den sie auswich, aber Natalies nagelneues Schild fiel ihrem Auto mit einem lauten Knirschen zum Opfer.

Schließlich kam Ellie auf dem Gehweg zum Stehen, die Stoßstange nur Zentimeter von Natalies Ladentür entfernt. Ihr Herz hämmerte wie verrückt und sie stützte den Kopf auf das Lenkrad, das sie gerade noch nicht loslassen konnte.

Irgendwann schaffte sie es und während sie versuchte, ihren Atem wieder unter Kontrolle zu bringen, lehnte sie sich im Sitz zurück und entspannte langsam einen Muskel nach dem anderen wieder.

Sie lebte noch. Sie hoffte, dass Rocky noch lebte. Sie hatte niemanden umgefahren oder war in Natalies Geschäft gekracht.

Erst Grace und nun das.

Was für ein beschissener Morgen.

Kapitel 12

Natalie telefonierte gerade mit ihrer Mutter, als draußen ein lauter Knall ertönte. Verwirrt blickte sie auf und sie erkannte ein großes, schwarzes Auto, dass direkt auf ihr Schaufenster zuhielt.

»Ich muss dich zurückrufen.« Natalie legte auf, warf das Handy auf den Tresen und rannte zur Tür. Ellies Auto war nur Zentimeter davor zum Stehen gekommen. Nat versuchte, ihren rasenden Herzschlag zu ignorieren, und sich einen Überblick zu verschaffen. Ging es Ellie gut? Hatte das Geschäft Schaden genommen? War irgendjemand verletzt? Ein kurzer Rundumblick zeigte ihr, dass das einzige Opfer ihr Schild auf dem Gehweg zu sein schien. Wenn es nur das war, konnten alle Beteiligten von Glück reden. Natalie brauchte auch keinen Spiegel, um zu wissen, dass ihr Gesicht knallrot war. Ihr Puls ging gerade beinahe durch die Decke.

Vorsichtig lugte sie durch das Autofenster auf der Fahrerseite. Ellie war leichenblass, starrte stur geradeaus, und umklammerte das Lenkrad so fest, dass ihre Fingerknöchel weiß hervortraten. Plötzlich kamen schnelle Schritte näher und Nat sah Fi mit Rocky auf dem Arm auf sich zu rennen.

»Seid ihr alle okay? Das war allein meine Schuld, es tut mir so leid!« Fis Gesicht hatte einen ähnlichen Graustich wie ihre Haare.

»Was war deine Schuld?« Natalie verstand den Zusammenhang noch nicht.

Fi zog den Kopf ein. »Ich habe Rocky abgesetzt, um ihn an die Leine zu nehmen, da ist er auf die Straße gelaufen. Ellie ist ihm ausgewichen.« Sie öffnete die Beifahrertür des Autos. »Geht es dir gut, Ellie?«

Ellie drehte langsam den Kopf in Fis Richtung. »Geht es allen gut? Habe ich noch etwas anderes getroffen außer das Schild? Einen Hund? Einen Menschen?« Die letzte Frage war an Natalie gerichtet, die ebenfalls ins Auto schaute.

»Es geht allen gut. Warum stellst du nicht das Auto ab und kommst dann auf eine Tasse Tee rein? Das wird dir guttun.«

»Ich ersetzte dein Schild, das ist schließlich meine Schuld.« Damit schloss Fi die Autotür.

Einen Moment später setzte Ellie zurück und betrachtete das bedauernswerte Schild. Als die Räder es freigaben, knarzte es noch einmal schwächlich und hauchte dann sein kurzes Leben aus.

Allein der Gedanke daran, was alles hätte passieren können, ließ Zorn in Natalie hochkochen und sie fuhr zu Fi herum. »Führ Rocky an der Leine. Dieses Mal ist niemand verletzt worden, aber das war nur Glück. Ellie hätte verletzt werden können oder jemand anderes. Ich lerne Ellie gerade erst kennen und ich mag sie. Es wäre mir also recht, wenn sie am Leben bleiben würde.«

»Ich weiß und es tut mir leid. Es wird nicht wieder vorkommen.« Fi warf einen Blick hinüber zu Ellie, die in der Mitte des Platzes parkte und dann aus dem Auto stieg. Natalie sah ebenfalls zu ihr. »Du *magst* sie? Läuft da was zwischen dir und Ellie?«

Natalies Magen krampfte sich zusammen und sie verschränkte die Arme vor der Brust. Warum war ihr das rausgerutscht? »Nein, wir sind nur Freundinnen. Aber sie ist gerade erst hergezogen, also sollten wir sie nicht direkt umbringen.«

Fi neigte den Kopf zur Seite. »Ich glaube, Natalie ist verknallt.« Sie hielt eine von Rocky Vorderpfoten hoch. »Was meinst du, Rocky?«

»Lass es gut sein, Fi.«

Einen Augenblick später stieß Ellie zu ihnen, ihren Schlüsselbund noch in der Hand. Ihre Finger zitterten stark.

Fi trat unruhig von einem Bein aufs andere. »Ich muss mich noch mal entschuldigen. Aber Rocky sagt danke, dass du ihn nicht platt gemacht hast.«

Ellie fuhr sich mit einer Hand durch die dunklen Haare. Auch in diesem mitgenommenen Zustand war sie immer noch unglaublich attraktiv. Ihre langen Beine steckten in dunkelblauen Jeans und ihr Top war mit blauen Vögeln bedruckt. »Gern geschehen.«

Fi warf einen Blick auf Ellies Laden. Um die Hausecke führte inzwischen eine riesige, rosa-weiß-gestreifte Markise und die Sitzmöbel im Inneren standen schon, wo sie hingehörten. »Die Eisdiele sieht toll aus. Du solltest auch ein paar Sitzgelegenheiten draußen anbieten. Terrassenfeeling und so. Würde sich unter der Markise gut machen.«

»Nicht, wenn den Hund ständig Autos dazu zwingt, auf den Gehweg auszuweichen«, erwiderte Ellie matt. Am liebsten hätte Natalie Ellie in den Arm genommen, die ganz offensichtlich noch unter Schock stand. Manchmal war ihre Cousine wirklich taktlos.

»Okay, es geht ja allen gut, und ich muss weiter.« Fi rang sich ein gezwungen wirkendes Lächeln ab. »Wir sehen uns. Ich kauf dir ein neues Schild, versprochen.«

Natalie verdrehte die Augen und sah ihrer Cousine hinterher. »Darauf kann ich lange warten.« Dann lächelte sie Ellie an. »Möchtest du eine Tasse Tee?«

»Ja, bitte.« Ellie folgte ihr in den Brennereiladen und setzte sich an die Verkostungstheke.

Natalie gefiel, wie selbstverständlich das bereits wirkte. Sie fühlten sich beide wohl in der Gesellschaft der anderen und das war ein schönes Gefühl. Wäre Ellie bei diesem Unfall ernsthaft zu Schaden gekommen, hätte Natalie das nur schwer verkraftet. Und es fiel ihr nicht leicht, das zuzugeben. Sie kannten sich noch nicht lange, doch inzwischen freute Nat sich immer darauf, wenn Ellie zur Arbeit kam. Ihr Herz wurde leicht, sobald sie Ellies Auto sah. Der Gedanke ließ sie schlucken. Sie wusste nicht einmal, ob Ellie lesbisch war. Es wäre nicht die klügste Idee, Gefühle für ihre Hetero-Nachbarin zu entwickeln.

Sie rührte den Tee um, den sie nebenbei aufgesetzt hatte, und verdrängte diese Gedanken für den Moment.

»Wie geht es dir? Ein bisschen ruhiger?« Natalie stellte die Teetasse vor Ellie ab. »Ich habe zwei Stück Zucker reingetan, die kannst du bestimmt gut gebrauchen.«

Ellie schenkte ihr ein schwaches Lächeln. »Danke. Stimmt wohl. Vor allem, weil ich dachte, dass ich gleich frontal in deinem Geschäft lande.«

»Bist du aber nicht. Gute Reaktionsfähigkeit.«

Ellie seufzte und ließ den Kopf in den Nacken sinken, was den Blick auf ihren schlanken Hals und die glatte Haut dort freigab.

Natalie konzentrierte sich bewusst auf ihren eigenen Tee. Bloß nicht starren. Im Teetrinken waren Briten schließlich Experten.

»Rocky beinahe zu überfahren und mein Auto fast in deinen Laden zu setzen war mehr als genug Aufregung für einen Morgen.« Ellie zögerte kurz und tippte mit den Fingern auf der Theke herum. »Aber ich habe eine Entscheidung getroffen. Ich werde meine Wohnung in London verkaufen.«

Moment, Ellie wollte vollständig nach Cotswold ziehen? Natalie gab sich große Mühe, ihre Gesichtszüge unter Kontrolle zu halten, auch wenn sie von Vorfreude überwältigt wurde und am liebsten gejubelt hätte. »Das ist ein großer Schritt. Wir haben wohl einen guten Eindruck bei dir hinterlassen.«

Ellie schien kurz unsicher, sah Natalie jedoch weiterhin fest in die Augen. »Du auf jeden Fall.«

Etwas regte sich in tief in Natalie, doch sie schluckte es runter. Da war es wieder, das Kribbeln, das sie schon bei der Ginverkostung gespürt hatte. Das sie am liebsten festhalten und den ganzen Tag über mit sich herumtragen würde. Der bedeutungsschwere Moment dehnte sich aus, bis Ellie schließlich den Blick abwandte und einen Schluck aus ihrer Teetasse trank.

Als sie wieder zu Nat schaute, war deren erster Impuls, ihr auszuweichen, doch sie widerstand.

»Heute Morgen hatte ich ein unangenehmes Gespräch mit meiner Ex, die Kram von sich in meiner Wohnung lagert. Wir haben nicht zusammengelebt, aber sie hat immer noch einen Schlüssel.«

Natalie wurde ein wenig schwindelig. Ellies Ex war eine Frau. Jetzt hieß es Ruhe bewahren, auch wenn sich Hitze in ihrem Körper ausbreitete.

»Und jetzt auch noch das. Vielleicht sollte ich wieder ins Bett gehen und den Rest des Tages dort aussitzen.«

»Ganz im Gegenteil, es kann nur besser werden. Was soll denn jetzt noch schief gehen? Vielleicht hast du einen großartigen Nachmittag vor dir.«

»Das hoffe ich. Ich muss mich gleich mit meinem Bauleiter treffen. Aber danach habe ich einen Termin mit meinem Eislieferanten, um unsere Eigenkreationen zu besprechen.«

»Siehst du? Besser als das geht es nicht.« Ihr lagen so viele Fragen auf der Zunge, aber sie beließ es dabei. Sie würde noch genug Zeit haben, mehr über Ellies Ex-Freundin zu erfahren. Aber Ellie musste bereit sein, darüber zu sprechen. Hatte sie sich überhaupt outen wollen? Möglicherweise nicht. Doch Natalie würde es sicher niemandem weitererzählen, das wusste Ellie hoffentlich. Sie vermied zum Mittelpunkt des Dorfklatsches zu werden, wo sie nur konnte.

Ellie schien noch etwas sagen zu wollen, schwieg dann aber.

In diesem Moment kam ein Kunde herein. »Einen Moment«, sagte Natalie zu Ellie. Nachdem sie den Kunden bedient hatte und zurückkam, war Ellie jedoch bereits von ihrem Hocker gerutscht.

»Ich lasse dich mal weiterarbeiten, ich habe selbst noch viel zu tun heute. Danke für den Tee.« Sie schenkte Natalie ein Lächeln.

»Hab einen schönen, ärgerfreien Nachmittag«, antwortete Natalie. »Und Ellie?«

Ellie wandte sich noch einmal zu ihr um. »Ja?«

»Ich bin froh, dass du bleibst.«

»Ich auch.« Damit verschwand Ellie nach draußen.

Kapitel 13

»Das ist viel größer, als ich es mir aus deiner Erzählung vorgestellt habe. Ich meine, es ist nicht dein einsames Cottage, aber es gibt immerhin zwei Schlafzimmer. Und dein Wohnzimmer ist riesig.« Red trat an das große Fenster, das zum Marktplatz hinausging. »Von hier aus kann man wunderbar Leute beobachten. Du könntest die Dorfhellseherin werden, dir entgeht nichts. Du wirst allen Klatsch kennen, noch bevor die Betroffenen es wissen.«

Ellie gesellte sich zu Red und schaute hinaus auf den Platz. Im Moment war niemand unterwegs, den sie kannte, aber sie hatte auch bislang kaum Einheimische kennengelernt. Noch nicht. Das würde sich ändern, sobald sie ihr Café eröffnete und die Dorfbewohner ihr Eis genau unter die Lupe nahmen. Und auch sie als Person.

Ein kurzer Blick nach links zeigte ihr, dass Natalies Vorhänge noch geschlossen waren. Wären sie offen, könnte sie einander direkt ins Wohnzimmer schauen. Der Gedanke brachte Ellie zum Lächeln.

Die letzte Nacht in ihrem Cottage war unruhig gewesen. Ab jetzt würde sie sich permanent in Rufweite zu Natalie aufhalten. Inzwischen betrachtete sie sie als Freundin und vielleicht sogar noch ein bisschen mehr.

Es lag etwas in der Luft, wenn sie miteinander allein waren. Etwas Undefinierbares. Und das, obwohl Ellie gerade eigentlich keinen Platz für mehr Komplikationen in ihrem Leben hatte. Natalie wirkte aber gar nicht so kompliziert. Ganz im Gegenteil, bisher hatte sie Ellie in allen schwierigen Situationen wirklich weitergeholfen.

»Ist das da Natalies Wohnung?« Red hatte ihren Blick bemerkt.

Ellie wandte sich mit einem Nicken ab. »Ja. Wie gut, dass sie mir meine Fehltritte alle verziehen hat.«

»Dir kann man auch sehr leicht verzeihen, wenn du es drauf anlegst.« Red schenkte ihr ein Lächeln. »Aber ich mag sie, auch weil sie so direkt ist. Hat sie dir erzählt, dass ihr die Schokoladenproben gefallen haben und sie nächste Woche in Produktion gehen? Bald übernimmt *Red Chocolatier* ganz Upper Chewford.«

»Die *Chocolate Box* und *Yolanda's Distillery Shop*. Zwei Läden. Mal nicht übermütig werden.«

Red verengte die Augen zu Schlitzen. »Lach du nur. Erst Upper Chewford, dann die Welt! Aber abgesehen davon: Sollen meine Produkte nicht auch im Ultimate Scoop ausliegen? Ein paar Pralinenschachteln an der Kasse vielleicht, um die Leute zu verführen, wenn sie am wenigsten widerstehen können? Oder vielleicht sogar unsere Schokolade in Eis verarbeitet?«

»Natürlich. Darüber sollten wir uns bald mal unterhalten.«

Ein verschwitzt wirkender Gareth kam herein und unterbracht damit ihr Gespräch. Ellie und Red hatten ihn als starken Mann schamlos dazu verdonnert, die Koffer in die Wohnung zu schleppen, doch beschwert hatte er sich darüber nicht.

»Das ist eine schöne Wohnung Ellie.« Er schob die Hände in die Hosentaschen seiner Jeans und kam zu ihnen ans Fenster. »Und bestens dazu geeignet, um Leute zu beobachten.«

Ellie verdrehte die Augen. »Ihr zwei seid wirklich füreinander geschaffen, wisst ihr das?«

Gareth legte einen Arm um Red und gab ihr einen Kuss auf die Wange. »Sehen wir auch so.« Er schwieg einen Moment lang. »Das waren dann die letzten Sachen aus dem Cottage. Und jetzt?«

Ellie zählte die nächsten Schritte an ihren Fingern ab. »Als Erstes müssen wir mit deinem Van eine Kommode aus einem der Nachbardörfer holen. Dann bräuchte ich Hilfe, um mein Bett zusammenzubauen und hier mal durchzuputzen. Aber wenn wir fertig sind, lade ich euch zum Abendessen in den Pub ein. Einverstanden?«

Red umarmte sie fest. »Klingt großartig. Habe ich dir schon gesagt, wie stolz ich auf dich bin? Dass du hier neu anfängst und dir dein Leben zurückholst? Und du stemmst das alles allein – das ist wirklich eine Leistung.«

Ellie zuckte nur die Schultern. »Halt die Klappe, du machst mich ganz verlegen. Das ist eigentlich mein Job, ich bin die ältere Schwester.«

Red stieß sie mit der Hüfte an. »Wir wechseln uns ab.« Ihr Lächeln wurde zu einem breiten Grinsen und sie winkte über Ellies Schulter hinweg jemandem zu.

Als Ellie sich umdrehte, erkannte sie Natalie, die gerade ihre Vorhänge öffnete und ein bisschen erschrocken zu ihnen schaute. Das konnte Ellie ihr nicht verübeln, schließlich war das eine neue Situation für sie alle.

Einen Augenblick später winkte Natalie ihr zu.

Ellie tat es ihr gleich und hatte das Gefühl, dass das Ganze gerade ein bisschen unangenehm wurde. Wie das wohl von außen aussah, wie sie hier standen und sich grinsend zuwinkten?

Natalie nahm die Hand als erste runter und verschwand dann aus Ellies Blickfeld.

Ellie räusperte sich und spürte, wie sehr ihre Wangen glühten. »Wollen wir dann los?«

Als sie sich gegen sechs Uhr abends ins *Golden Fleece* schleppten, waren sie alle völlig erledigt. Ellie hatte ganz vergessen, wie anstrengend Umzüge waren, selbst wenn man kaum etwas mit sich brachte. Alle größeren Möbelstücke musste sie noch aus London herbringen lassen, wobei sie gerade ernsthaft erwog, auch diese zu verkaufen und einen kompletten Neustart zu machen. Insbesondere nachdem Grace und ihre neue Affäre sich darauf getummelt hatten.

Erneut drohte Wut in ihr hochzukochen, doch Ellie setzte dem rasch ein Ende. Jetzt, in diesem Moment, brauchten sie etwas zu essen und zu trinken, bevor sie noch vor Erschöpfung umkippten. Sie war so dankbar, dass Red und Gareth schon gestern Abend hergekommen waren, um ihr zu helfen. Red und sie hatten sich schon immer aufeinander verlassen können, im Gegensatz zum Rest der Familie. Inzwischen gehörte allerdings auch Gareth dazu, der sich nach 13 Jahren sicher seine Sporen in dieser Hinsicht verdient hatte.

»Wann holst du den Rest?« Gareth nahm einen tiefen Schluck aus seinem Bierglas.

Ellie zuckte die Schultern, als wäre das keine große Sache, doch sie wusste, dass Red sie sofort durchschauen würde. »Wenn ich Zeit habe, aber keine Ahnung, wann das sein wird. Ich habe diese Woche mit Grace telefoniert, die hat immer noch Kram in der Wohnung. Und eine Bekannte von ihr wohnt gerade da. Das macht alles ein kleines bisschen komplizierter.«

Red fuhr zu ihr herum, bevor sie den Satz fertiggesprochen hatte. »Was? Ich dachte, ihr hättet Schluss gemacht?«

»Haben wir auch. Aber ich bin ziemlich Hals über Kopf abgehauen und ein paar ihrer Sachen waren noch in der Wohnung. Sie hat mir gesagt, dass sie sie abholt und mir den Schlüssel da lässt …«

»Lass mich raten: Grace, der Inbegriff der Verlässlichkeit, hat das bis jetzt nicht gemacht. *Quelle surprise.*«

»Das ist erledigt. Ich habe mir ihr gesprochen.«

Red runzelte die Stirn. »Wird das wirklich so einfach? Hört Grace auf dich und belässt es dabei?«

»Das wird sie müssen, weil ich meine Entscheidung nicht ändere. Ich habe ihr am Telefon gesagt, dass ich hierbleiben werde. Hat sie ziemlich überrascht.« Ellie musste seitdem immer wieder an die bedeutungsschwere Pause denken, die ihrer Eröffnung gefolgt war. Sie war ziemlich stolz darauf.

»Ich könnte dich begleiten und einschüchternd hinter dir stehen«, warf Gareth ein. »Ich bin echt gut im Dastehen und böse gucken.«

Ellie lächelte. Gareth war zwar groß, aber auch genauso lieb. Sie bezweifelte stark, dass seine bösen Blicke Grace einschüchtern würden, die in diesem speziellen Bereich eine Meisterin war. »Ich kann meine Kämpfe selbst austragen, aber danke für das Angebot.«

Er lehnte sich in meinem Stuhl zurück und verschränkte die Arme. »Ich bin da, wenn du mich brauchst.«

»Ich bin einfach nur froh, wenn die Wohnung verkauft ist. Außerdem werde ich die meisten meiner Möbelstücke auch loswerden, denke ich. Ein klarer Schnitt und ein Neustart ohne Erinnerungen an London oder Grace.«

Red legte Ellie einen Arm um die Schultern. »Nicht alles in London war schlecht. Wir hatten da auch viel Spaß.«

Ellie und Red hatten ein paar Jahre zusammengewohnt, bis Red nach Hampshire gezogen war. »Das stimmt. Und nein, nicht alles war schlecht. Aber es ist Zeit für einen kompletten Neuanfang und mir neue Möbel zu kaufen, fühlt sich gut an. Ich will schon ewig ein neues Bett, das war eine gute Gelegenheit. Und dein neues Sofa kommt auch auf jeden Fall.«

Ein Luftzug fuhr durch den Pub, als die Tür sich öffnete und Natalie und ihr Dad hereinkamen. Sie wirkten, als würden sie sich miteinander nicht ganz wohl fühlen. Natalie überspielt dies zwar gekonnt, aber Ellie wusste gut, wie man sich mit Eltern fühlte, die sich nicht so verhielten, wie man es sich wünschte. Als Ellie einundzwanzig und Red achtzehn gewesen waren, waren ihre Eltern nach Dubai gezogen, nachdem ihr Vater ein Jobangebot von dort erhalten hatte. Seitdem hatten sie sich ein paarmal besucht, aber die Entscheidung hatte bei den Schwestern Spuren hinterlassen und ihre Verbundenheit gestärkt. Wenigstens war Natalies Vater noch in der Nähe.

Nat blieb kurz an ihrem Tisch stehen und stellte ihren Vater Red und Gareth mit einem strahlenden Lächeln vor.

Ellie setzte sich ein wenig aufrechter hin und fuhr sich mit einer Hand durch die Haare. In Natalies Gegenwart fühlte sie sich wieder wie siebzehn.

»Bist du schon komplett umgezogen?«, fragte Natalie.

»Alles fertig, deswegen lade ich meine unbezahlten Helfer zum Essen ein.«

Natalie trug ein schwarz-weiß gestreiftes Top mit U-Ausschnitt und Ellies Blick huschte automatisch über ihre entblößten Schlüsselbeine. Unwillkürlich stellte sie sich vor, wie sie die Stelle mit ihrer Zunge liebkoste und dann ihren Hals entlangstrich. Das würde Natalies noch breiter lächeln lassen.

Sie blinzelte, um sich von der Vision loszureißen, und schaute sich unauffällig um. Niemand schien etwas bemerkt zu haben und sie hatte es auch nicht laut ausgesprochen. Also widmete sie ihre Aufmerksamkeit wieder dem Gespräch.

»Ich habe deine Pralinen Yolanda gezeigt und sie findet sie unglaublich gut. Das heißt, wir können tatsächlich starten. Hast du meine E-Mail bekommen?« Das richtete sich an Red.

Diese nickte. »Habe ich und ich freue mich wirklich auf unsere Zusammenarbeit. Außerdem ist meine Schwester jetzt deine Nachbarin, es gibt also kein Entkommen mehr.«

Natalie warf Ellie einen verspielten Blick zu. »Den Knaps in die Falle gegangen.« Dann breitete sich ein entzückender Rotschimmer auf ihren Wangen aus. Ellie hätte nicht gedacht, dass sie noch süßer werden könnte.

»Ellie hat uns von dem Sommerfestival erzählt, das ihr organisiert«, fuhr Red fort. »Klingt großartig. Ich würde unglaublich gerne mit *Red Chocolatier* teilnehmen und euch auch gerne mit Werbung und als Sponsorin unterstützen.«

Natalies Lächeln wurde ein bisschen gezwungen. »Da finden wir sicher etwas für dich. Lass uns demnächst mal drüber reden, wir lassen euch jetzt erst mal essen.« Sie schaute kurz zu Ellie. »Einen schönen Abend noch.«

Ellie blickte ihnen hinterher, bevor sie sich an Red wandte. »Könntest du mir beim nächsten Mal eine Vorwarnung geben, wenn du so was machst? Ich versuche, gut vor Natalie dazustehen und sie ist sowieso schon wenig begeistert, neue Leute reinzulassen.«

Red musterte sie forschend. »Entspann dich. Ich biete nur Geld und Hilfe an. Das nennt sich Geschäft. Außerdem verkaufe ich Schokolade und eröffne keine Konkurrenz-Brennerei.«

»Ich weiß. Ich will da nur vorsichtig sein, das ist alles.«

»Im vorsichtig vorgehen bin ich nicht gut«, erwiderte Red.

Gareth, der gerade sein Glas an die Lippen gehoben hatte, schnaubte amüsiert. »Weißt du überhaupt, wie man das schreibt?«

Red grinste. »Dieses Sommerfestival könnte ein großer Erfolg werden. Was das Dorf braucht, ist Publicity und einen Tritt in den Allerwertesten. Die Touristen kommen wegen der pittoresken Kulisse und der schönen Landschaft und von beidem gibt es hier reichlich. Die niedlichen Häuser, die alte Mühle, die winzigen Brücken, die Kirche. Damit kann man nichts falsch machen. Aber das Sommerfestival sollte ein Ausflugsziel sein, wie dieses Event ein paar Dörfer weiter, bei dem sie Käselaibe durch die Straßen rollen. Das zieht Menschenmassen an. Wenn ihr es richtig anstellt, könnte Upper Chewford damit in aller Munde sein.«

»Und genau das wirst du tun, oder?« Ellie verschränkte die Arme vor der Brust und bedachte ihre Schwester mit einem Blick, den sie schon benutzt hatte, als sie beide noch Kinder waren.

»Nein«, antwortete Red. »Aber du.«

»Ich?«

»Mit meiner Hilfe natürlich. Ich habe gute Kontakte und kann dafür sorgen, dass dieses Festival und das Dorf landesweit in Zeitschriften besprochen wird. Du und Natalie müsst nur dafür sorgen, dass das Festival selbst ein Kracher wird.« Sie lehnte sich zurück, sichtlich zufrieden mit sich selbst.

»Sie freundet sich gerade erst mit dem Gedanken an, dass ich ihr überhaupt helfe. Wenn ich jetzt alles an mich reiße und verändere, wäre ihr das wahrscheinlich zu viel.«

Red strich Ellie kopfschüttelnd über den Arm. »Und da kommt der Knap-Charme ins Spiel. Verkauf es ihr richtig und sie wird sich fragen, wie sie das vorher ohne dich jemals stemmen wollte.«

Darüber musste Ellie einen Moment lang nachdenken. Es würde sicher einiges an Überzeugungsarbeit benötigen, damit Natalie ihr glaubte, dass sie dauerhaft hierbleiben würde. Dieses Festival könnte da genau das Richtige sein.

Kapitel 14

Yolanda kam zu spät zum Familienessen bei Natalie, doch Fi verspätete sich noch mehr. Offenbar hatte Rocky einige Pinkelunfälle im Haus gehabt und Fi war den halben Abend lang mit Putzen beschäftigt gewesen. Entsprechend war auch ihre Laune, und sie verabschiedete sich bald nach dem Essen wieder mit der Aussage, dass sie noch arbeiten und einen Welpen erziehen musste. Niemand am Tisch widersprach ihr.

Yolanda schob ihren Teller von sich und griff nach ihrem Weinglas, gegen dessen Stiel sie mit dem Zeigefinger tippte. »Das war wirklich lecker. Nat. Ich werde Max direkt auf die Nase binden, was er sich hat entgehen lassen.«

Max war an diesem Abend auf ein Dinner im Golfclub eingeladen gewesen und hatte daher nicht kommen können. Aber immerhin war Natalies Dad erschienen, eine freudige Überraschung.

»Freut mich, dass es geschmeckt hat.« Natalie begann, die Teller einzusammeln, und stellte zufrieden fest, dass niemand Reste übrig gelassen hatte. Ihr Hähnchen Jalfrezi schien ein Volltreffer gewesen zu sein. Sie hatte es am Abend zuvor gekocht, damit es Zeit hatte, ordentlich durchzuziehen. Curry schmeckte immer besser, wenn man es am nächsten Tag aufwärmte, und das hier war ihr bislang bester Versuch.

Als sie zurück zum Tisch kam, schnitt Yolanda das Thema an, das sie während des Essens schon angesprochen hatte: die neuen Schokoladen-Kreationen. »Wie machen sie sich? Fi hat erzählt, dass du diese Woche den ersten Schwung Pralinen bekommen hast.«

»Ja. Deine Tochter ist süchtig danach und kommt regelmäßig, um sich Nachschub zu besorgen.«

»Ich hoffe, dass sie dafür bezahlt.«

»Natürlich, aber ich musste sie stoppen, als wir nur noch eine Schachtel im Laden hatten. Sie verkaufen sich enorm gut. Ich denke, Reds Idee, einen Hauch

Lavendel als Reflexion des Gins in die Schokolade zu mischen, war genau die richtige Entscheidung«, sagte Natalie.

Yolanda nickte. »Denke ich auch. Diese Red ist ein kluges Mädchen.«

»Oder eine kluge Geschäftsfrau.« Keith hatte sein Handy auf dem Tisch abgelegt und schaute immer wieder aufs Display. Yolanda hatte während des Essens schon zweimal deswegen mit ihm geschimpft, weggesteckt hatte er es jedoch nicht. Als Nat ihn gefragt hatte, was denn so wichtig war, bekam sie zur Antwort, dass es um eine Wette ging, die er platziert hatte, und Yolanda hatte ihm direkt einen Vortrag über die Gefahren der Spielsucht gehalten.

Keith, der die Predigten seiner Schwester gewohnt war, ließ das an sich abprallen und lenkte das Gespräch in eine andere Richtung.

Yolanda nahm einen Schluck aus ihrem Glas. »Ich bin auf dem Weg hierher ihrer Schwester Ellie über den Weg gelaufen. Sie scheint auch ziemlich geschäftstüchtig zu sein. Die Eisdiele wird ein Bombenerfolg werden, der uns allen wahrscheinlich mehr Kunden beschert, was fantastisch wäre.« Sie drohte Nat mit dem Zeigefinger. »Ich hoffe, dass du eine gute Nachbarin bist, weil Upper Chewford genau solche Investments braucht und haben will. Stell dir nur vor, wie die Leute im Sommer vor der Eisdiele Schlange stehen und dabei dein Schaufenster betrachten, während sie warten.«

Ihre Tante hatte ja keine Ahnung, wie viel Mühe Natalie sich gab. »Ich bin unfassbar nachbarschaftlich. Ihr gehört auch die *Chocolate Box*, also scheint das wirklich etwas Dauerhaftes zu sein. Ich habe ihr sogar eine private Ginverkostung geboten, als ich erfahren habe, dass sie den nicht mag.«

Yolanda legte sich eine Hand in einer dramatischen Geste auf die Brust. »Ist nicht wahr!« Sie klang übertrieben dramatisch.

»Aber so was von. Vielleicht konnte ich sie sogar vom Gegenteil überzeugen. Aber ich glaube, sie bevorzugt ihn in Pralinenform.«

»War das neulich Abend, als ich euch unterbrochen habe?«, fragte Keith mit gerunzelter Stirn. »Ich bin davon ausgegangen, dass sie eine deiner speziellen Freundinnen ist.« Er hätte das Wort »speziell« ebenso gut in Anführungszeichen setzen können.

Nat seufzte. »Dad, wie oft denn noch? Wenn du etwas über mein Leben wissen willst, frag einfach. Ich bin seit acht Jahren geoutet, es gibt also keinen Grund, so komisch zu tun.«

»Du lieber Gott, Keith, was soll denn der Quatsch mit der ›speziellen Freundin‹? Deine Tochter ist eine erwachsene Frau und wenn sie eine Partnerin hat, ist das wichtig und wir sollten es wissen.« Yolanda fasste Natalie scharf ins Auge. »Hast du eine Partnerin, von der du uns nichts erzählt hast?«

Natalie schüttelte den Kopf. »Ellie war im Laden, als Dad vorbeigekommen ist. Er hat zwei Frauen miteinander an der Theke sitzen sehen und ist natürlich sofort davon ausgegangen, dass ich mit ihr schlafe.«

Ihr Vater schob sich die Brille höher auf die Nase. »Ich kann das schlecht einschätzen. Sie hätte auch jemand sein können, den du gerade erst kennengelernt hast.«

»Sie *war* jemand, den ich gerade erst kennengelernt habe, aber ich schlafe nicht mit jeder Frau, mit der ich mich unterhalte. Außerdem verspreche ich dir, dass du der Erste bist, der es erfährt, wenn ich eine Freundin habe, okay?« Sie zögerte kurz. »Aber wenn das der Fall ist, musst du mir versprechen, dass du dich normal verhältst. Nicht wie jemand, der hereinkommt, mich mit einer anderen Frau sieht und am liebsten wieder umdrehen würde.« Sie schüttelte den Kopf. »Das hatten wir doch außerdem schon. Du hast meine Ex-Freundin kennengelernt. Was ist jetzt anders?«

Keith schüttelte den Kopf, den Blick fest auf die Tischplatte gerichtet. »Nichts. Ich habe kein Problem damit, dass du lesbisch bist und irgendwann eine Partnerin hast.«

Natalie seufzte erneut. Als könnte er ihr etwas vormachen. »Versuch einfach, eine potenzielle Freundin zu behandeln, wie du selbst behandelt werden willst. Das ist eine gute Faustregel fürs Leben. Lesbisch zu sein ändert nichts an mir als Person.«

»Komm damit klar, Keith. Sie ist deine einzige Tochter.« Yolandas Tonfall war streng und er ließ Natalie ganz warm ums Herz werden.

Ihr Vater liebte sie, das wusste sie, aber er fühlte sich immer noch so unwohl mit allem, was nicht seiner Normalität entsprach. Vielleicht hatte ihre Mutter recht damit gehabt, dass er ein bisschen rauskommen und das Leben genießen sollte. Er war in den Cotswolds geboren und aufgewachsen und vielleicht hatte das auch seine Ansichten geprägt.

»Es ist in Ordnung für mich, wirklich.«

Nat schloss die Augen und ihn ihrem Magen machte sich ein bleiernes Gefühl breit. »In Ordnung« war einer der ambivalentesten Ausdrücke, die es gab. Manchmal bedeutete es nämlich das komplette Gegenteil.

»Es überrascht mich manchmal einfach immer noch. Du warst so lange mit Ethan zusammen. Jetzt gibt es auf einmal keine Männer mehr in deinem Leben.«

Natalie öffnete die Augen wieder und schüttelte noch einmal den Kopf. Unfassbar, dass er acht Jahre nach ihrem Outing immer noch seine Schwierigkeiten damit hatte. »Das stimmt nicht Dad. In meinem Leben gibt es viele Männer. Du und Onkel Max zum Beispiel. Aber ja, eine romantische Beziehung gehe ich nur mit einer Frau ein. Und hoffentlich einer Frau, die länger bleibt als sechs Monate. Vielleicht würdest du dich leichter dran gewöhnen, wenn ich mehr lesbische Beziehungen vorweisen könnte.« Plötzlich stand ihr Ellie vor Augen und dieses Mal verdrängte sie das Bild nicht. Hochgewachsen, elegant und freundlich. Ellie war in ihre Leben getreten, als Natalie sie am meisten gebraucht hatte.

Keith betrachtete sie besorgt. »Ich möchte nur, dass du glücklich bist. Mehr wollte ich nie.« Ein undefinierbarer Ausdruck huschte über sein Gesicht und er senkte rasch den Blick.

Es gab so viele Frage, die Natalie ihm gerne gestellt hätte, aber das war nicht der richtige Zeitpunkt dafür. Dafür mussten sie allein miteinander reden. Ihr Dad würde sich vor seiner Schwester nie komplett öffnen.

»Wenn ich gewusst hätte, dass das in eine Familientherapie ausartet, hätte ich Fi zum Bleiben gezwungen. Wisst ihr schon, dass die den letzten Kerl aus der Dating-App abgeschossen hat, weil er Rocky nicht mochte?« Yolanda verschränkte die Arme mit einem frustrierten Schnaufen. »Außerdem bin ich voll dafür, dass du dir eine Freundin suchst, hatte ich das schon erwähnt?«

»So ein- oder zweimal.« So wenig ihr Vater über Nats Liebesleben sprechen wollte, so wenig konnte sie ihre Tante davon abhalten, ihre Nase hineinzustecken.

»Und Ellie scheint eine Nette zu sein. Ist sie ledig? Hast du sie gefragt, als du sie mit Gin abgefüllt hast?«

Hitze breitete sich in Natalies Wangen aus, bevor sie auch nur blinzeln konnte. »Niemand wurde abgefüllt, aber sie ist Single. Und gerade erst hergezogen. Ich wäre keine gute Nachbarin, wenn ich auf einen Sprung vorbeikomme und ihr direkt an die Wäsche gehe, oder?« Sie zog es ins Lächerliche, was bei ihrer Tante immer das Beste war.

»Unsinn, sie ist schon ein paar Wochen hier. Außerdem würdest du ihr dann sicher im Gedächtnis bleiben, oder?« Yolanda grinste und griff dann nach der Weinflasche, um sich nachzuschenken. »Ich habe das Sommerfestival erwähnt und sie meinte, dass ihr darüber gesprochen hat. Lässt du sie helfen?«

»Ich arbeite noch die Einzelheiten aus, aber ja. Ich werde viele Aufgaben delegieren und Ellie hat sich dafür angeboten.«

»Gut.« Yolanda ward ihr einen bedeutungsvollen Blick zu. »Ich habe mich schon gefragt, ob es ein Problem für dich ist, dass sie aus London kommt. Gut zu wissen, dass es nicht so ist.«

»Ihr gehören zwei der Geschäfte im Ort. Es wäre dumm, sie zu ignorieren.«

Yolanda packte ihren Bruder am Arm und keuchte theatralisch. »Keith, ich glaube, unsere kleine Natalie wird erwachsen.«

»Das hoffe ich doch, immerhin ist sie schon achtunddreißig.« Waren alle Familien so wie ihre?

»Und du wirst rot.« Yolanda deutete schon wieder mit dem Finger auf sie.

»Tue ich nicht.« Natalie hätte den Köder nicht schlucken sollen. Zu spät.

»Tust du wohl.« Yolanda stieß ihren Bruder mit dem Ellenbogen in die Rippen. »Vielleicht hattest du recht, Keith. Vielleicht läuft da was? Oder zumindest gibt es Potenzial für die Zukunft. Meinen Segen hast du in diesem Fall. Sie sieht verdammt gut aus und es wird auch langsam mal Zeit.«

Natalies Magen verkrampfte sich. »Da läuft gar nichts. Ihr braucht beide ein Leben. Wenn ich mit jeder Frau schlafen würde, die in meinen Laden kommt, wäre ich völlig fertig.«

Yolanda zog die Augenbrauchen noch ein bisschen höher und ihr Grinsen wurde breiter. »Getroffene Hunde bellen.«

Kapitel 15

Ellie schmiegte den Kopf nach hinten in ihr Kissen. Noch hatte sie sich nicht richtig daran gewöhnt, hier aufzuwachen. Der Lebensrhythmus des Dorfs musste ihr erst noch vertraut werden. Im Cottage war es unglaublich still gewesen. Jetzt wachte sie auf und hörte ab und an ein vorbeifahrendes Auto, vielleicht mal ein Pfeifen oder leise Gesprächsfetzen, die vom Wind zu ihr hinaufgetragen wurden.

In ihrem Schlafzimmer befand sich ein Kamin, der geradezu nach einer Grünpflanze schrie. Während des letzten Jahres hatte Ellie keine mehr besessen, weil ihr Leben so unbeständig gewesen war. Davor war sie eher eine Pflanzenmörderin gewesen. Aber jetzt, wo sie wieder einen dauerhaften Wohnsitz und ein Leben hatte, das ihr nicht durch die Finger glitt, konnte sie darüber nachdenken, sich lebendiges Grünzeug anzuschaffen. Vielleicht etwas, das blühte. Eine Pflanze drückte Beständigkeit aus. Und Erwachsensein.

Ellie ging im Kopf die anstehenden Aufgaben der Woche durch. Ihre Eissorten perfektionieren. Einen Probelauf mit den Sitzgelegenheiten machen. Kaffeekochen üben. Ihre Mitarbeiterinnen schulen. Sich mit ihrem Buchhalter treffen. Die Eisdiele eröffnen.

O Gott.

Wenn sie zu viel darüber nachdachte, würde ihr Schädel explodieren. Die schiere Masse an Dingen, die erledigt werden mussten, ließ ein leichtes Ziehen hinter ihren Schläfen aufkommen. Dagegen half am besten eine Runde Joggen. Als sie noch in London gelebt hatte, war das ihre Zuflucht gewesen. Ins Fitnessstudio im Keller ihres Wohnhauses zu gehen und so weit zu laufen, wie ihre Beine sie trugen. Auf dem Land stand ihr dagegen die ultimative Laufstrecke zur Verfügung: die freie Natur.

Sie sprang aus dem Bett und holte ihre Laufkleidung aus dem Kleiderschrank und zog sich an. Als sie letzte Woche im Nachbardorf gewesen war, hatte sie sich dort neu eingedeckt in der Hoffnung, dass es sie zur Aktivität animierte. Offensichtlich funktionierte die Idee. Ellie schlüpfte in ihre Sportschuhe und eilte die Treppe hinunter. Dann blieb sie jedoch wie angewurzelt stehen, als sie sah, wer im gegenüberliegenden Hauseingang stand.

Natalie. In Laufkleidung wie sie selbst. Das Erste, was Ellie auffiel, war der Anblick von Natalies Körper, an den sich ihre Kleidung anschmiegte und nichts der Fantasie überließ. Ja, ihre Beine waren vielleicht nicht unendlich lang, aber sie wirkten in der hautengen Sporthose überaus schlank und straff. Wie auch der Rest von ihr. Ellie gab ihr Bestes nicht zu starren, wurde aber prompt erwischt, als Nat aufsah.

»Morgen.« Natalies Stimme klang eine Oktave tiefer als normal. Als wäre sie gerade erst aufgestanden und hätte noch mit niemandem gesprochen. Was wahrscheinlich der Fall war. Bislang hatte Ellie sich nicht vorgestellt, wie Natalie wohl um diese Uhrzeit klang. Jetzt wusste sie es. Rasch verdrängte sie diese Gedanken wieder.

»Zwei Dumme, ein Gedanke.« Am liebsten hätte sie noch einen lustigen Spruch hinterhergeschoben, aber ihr fiel nichts ein. Stattdessen entschied sie sich für etwas Pragmatischeres. »Könntest du mir einen Tipp geben, in welche Richtung ich am besten laufen sollte? Ich bin zum ersten Mal hier unterwegs.«

Natalie winkelte das rechte Bein an und zog die Ferse zu ihrem Hintern, um ihren Oberschenkel zu dehnen. »Wir können gerne zusammen laufen, wenn du magst. Ich drehe eine Runde mit etwa acht Kilometern.«

Ihre Stimme schickte ein aufregendes Prickeln durch Ellies Körper. Um ihre Reaktion zu überspielen, dehnte sie ebenfalls ihre Beinmuskeln. »Das wäre großartig, sofern das auch okay für dich ist. Ich weiß, dass manche Leute lieber allein joggen. Ich werde dich auch nicht volltexten, die Luft brauche ich sicher zum Atmen. Ich bin im Moment nicht so gut in Form.«

Natalie musterte Ellie von oben bis unten. Ein Lächeln umspielte ihre Mundwinkel. »Ich finde, du siehst gut aus.« Sie federte ein paarmal auf den Fußballen und gab Ellie keine Zeit, weiter über ihren Kommentar nachzudenken. »Wollen wir?«

Nebeneinander joggten sie um den Marktplatz, bevor Natalie sie über eine Seitenstraße hinunter zum Fluss und über eine der kleinen Fußgängerbrücken führte, auf der sich um diese Uhrzeit noch keine Touristen tummelten. Sie liefen durch den offenen Garten, der sich seitlich des *Golden Fleece* erstreckte, dann eine Gasse und trafen schließlich auf einen geschotterten Wanderweg, der zwischen den Wiesen jenseits der Häuser hindurchführte.

»Genau dafür habe ich jemanden von hier gebraucht. Das hätte ich allein niemals gefunden«, erklärte Ellie.

Natalie warf ihr einen Seitenblick zu, ohne das Tempo zu verlangsamen. »Bin immer gerne eine Hilfe.«

Eine Weile lang joggten sie nebeneinander, ohne sich zu unterhalten, und Ellie fand zunehmend in ihren natürlichen Rhythmus. Lief Nat langsamer für sie? Vielleicht irrte sie sich, aber es kam ihr so vor. Möglicherweise war Ellie auch nicht so außer Form, wie sie gedacht hatte. Um die Eisdiele auf Vordermann zu bringen, war sie ganz schön viel durch die Gegend gerannt und hatte körperlich schwer gearbeitet. Ruhepausen hatte es in den letzten Wochen nur selten gegeben. Sie hatte bislang noch nicht einmal WLAN in ihrer Wohnung, also gab es auch kein *Netflix*. Sie konnte sich Grace' Spott bildlich vorstellen. Als würde sie hier im Mittelalter leben. Doch Ellie bekam langsam das Gefühl, als wäre sie da eigentlich ganz gut aufgehoben.

»Hast du dich nach dem Umzug schon ein bisschen eingelebt?«

Ellie holte tief Luft, bevor sie antwortete. Konnte sie sich bei diesem Tempo unterhalten? Das würde sie gleich herausfinden. »Ja. Dadurch, dass ich über dem Laden wohne, kann ich jederzeit runtergehen, wenn ich etwas ausmessen muss. Ich denke mal, das kann auch ins Gegenteil umschlagen, wenn ich mich nicht losreißen kann, selbst wenn ich es versuche.«

Nat lachte heiser. »Willkommen in meiner Welt. Selbst an meinen freien Tagen höre ich, was unten im Geschäft vor sich geht. Und wenn ich rausgehe, muss ich daran vorbei. Aber ich lebe gerne mitten im Dorf und für die Arbeit ist es praktisch.«

Vogelgezwitscher erfüllte die Luft und Ellie schaute nach links, wo sich die Wipfel einer Baumreihe in der Morgenbrise bewegten. Sie verließen gerade eine andere Baumgruppe und ließen hinaus in die weite, offene Landschaft, die so typisch für die Cotswolds war. Zu ihrer rechten erstreckten sich violette Lavendelfelder und über ihnen ein blassblauer Himmel.

Da schnell klar wurde, dass laufen und reden gleichzeitig zu anstrengend war, konzentrierten sie sich wieder auf die Bewegung und joggten Seite an Seite zwischen Wiesen hindurch, über Zauntritte, auf trockenen Schotterwegen und entlang einsamer Landstraßen. Fast eine Dreiviertelstunde lang sahen sie keine Menschenseele, abgesehen von einem Bauern, der seinen Traktor über ein Feld lenkte. Als sie sich schließlich zum Ende ihrer Runde wieder dem *Golden Fleece* näherten, verlangsamte Natalie das Tempo und Ellie tat es ihr gleich. Endorphine fluteten ihren Körper und sie konnte nicht aufhören zu lächeln. Genau das hatte sie gesucht, als sie hierher gezogen war: Ruhe, Frieden und ein Ziel. Mit Natalies Hilfe hatte sie es gefunden.

Die Hände in die Hüften gestützt, versuchte sie wieder zu Atem zu kommen. Beim Überqueren des Parkplatzes kamen sie an Eugenie vor bei, die sich mit einer anderen Frau unterhielt, und winkten den beiden zu.

»Vielen Dank, das war fantastisch. Wenn du mir die Route auf einer Karte gezeigt hättest, hätte ich mich bestimmt in irgendeinem Feld verlaufen. Man sollte ein Schild für die Touristen aufstellen: *Zu den niedlichen Fußgängerbrücken.*«

Natalie grinste. »Wir mögen es, die Leute im Dunkeln zu lassen. Das macht es lustiger, wenn man sie dann findet.«

Ellie lachte. »Apropos Schild – hat Fi dir ein neues besorgt?«

»Mach dir keine Sorgen, ich habe eins bestellt und es Fi in Rechnung gestellt. Als ich es Yolanda erzählt habe, hat sie nur die Augen verdreht. Meine Cousine spielt nach ihren eigenen Regeln.«

»Ein bisschen wie meine Schwester«, erwiderte Ellie. »Tut mir leid, wenn sie neulich abends im Pub ein bisschen übereifrig war.«

Natalie schüttelte den Kopf und warf Ellie einen Seitenblick zu. Sie hatten den Parkplatz des Pubs hinter sich gelassen und traten auf die kleine Brücke. »War sie nicht. Ich muss einfach nur lernen, Hilfe schneller anzunehmen und nicht immer alles kontrollieren zu wollen.« Sie zuckte die Schultern. »Das war nötig in den letzten Jahren, deswegen vergesse ich manchmal, wie man danke sagt.«

»Das verstehe ich, aber die Knap-Schwestern helfen dir gerne. Außerdem habe ich sowieso nichts zu tun – abgesehen von meiner Eröffnung.« Sie lachte ein bisschen selbstironisch, als sie sich an den Berg Arbeit erinnerte, der diese Woche auf sie wartete. »Wenn ich zu sehr darüber nachdenke, wird mir schlecht.«

Natalie legte ihr eine Hand auf den Rücken. »Lass uns erst mal hier runter gehen. Bisher war das keine gute Kombi, wenn wir beide uns zum gleichen Zeitpunkt auf einer Brücke aufgehalten haben.«

Ellie blieb jedoch wie angewurzelt stehen, als ihr Körper auf Natalies Berührung reagierte. Sie richtete sich etwas auf und während sich ihre Blicke begegneten, erwachte etwas in Ellie zum Leben. Sie holte tief Luft, sagte jedoch nichts, weil sie Angst vor dem hatte, was ihr über die Lippen kommen würde. Das war alles zu neu und viel zu sehr das, was sie gerade nicht brauchen konnte. Sie musste sich auf diese wichtige Woche konzentrieren. Nicht auf die Sexgöttin in Laufkleidung und Ladenbesitzerin von nebenan, deren besorgter Blick gerade unverwandt auf ihr lag.

»Was ist noch alles zu tun?«

»Ich muss meine Spezialsorten noch perfektionieren. Das muss nicht zwingend vor Eröffnung gemacht werden, weil ich die wichtigsten schon da habe, aber ich möchte auch ein Gefühl für den Geschmack der Leute hier bekommen. Die Dorfgemeinschaft in den Findungsprozess mit einbinden.«

Sie verließen die Brücke und schlugen die Straße zum Marktplatz ein.

»Nette Idee. Ich bin einheimisch und meine Lieblingssorte ist Mint-Choc-Chip. Am wenigsten mag ich Rum und Rosinen. Bitte verschaff dem kein Comeback.«

Ellie grinste. Es war schön, mit jemandem darüber zu sprechen, der sie zum Lachen brachte. »Keine Rumrosinen, wir sind nicht mehr in den Siebzigern. Aber Mint-Choc-Chip ist definitiv in den Top Ten. Ein Handwerksbetrieb aus der Gegend produziert meine 15 Grundsorten. Dazu stelle ich noch fünf weitere selbst hier vor Ort her. Das muss ich diese Woche noch auf die Reihe bekommen.«

»Wenn ich dir irgendwie helfen kann, lass es mich wissen. Ich habe schon einen Laden eröffnet. Ich habe das alles durch, was gerade vor dir liegt. Wir sind hier füreinander da, denk dran.«

Daran wurde Ellie inzwischen regelmäßig erinnert. Gestern hatte Jodie, die Maklerin von Chewford Estates sie auf offener Straße umarmt. Später, als sie sich eine Portion Fish and Chips geholte hatte, war sie von Imbissbesitzer Barry in ein Gespräch verwickelt worden, obwohl hinter ihr Leute warteten. In Upper Chewford schätzte man gute Geschäfte, aber auch Menschen. Das war das komplette Gegenteil ihres bisherigen Lebens und Ellie hatte noch immer Mühe, das zu realisieren.

»Du weißt schon, dass ich mich an deiner Schulter ausheulen werde, wenn meine Eröffnung in die Hose geht?«

»Das wird sie nicht, ich verspreche es. Und wenn doch, setzt du ein Lächeln auf und tust so, als wäre es gewollt, dass das Eis bei dir so hart ist. Dass der Kaffee gewollt so dünn ist. Das ist der neue heiße Scheiß, den du aus London mitbringst, und Upper Chewford kann sich glücklich schätzen deswegen.«

Ellie schnaubte. »Dein Talent ist in deinem Geschäft verschwendet. Du solltest Marketing betreiben.«

»Mache ich. Für Upper Chewford.« Natalie machte eine ausladende Geste über den Marktplatz, der ihr Blick folgte, bis er wieder auf Ellie ruhte. »Nicht, dass man hier viel Marketing braucht. Die Aussicht allein ist wunderschön.«

Ellie schluckte hart. Sprach sie noch über die Dorfkulisse? Sie ließ langsam den Atem entweichen und rollte die Schultern, um dem Moment und ihren Gedanken zu entkommen.

Die letzten Meter um den Dorfplatz und zu ihren Wohnungen lagen vor ihnen.

»Red hat übrigens vorgeschlagen, dass sie dem Festival landesweit Aufmerksamkeit verschaffen könnte, wenn du das möchtest? In einer Zeitschrift, aber ich weiß nicht, in welcher. Sie geht davon aus, dass die gerne ein Stück englisches Dorfleben präsentieren würden. Insbesondere, wenn die

Geschichte der Menschen dahinter erzählt wird. Könnte gute Publicity für unsere Geschäfte und Upper Chewford sein. Ich wollte das aber erst mit dir besprechen, bevor ich ihr das Okay gebe, uns zu verhökern.«

Sie blieben vor der Eisdiele stehen und Natalie wandte sich ihr zu. »Weißt du was? Du bist ganz anders, als ich erwartet hatte. Die meisten Londoner haben nur Interesse am schnellen Geld. Aber du scheinst lieber allen anderen helfen zu wollen. Was auch der richtige Weg ist.« Sie strahlte Ellie an. »Landesweite Aufmerksamkeit klingt großartig. Sag Red, dass sie gerne loslegen darf.«

»Mache ich.«

Sie waren wieder da, wo sie gestartet waren, doch irgendwie hatte Ellie das Gefühl, dass sich etwas Wichtiges verändert hatte.

Kapitel 16

Natalie saß mit ihrem Dad, Fi und Rocky an einem Tisch, als Ellie zum montäglichen Pubquiz hereinkam. Sie hatte es doch noch geschafft. Am Samstag hatte *The Ultimate Scoop* eröffnet und von zwölf bis zwei war das Eis umsonst gewesen. Das hatte sich natürlich schnell rumgesprochen und die Schlange hatte sich einmal um den Block gewickelt. Das ganze Wochenende und auch heute tagsüber war die Eisdiele durchgehend gut besucht gewesen.

Natalie winkte ihr zu und wappnete sich innerlich für die Reaktion ihres Vaters. Noch immer hing er viel an seinem Smartphone, doch soweit sie es beurteilen konnte, schloss er keine Wetten ab. Darüber konnte sie sich jetzt aber keine Gedanken machen.

Ellie kam zu ihnen an den Tisch. »Möchte noch jemand etwas trinken?«

Fi nickte. »Ich nehme noch ein Bier, wenn du es schon anbietest.«

An der Bar unterhielt Ellie sich mit Helen, der Quizmasterin, als wären sie alte Freundinnen. Natalie bekam ein unwohles Gefühl, doch sie verwarf es sofort wieder. Die Tatsache, dass Helen als Professorin in Oxford arbeitete, einen schicken Sportwagen fuhr und außerdem ziemlich attraktiv war, fanden wahrscheinlich einige Leute anziehend. Ebenso wie die Ausstrahlung der sexy Akademikerin, inklusive hochgestelltem Kragen und selbstbewusstem Auftreten. Ellie gefiel das bestimmt nicht. Oder?

Kurz erinnerte Natalie sich daran, dass Ellie auch am Herzblatt-Abend hier gewesen war. Und dass sie selbst sich am liebsten ein Loch gesucht hätte, um darin zu verschwinden. Inzwischen konnte sie sich ein Leben ohne die Knap-Schwestern nicht mehr vorstellen, die ihr Leben so bereicherten. Es kam ihr vor, als lebten sie schon ewig hier.

Keith beugte sich nach vorne und kraulte Rocky, der auf Fis Schoß saß. »Und was ist bei dir so los, liebste Nichte? Irgendein neuer Verehrer, von dem ich wissen sollte?«

Nat bemühte sich wirklich, keine Grimasse zu schneiden, als ihr Vater sich so selbstverständlich nach dem Liebesleben ihrer Cousine erkundigte. Wenn es um ein Hetero-Paar ging, konnte er das ohne Probleme, aber bei ihr nicht. Und passenderweise kamen in diesem Moment auch noch Ethan und Jen herein. Ihr sah man die Schwangerschaft inzwischen deutlich an. Beide winkten ihnen zu, wie immer, und Natalie unterdrückte ein Seufzen. Es war nicht ihre Schuld.

Für ihren Dad und einen Großteil des Dorfs war sie diejenige, die die Seiten gewechselt hatte. Die mit dem Ex-Mann. Aber nicht für Ellie. Natalie gefiel, dass sie für sie ein unbeschriebenes Blatt war. Mit Ellie konnte sie sie selbst sein, der Mensch, der sie tief in ihrem Inneren war. Nicht das Bild von jemandem, der sie einmal gewesen war, und an das sich ihr Vater noch immer klammerte.

»Niemand in Sicht, Keith. Den letzten musste ich leider wieder loswerden, als er sich über Rocky beschwert hat. Nicht cool.« Sie schwieg einen Moment lang. »Aber abgesehen davon habe ich überlegt, ob ich nicht vielleicht pansexuell bin und es das nächste Mal mit einer Frau versuchen sollte. Sich alle Türen offen zu lassen ist gerade total in.« Fi schenkte Keith ein honigsüßes Lächeln.

Natalies Vater verschluckte sich beinahe an seinem Bier. »Klar«, erwiderte er mit geröteten Wangen. Das Display seines Handys leuchtete auf, doch er drehte es rasch um, leerte sein Glas und erhob sich. Wo wollte er denn hin? Wenn das, was mit Fis Aussage oder Ellies Gesellschaft zu tun hatte, würde Natalie ihm das nicht durchgehen lassen.

»Das Quiz fängt gleich an, Dad.« Sie versuchte, ruhig zu bleiben, da Ellie gerade mit einem Glas Weißwein für sich und dem Bier für Fi zurückkam.

»Tut mir leid.« Keith steckte sein Handy ein und schnappte sich seine Jacke. »Mir ist was dazwischengekommen. Habt viel Spaß – das bekommt ihr auch ohne mich hin.«

Natalie legte ihm eine Hand auf den Arm. »Was ist dir dazwischengekommen? Du lebst in Upper Chewford, du arbeitest bei deiner Schwester. Dir kommt nichts einfach so *dazwischen*.« Zumindest bis jetzt nicht.

Doch ihr Vater streifte ihre Hand ab. »Vielleicht ist es ja an der Zeit, dass sich das ändert, meinst du nicht? Ich darf ein eigenes Leben haben.« Er schien noch etwas sagen zu wollen, schüttelte dann aber den Kopf. »Ich muss gehen.«

Perplex ließ sich Natalie nach hinten gegen die Lehne sinken. Genauso gut hätte er ihr eine Ohrfeige verpassen können. Sie schaute zu Fi. »Was ist da gerade passiert?«

Fi wirkte nachdenklich. »Ich denke, dass Keith zum ersten Mal in seinem Leben ein bisschen verärgert war. War er das überhaupt, als deine Mum ihn verlassen hat?«

Ellie verfolgte ihr Gespräch wie ein Tennismatch.

»Nicht, dass ich mich erinnere.« Natalie verschränkte die Arme, doch Josie tippte auf der Bühne gegen das Mikrofon und kündigte an, dass das Quiz in zwei Minuten startete. Sie hatte keine Zeit, ihm nachzugehen oder jetzt darüber zu grübeln. Das würde bis morgen warten müssen. »Familie.« Sie wandte sich an Ellie. »Sind deine Eltern auch so?«

Ellie zuckte die Schultern. »Sie leben in Dubai, also keine Ahnung. Beide waren nicht so begeistert von der ganzen Elterngeschichte. Immerhin ist dein Dad Teil deines Lebens, da kannst du froh sein.«

Fi verabschiedete sich nach dem Quiz, kurz nachdem Rocky ein weiteres Stuhlbein angepinkelt und Streit mit dem wesentlich größeren Pubhund Winston angefangen hatte. Dass er bei diesem Kräftemessen niemals als Sieger hervorgehen konnte, hatte Rocky leider niemand gesagt. Natalie machte Fi dafür verantwortlich, weil sie ihn Rocky getauft hatte und er jetzt der Meinung war, ein Preisboxer zu sein. Dennoch war sie beeindruck, wie ernst Fi die Sache nahm – so viel Mühe hatte ihre Cousine seit Jahren in keine Beziehung gesteckt.

Natalie und Ellie genehmigten sich noch einen Drink, bevor sei zusammen das *Golden Fleece* verließen. Über ihnen spannte sich der dunkle Himmel der kühlen Aprilnacht, doch der Sommer lag bereits in der Luft. Ellie leitete Natalie zu einem der hölzernen Picknicktische im Biergarten des Pubs, auf den sie sich setzte und dann auf den Platz neben sich klopfte.

»Wollen wir uns einen Moment setzen? Es ist schön hier mit dem Mond und den Sternen. In London habe ich nie Sterne gesehen, hier ist das ganz anders.«

»Kein WLAN, aber Sterne haben wir.« Natalie strich sich über die Jeans und ließ sich dann so nah neben Ellie nieder, dass ihre Hüften sich berührten, was ihr ganz warm werden ließ.

»Das ist ein Kompromiss, mit dem ich leben kann.«

Sie schwiegen einen Moment, bevor Natalie weitersprach. »Du hast dich vorhin an der Bar mit Helen unterhalten. Kennst du sie?« Ihre Finger umklammerten die Tischkante.

Ellie schüttelte den Kopf. »Nein, aber ich habe durch das Fenster ihres Cottages schon ein paarmal gesehen, wie sie an ihrem Laptop gearbeitet hat. Mich hat interessiert, was sie beruflich macht. Sie sieht immer so … begeistert aus. Als wäre sie genau da, wo sie sein will. Mir kam oft der Gedanke, dass ich genau so bei meiner Arbeit sein möchte. Sie ist Professorin in Oxford.«

Natalie entspannte sich. »Wer hätte gedacht, dass man sich so für akademische Studien begeistern kann?«

»Ich weiß. Ich habe sie gefragt, ob sie an einem wissenschaftlichen Paper schreibt, das dann in einem Fachmagazin veröffentlicht wird. Sie ist ein bisschen vage geblieben, aber das ist wohl normal.«

»Denkst du, dass du dich weiterhin für das Ultimate Scoop begeistern kannst? Findest du noch nicht, dass dein Leben in London viel einfacher war?«

Ellie lächelte und drehte den Kopf in ihre Richtung. Die Offenheit in ihrem Blick ließ raubte Natalie den Atem. »Wenn du mir vor einem Jahr erzählt hättest, was ich heute mache, hätte ich dich ausgelacht. Ich hatte einen wichtigen Job und damit richtig viel Geld verdient. Aber ich war auch todunglücklich.« Sie zuckte die Schultern. »Ich will nicht behaupten, dass die ersten drei Tage reibungslos liefen. Insbesondere, weil mir das Schokoladeneis ausgegangen ist. Zum Glück ist der Produzent nicht weit weg und hatte genug Mitleid mit mir, um mir eine Eil-Lieferung vorbeizubringen. Aber weißt du was? Ich konnte damit umgehen. Es gab genug andere Geschmacksrichtungen, also ist die Welt davon nicht untergegangen.«

Ellie schüttelte den Kopf. »Wer hätte gedacht, dass ich mal so ruhig und ausgeglichen werde?« Sie tippte sich mit einem Zeigefinger gegen die Brust. »Ich, die chronisch gestresst war und sich Kopfschmerztabletten wie Smarties eingeworfen hat. Und wie sich herausstellt, habe ich gar kein Problem damit, mit Leuten umzugehen. Wer zum Teufel hätte das gedacht? All die Jahre habe ich mich hinter meinen Tabellen versteckt, obwohl ich mich viel besser als Barista bei einer Coffeeshop-Kette gemacht hätte.«

»Vielleicht kannst du der Ambition ja nächstes Jahr nachgehen.«

Ellie lachte schallend. »Es ist immer gut, sich Optionen offenzuhalten.« Sie schwieg kurz. »Was ist mit dir? Ist mit deinem Dad alles okay?«

Natalies Magen krampfte sich bei seiner Erwähnung zusammen. »Ja, es ist in Ordnung. Na ja, wie du gesehen hast, ist es ein bisschen komisch. Ich dachte immer, wir würden uns nahestehen, insbesondere, nachdem Mum gegangen ist. Aber etwas hat sich verändert und ich weiß einfach nicht, was.«

Ellie strich ihr tröstend über den Rücken.

Natalie erschauerte und spielte an der Lasche ihres Jackenreißverschlusses herum. Wenn gerade jemand vor ihnen eine Wärmekamera aufgestellt hätte, würde Natalie sicher aufleuchten. Sie hielt den Blick fest auf den Fluss gerichtet und konzentrierte sich auf das Mondlicht, das über das Wasser tanzte. Die Wellen schienen widerzuspiegeln, was sich gerade in ihr abspielte.

»Ich bin mir sicher, dass er mit dir redet, wenn er soweit ist.«

Das klang auch deswegen plausibel, weil Natalie selbst so mit Dingen umging, die sie beschäftigten. »Ich weiß.« Sie zögerte. »Es muss schwer sein, wenn die Eltern so weit weg wohnen.«

Ellie zuckte mit den Schultern und nahm ihre Hand wieder weg. »Nicht wirklich. Sie sind schon seit über zwanzig Jahren weg und Red und ich sind daran gewöhnt. Aber ich bin froh, dass ich sie habe. Du bist ein Einzelkind, oder?«

»Ja, auch wenn Fi und ich wie Schwestern sind. Wir sind zusammen aufgewachsen und waren schon immer so.«

Ein paar Minuten lange breitete sich Schweigen zwischen ihnen aus und sie beobachteten einige Pubgäste, die über den geschotterten Parkplatz gingen.

»Bist du weiter laufen gegangen?«

»Ja, jetzt wo ich weiß, wo ich hinmuss, ist sie Hemmschwelle viel niedriger. Dank dir … Tatsächlich ist mir vieles an diesem Umzug dank dir leichter gefallen.

Das hätte ich nie zu hoffen gewagt, nachdem ich dich ins Wasser geschubst oder dir den Laden zugeparkt habe und du mich deswegen angepflaumt hast.«

»Zu meiner Verteidigung: Du hast wirklich schlecht geparkt. Aber du hast dich seitdem mit deinem Gemeinschaftssinn rehabilitiert. Und deiner Bereitschaft, meine Lieblingseissorte ganz oben auf deine Liste zu setzen.«

Ellie zog eine Augenbraue nach oben. »Das war wirklich nett von mir, oder?«

»Du bist ein netter Mensch.« Natalie stockte der Atem, als sich ihre Blicke erneut trafen. Der Moment war ein bisschen zu intensiv, und sie war sich nicht sicher, wohin das führte oder ob sie dafür bereit war.

Sie ließ sich vom Tisch gleiten und reichte Ellie eine Hand. »Wollen wir nach Hause gehen?«

Ellie nahm ihre Hand an und drückte ihre Finger leicht, bevor sie sie wieder losließ. »Können wir ein paar Brücken weitergehen, bevor wir sie überqueren?«, fragte sie. »Ich habe den Fluss noch nicht in so schönem Mondlicht und so still und friedlich gesehen.«

Genau das taten sie. Nebeneinander schlenderten sie das Ufer entlang und Natalie machte einen Schritt zur Seite auf die Wiesenfläche, um vier andere Spaziergänger auf dem Weg vorbeizulassen.

»Kennst du jemanden von den Leuten, die hier leben?« Ellie deutete nach links zu den Cottages direkt am Flussufer. Alle waren aus dem typischen Cotswolds-Sandstein erbaut und besaßen kleine Vorgärten und traditionell gestaltete Lattenzäune aus Holz.

»Nur Fi. Ihr gehört eins am anderen Ende des Dorfs. Mein Dad wohnt auf der anderen Seite der alten Mühle, aber sein Haus liegt nicht direkt am Fluss. Bei der Lage kann man gleich mal eine Null an den Preis dranhängen.«

»Deine Tante lebt nicht hier?«

Natalie schüttelte den Kopf. »Sie hat ein Haus auf dem Gelände der Brennerei. Diese Cottages wären zu klein für sie, Yolanda schätzt alles im Leben eine Nummer größer.«

»Was ist mit dir?«

»Für den Moment bin ich mit meiner Wohnung zufrieden. Ich bin nicht wie meine Tante, ich brauche nicht viel, um glücklich zu sein. Ich will meine

Arbeit genießen, eine gemütliche Wohnung haben und irgendwann auch jemanden, mit dem ich all das teilen kann. Zwei von drei ist gar kein schlechter Schnitt.« Natalie schaute hinauf zum dunklen Nachthimmel und dem strahlend hellen Vollmond. Sie hatte gar nicht mitbekommen, dass heute ein Supermond anstand, aber er sah aus, wie aus einem Kinderbuch entsprungen. Als könnte sie die Hand ausstrecken und ihn berühren. Aber was sie wirklich wollte, war die Hand ausstrecken und Ellie berühren. Gerade wagte sie jedoch noch nicht einmal, sie anzusehen, aus Angst, sich zu verraten. Zu verraten, dass gerne Ellie all diese Dinge mir ihr teilen durfte.

Sie näherten sich der alten Mühle und als Ellie den Weg zur letzten Brücke einschlug, folgte Natalie ihr. Mitten auf dem Bogen blieb Ellie jedoch stehen und legte den Kopf in den Nacken, um den Mond zu bewundern.

Die einzigen Geräusche waren das leise Glucksen des Wassers unter ihnen und ihr Herzschlag, der laut in Nats Ohren pochte. Ein kurzer Blick nach links und rechts, doch sie waren vollkommen allein.

»Hier zu sein ist irgendwie komisch. Ich hätte nie gedacht, dass ich mal ein Landkind werde, und doch bin ich hier. Mit einer Eisdiele in deinem Dorf mitten in den Cotswolds. Und ich fühle mich zu Hause. Als würde ich hierher gehören. In London war das nie so, egal, auf wie viele Partys ich gegangen bin, wie viel ich getrunken oder wie viele neue Leute ich kennengelernt habe. Ich habe mich immer gefühlt, als würde ich nicht dazugehören, als würde ich mich in eine Form pressen, in die ich nicht passe. Aber hier habe ich das Gefühl, als könnte ich frei atmen und denken.« Sie wandte sich Natalie zu und sah ihr direkt in die Augen. »Und es gibt Menschen, mit denen ich es teilen kann. Menschen, die ich gerade erst kennengelernt habe.«

Natalie hielt ihrem Blick stand und ging einen Schritt auf Ellie zu. »Manchmal spielt es keine Rolle, wie lang man jemanden kennt. Nur, wie man sich in ihrer Gegenwart fühlt.«

Noch ein Schritt und sie stand vor Ellie. Dann griff sie nach ihrer Hand, ohne darüber nachzudenken, was sie da machte. Es fühlte sich einfach richtig an. Natürlich. Als würden alles für sie perfekt zusammenpassen. »Mit dir fühle ich mich lebendig. Als wäre die Tür zu einem vollkommen neuen Universum geöffnet worden. Nicht das, in dem mich jeder seit meiner Geburt kennt. Bei dir kann ich endlich ich selbst sein.«

Ellie blinzelte ein paarmal und hob dann langsam Nats Finger an die Lippen, um sie einen nach dem anderen zu küssen. Kribbelndes Verlangen huschte über Natalies Haut.

Worte brauchte es keine mehr, als Ellie den freien Arm um Natalies Taille schlang. Es war die perfekte Geste im perfekten Moment. Beobachtete sie irgendwer gerade? Natalie würde sich sicher nicht umsehen, weil sie nicht aufhören wollte. Sie hatte ihr Leben lange nicht gelebt. Seit ihrem Coming-out hatte sie sich wie auf Zehenspitzen bewegt und alles dafür getan, dass ihr Umfeld sich mit ihr wohlfühlte. Das hatte jetzt ein Ende. Sie musste das Leben leben, das *sie* wollte. Nicht das, was ihr Vater sich für sie wünschte. Oder das Dorf wollte. Und Ellie war ein Teil davon. Besser gesagt, Ellie zu küssen, hier auf der Brücke, im Mondschein. Jetzt sofort.

Glücklicherweise schien Ellie den Gedanken zu teilen. Das war wirklich praktisch, da sie Natalie um ein gutes Stück überragte. Als Nat sie nach vorne lehnte, kam Ellie ihr sofort entgegen und einen Moment später trafen sich ihre Lippen. Zum ersten Mal dachte sie nicht darüber nach, was sie gerade machte. In jedem anderen Lebensbereich war sie die Macherin. Diesen Schwung musste sie in ihr Liebesleben übertragen. Noch nie hatte sie hier mitten im Dorf, auf offener Straße eine Frau geküsst. Aber nun traten ihre alten Ängste in den Hintergrund und Natalie konnte sich auf etwas Neues einlassen. Auf Ellie.

Mit Ellie war ein frischer Wind ins Dorf geweht, das wusste Natalie jetzt schon. Und Ellies Lippen auf ihren schienen auch Natalie neues Leben einzuhauchen. Ihre Knie wurden weich und sie musste sich an Ellie festhalten.

Als Ellies Zunge sich vorsichtig in ihren Mund vorwagte, schnellte Natalies Puls noch ein wenig mehr in die Höhe. Das Verlangen raubte ihr beinahe den Verstand, in ihrem Bauch summte es wie verrückt und ein Kribbeln jagte über ihre Haut. Ellies selbstsicherer Kuss trug sie im Mondlicht fort von Upper Chewford und den Cotswolds, hinein in ein Märchen, in dem alles möglich schien. Nur durch einen einzigen Kuss.

Wie sollte das erst werden, wenn sie Sex hatten? Dann würde Natalie vielleicht der Kopf explodieren.

Sie legte Ellie eine Hand auf den Rücken und zog sie an sich, um ihr noch näher zu kommen. Ihre Brüste drängten sich aneinander, was Natalie ein Stöhnen an Ellies Mund entlockte. Das Gefühl ging ihr durch und durch. Leuchteten sie gerade im Dunkeln auf? Trat im Hintergrund eine Gruppe Tänzer auf, um diesem Moment zu feiern? Das *sollte* zumindest passieren. Morgen sollten sie ein Schild mit der Aufschrift *Hier haben Natalie und Ellie sich geküsst, 2019* aufstellen.

Natalie wusste nicht, ob erst eine Minute oder schon ein paar Stunden vergangen waren, als sie schließlich den Kuss wieder löste und Ellies Blick suchte.

Ellie zog die Mundwinkel zu einem kleinen Lächeln nach oben. »Wenn ich gewusst hätte, dass du so reagierst, wenn wir zusammen auf einer Brücke stehen, hätte ich das schon vor Wochen gemacht. So lange will ich dich schon küssen.«

»Wirklich?« *Das ist mir neu.* »Und dann auch noch diese Brücke. Hier hat alles begonnen und ich bin im Wasser gelandet.«

»Tut mir nicht mehr so leid, dass das passiert ist. Dadurch hatte ich deine ungeteilte Aufmerksamkeit.«

Natalie lachte und sog noch einmal tief Ellies Duft ein. »Ich konnte gar nicht anders.«

Einige Spaziergänger kamen auf die Brücke zu und unterbrachen den intimen Moment. Früher oder später hatte das passieren müssen, aber Natalie seufzte dennoch auf. Die blöde Realität funkte einem viel zu oft dazwischen.

Sie machte einen Schritt von Ellie weg und bot ihr dann einen angewinkelten Arm an, in den sie sich unterhaken konnte. »Ich bring dich nach Hause.«

Ellie hielt ihren Blick noch einen Moment lang fest, bevor sie nickte. »Sonst verlaufe ich mich am Ende noch.«

Kapitel 17

Ellie war froh, dass sie heute etwas Ablenkung bekam, sonst wären ihre Gedanken vermutlich permanent um den gestrigen Kuss gekreist. Den Kuss, der nicht perfekter hätte sein können. Über so etwas wurden Popsongs geschrieben, die sich millionenfach verkauften. Vielleicht sollte sie das auch tun?

Absolut. Nachdem sie ihre To-do-Liste abgearbeitet hatte.

Gestern Abend hatte sie sich widerstrebend von Natalie verabschiedet, weil sie am Morgen um fünf Uhr aufstehen und frisches Eis herstellen musste. Was hatte sie sich bei diesem Jobwechsel eigentlich gedacht? Sicherlich hatte sie nicht damit gerechnet jemanden wie Natalie zu treffen. Jemand, in dem so viel mehr steckte, als man auf den ersten Blick sah. Natalie war genau der Typ Mensch, den Ellie in London niemals gefunden hätte. Aber sie war nicht mehr in London. Nein, sie stand hier in einer fleckigen Schürze und versuchte, ihre Eiscreme perfekt mit Bourbon und Ahornsirup zu verfeinern. Wenn sie das innerhalb der nächsten Stunde schaffte, durfte sie sich zur Belohnung auch einen zweiten starken Kaffee gönnen. Doch in Gedanken war sie schon wieder ganz woanders.

Der Kuss war phänomenal gewesen. So etwas hatte sie sich ihr ganzes Leben lang erträumt, aber noch nie erlebt. Bis jetzt. In ihrem Inneren war ein Feuerwerk aufgegangen. Wie ein vorgezogenes Sommerfestival in ihrem Herz. Die Fähnchen wehten und die Kapelle spielte noch immer ihr Lied. Dafür hatte Natalie mit einem weiteren, heißen Kuss vor Ellies Haustür gesorgt, der sie anschließend die Treppen hinauftaumeln und in ihrem Bett von aufregenden Dingen hatte träumen lassen.

Aber jetzt war der neue Morgen angebrochen. Was passierte nun als Nächstes? Sie wollte gerne sehen, wohin das mit ihnen führte, und hoffte, dass es Natalie genauso ging. Angesichts des Kusses war das wohl anzunehmen. Zu viel Zeit konnte sie dem jedoch im Moment nicht widmen. Ellie hatte zwei Unternehmen zu führen, musste ihre Wohnung verkaufen und ihre Ex-Freundin händeln. Bei dem Gedanken an Grace schloss Ellie kurz die Augen und schüttelte den Kopf.

Rasch tauschte sie das Bild von Grace gegen eins von Natalie aus, die sie mit so viel Verlangen angesehen hatte, dass Ellies Magen einen kleinen Hüpfer machte. Grinsend warf sie einen Blick in ihre Eismaschine und hätte ihr beinahe gesagt, dass sie gar nicht so zu gucken brauchte. *O Gott.* Der kleine Laden ließ sie schon nach einer Woche durchdrehen. Sie brauchte Kaffee.

Also begab sie sich in den Gastraum und schaltete die Kaffeemaschine ein. Während sie aufheizte, schlenderte Ellie zu ihrem großen Schaufenster und ließ den Blick über den Marktplatz schweifen. Auf den Parkplätzen wartete Autos in Reih und Glied auf ihre Fahrer. Die Sonne war bereits aufgegangen und der blaue Himmel kündigte einen wunderschönen Tag an. Noch zeigte sich der Mond schwach und Ellie lächelte erneut. Gestern Nacht hatte dieser Mond ihren Spaziergang beleuchtet. Ellie salutierte ihm gespielt zu, verdrehte dann die Augen über sich selbst und wandte sich wieder der Kaffeemaschine zu. Ihr Gehirn hatte wirklich einen Aussetzer.

Gerade, als sie sich ihren Cappuccino eingoss, flitzte etwas Blaues an ihrem Fenster vorbei. War das Natalie gewesen? Ellie stellte die Tasse ab und versuchte, etwas zu erkennen, als Natalie auf einmal wie in Zeitlupe rückwärts zurückkam und ihr zuwinkte. Sie deutete mittels Pantomime an, dass sie Joggen ging – was auch so offensichtlich war – und brachte Ellie damit zum Lächeln.

Im Gegenzug griff Ellie wieder nach ihrer Kaffeetasse und zeigte ihr, wie sie daraus trank. Ja, sie benahmen sich fürchterlich albern, aber das war großartig. Natalie schenkte ihr mit geröteten Wangen ein breites Grinsen und zwinkerte ihr dann zu.

Wärme breitete sich in Ellie aus, als Natalie schließlich wieder aus ihrem Sichtfeld verschwand. Sie war über beide Ohren verknallt und dabei hatten sie noch nicht einmal miteinander geschlafen. Rasch griff sie nach ihrem Handy und schickte Red eine Textnachricht. Sie mussten sich treffen; und zwar schnellstens. Jeder wusste, dass Ellie nichts mit Liebe und Beziehungen am Hut hatte. Darin war sie unglaublich schlecht. Red dagegen hatte ein exzellentes Händchen dafür.

Obwohl die Eisdiele bereits geschlossen hatte, war Ellie bei Reds Ankunft mit ihrer Arbeit beschäftigt. Sie bedeutete ihrer Schwester, die Tür mit ihrem eigenen Schlüssel zu öffnen und reinzukommen. Bestand ihre Konversation jetzt nur noch aus Pantomime?

»Hey, große Schwester. Wie läuft das Eisgeschäft?« Red kam zu ihr rüber und gab ihr einen Kuss auf die Wange.

Ellie rührte sich nicht vom Fleck – das hätte eine große Sauerei geben können. Als Red den Blick senkte, stutzte sie. Ellie nahm einen ihrer bloßen Füße aus der Wanne mit Eiswasser und stellte ihn auf dem vorbereiteten Handtuch ab.

Red warf ihr einen fragenden Blick zu. »Ist das eine neue Therapieform?«

»Ich war den ganzen Tag auf den Beinen und meine Füße brauchten ein bisschen Zuwendung. Also ja, wenn du so willst. Das habe ich in einem Onlineforum für Eisdielenbetreiber gelesen. Den ganzen Tag stehen ist schlecht, und das hier funktioniert super.« Sie wechselte den Fuß in der Wanne noch einmal. »Meine Füße werden taub.«

»Wäre es nicht einfacher, wenn du dich dazu hinsetzen würdest?«

Ellie schaute sie finster an. »Ich habe zu tun.«

»Vergiss, was ich gesagt habe.« Red hob die Hände in einer defensiven Geste und schob die Kaffeetasse beiseite, die Ellie gerade ausgetrunken hatte, um sich gegen den Tresen zu lehnen. »Was gibt es denn, dass ich extra herkommen muss? Hoffentlich wolltest du mir nicht nur erzählen, dass Eis dein neuer bester Freund ist? Ich bin eineinviertel Stunden hergefahren, also ist es besser wichtig. Die Extraviertelstunde war einem verdammten Traktor und Schafen geschuldet. Im Ernst, *Schafe*. Ich lebe auch auf dem Land, aber nicht *so* weit auf dem Land.«

Ellie sah von der Kaffeemaschine auf, die sie gerade sauber machte. »Wäre es dir lieber, wenn ich noch todunglücklich in London wohnen würde?«

Red grinste. »Gott, nein, jetzt sehen wir uns viel öfter. Außerdem hast du inzwischen tatsächlich Gefühle. Früher hatte ich manchmal den Eindruck, dass du einen Schalter in dir umlegst, der sie ausschaltet, wenn du in der Stadt warst. Das Landleben tut dir gut. Es kitzelt deine menschliche Seite etwas raus.«

»Danke, oder so.« Vorsichtig schob sie die Eiswasserwanne zur Eismaschine hinüber und stellte sich dann mit beiden Füßen hinein. Dann lockte sie Red mit einem Löffel Sorbet und einer Geste zu sich. »Probier mal. Ich denke, das wird dir schmecken.«

Red folgte ihrer Aufforderung und ließ sich von Ellie mit dem Sorbet füttern. Einen Augenblick lang herrschte Stille.

Doch dann strahlte Red übers ganze Gesicht, als hätte sie im Lotto gewonnen. »Das ist lecker«, meinte sie, nachdem sie geschluckt hatte. »Ist das ein Gin-Tonic-Sorbet?«

»Ja, habe ich heute Morgen zusammen mit einem Schwung Bourbon und Ahornsirup vorbereitet.«

»Das klingt lecker alkoholisch. Bei dem Sorbet gefällt mir die Mischung aus frischer Zitrone und leichter Süße enorm gut. Ein bisschen wie Zitronensorbet plus Gin. Pure Nostalgie und das ist großartig.«

Ellie lächelte zufrieden. »Genau auf diese Reaktion hatte ich gehofft. Ich setze es dieses Wochenende auf die Karte.« Sie füllte das Sorbet in einen Plastikcontainer um. Dann stieg sie aus dem Wasser, trocknete sich die Füße ab und schlüpfte in ein Paar Flipflops und verstaute das Sorbet in einer der Gefriertruhen im Personalbereich.

Red folgte ihr aus dem Gastraum. »Also klappt es damit, dass du dir das meiste Eis liefern lässt, aber ein paar Sorten hier vor Ort produzierst?«

»Die Routine ist noch nicht da, aber ja. Die Kunden lieben die regionalen Produkte und sie sind auch wirklich gut. Langfristig möchte ich immer noch gerne alles selbst herstellen, aber für dieses Jahr ist das so der richtige Weg.«

Sie gingen zurück in den Gastraum.

»Aber das ist wahrscheinlich nicht das, was du mir erzählen wolltest, oder? Dass du neues Sorbet kreiert hast?«

Ellie schüttelte den Kopf. »Nein.« Sie schwenkte ihren Schlüsselbund vor Reds Nase hin und her. »Aber ich bin am Verhungern. Wollen wir was essen gehen und dabei reden?« Sie warf einen Blick auf ihre eigenen Füße. »Können wir mit deinem Auto fahren? Dann muss ich die Schuhe nicht wechseln.«

Red verdrehte die Augen, nickte jedoch.

Red fuhr zu einem Pub in Gatbury, einem der Nachbardörfer. Ellie war das nur recht – im *Golden Fleece* gab es viel zu viele Ohren, die sie möglicherweise belauschten. Erschöpft von dem hektischen Tag in der Eisdiele ließ sie sich von ihrer Schwester erzählen, dass Gareth ihr eine Woche lang jeden Tag Blumen mitgebracht hatte. Diese romantische Geste brachte Ellie zum Lächeln, aber sie weckte auch wieder die Erinnerung an den gestrigen Abend und Natalie. Doch erst, als ihr Essen in Form von rotem Thai Curry vor ihnen stand, lenkte Red wieder das Thema auf Ellie und gestikulierte mit der Gabel auffordernd in ihre Richtung.

»Also, was ist los? Ich nehme mal an, dass es was mit einer gewissen Schnapsladenbesitzerin zu tun hat?«

»Ja. Wir sind gestern Abend nach dem Pubquiz gemeinsam nach Hause gegangen und haben uns auf der Brücke geküsst.« Ellie rieb sich mit einer Hand übers Gesicht. »Und jetzt weiß ich nicht, was ich machen soll, weil ich nicht hergekommen bin, um mich zu verlieben. Ich wollte mich selbst wiederfinden und mich auf einen Neuanfang konzentrieren.«

Red zog eine Augenbraue nach oben. »Währenddessen ein bisschen Spaß zu haben, schadet doch nicht, oder?« Sie hielt kurz inne. »Es sei denn, es ist mehr als ein bisschen Spaß?«

»Ich weiß gerade nicht, was es ist.«

»Hast du sie heute gesehen? Musst du ja, ihr könnt euch ja nicht so leicht aus dem Weg gehen. Ihr wohnt und arbeitet in Nachbarhäusern.«

»Nicht so richtig. Ich meine, sie hat mir heute Morgen zugewinkt und gezwinkert.«

»Zugezwinkert? Was für ein Zwinkern?«

Ellie zuckte die Schultern. »Gibt es unterschiedliche? Vielleicht ein ›wir sehen uns nachher‹-Zwinkern.«

Red steckte sich eine Gabel voll Curry in den Mund und kaute, während sie darüber nachdachte. »Aber sie ist danach nicht vorbeigekommen?«

»Sie hatte heute einen Termin in der Brennerei, das hat sie mir gestern schon gesagt. Ihr Auto war nicht da, als wir losgefahren sind, also gehe ich davon aus, dass sie aufgehalten wurde.«

»Okay, dann geht sie dir also nicht aus dem Weg.«

Ellie schnaufte. »*So* schlecht küsse ich nun auch wieder nicht.«

Red lachte laut auf. »Das wollte ich damit auch nicht andeuten. Ich bin eine verdammt gute Küsserin und ich gehe davon aus, dass das in der Familie liegt.« Sie lehnte sich lächelnd in ihrem Stuhl zurück. »Das heißt, nach wochenlanger Isolation stürzt du dich mitten ins Getümmel der Einheimischen. Und du knutschst sogar mit ihnen. Du weißt schon, was man hier über Londoner sagt? Die kommen her, treiben die Immobilienpreise in die Höhe, saufen allen das Bier weg und reißen sich die Frauen unter den Nagel.« Sie deutete auf Ellie. »Stimmt alles.«

»Ich habe kein Haus gekauft. Noch nicht.«

Sie widmeten sich eine Weile ihrem Essen.

Schließlich spielte Red mit dem Stil ihres Weinglases. »Wie war's denn, eine Einheimische zu küssen.«

Ellie lehnte sich kopfschüttelnd nach hinten. Darauf wusste sie keine richtige Antwort. »Es war … romantisch. Im Mondlicht. Wie im Film.«

Red hob eine Hand. »Wow, Moment.« Sie wedelte vor Ellies Gesicht herum. »Was ist mit dir los? Du bekommst einen komisch verträumten Gesichtsausdruck. So habe ich dich noch nie gesehen? Was hat das zu bedeuten?«

Da war Ellie sich selbst noch nicht so sicher. Noch einmal schüttelte sie den Kopf. »Ich weiß nur, dass es sich anders angefühlt hat. Ich habe schon ziemlich viele Frauen geküsst, aber noch nie eine im Mondlicht auf einer Brücke.« Auf einmal stockte sie. Sie wollte ihrer Schwester gegenüber nicht zugeben, wie sehr dieser Kuss in ihr noch nachhallte.

Das war so nicht gedacht gewesen. Sie hatte ihr neues Leben auf dem Land geplant, um mehr Zeit mit sich selbst zu verbringen. Als Einsiedler. Doch nun hatte eine andere Frau diese Pläne komplett über den Haufen geworfen. Fairerweise musste man sagen, dass auch noch ein paar andere Dörfler diesen Plan durchkreuzt hatten. Ellie fügte sich immer mehr in die Gemeinschaft ein, und genoss ein Leben, wie sie es vorher nicht gekannt hatte. Natalie, Fi, Yolanda und selbst die Maklerin Jodie – sie alle hatten ihr gezeigt, wie unabhängig Frauen hier klarkamen. Das war etwas, was sie für sich selbst adaptieren wollte. Und Natalie war die Frau, die sie noch einmal küssen wollte.

»Besser gesagt: Ich habe bei keiner zuvor weiche Knie bekommen wie bei ihr. Es hat sich angefühlt, als würde etwas in mir explodieren.«

»Klingt nach einer Sauerei.«

»Es fühlt sich chaotisch an.« Ellie hatte nichts für Chaos übrig. Sie war ein Mensch für Beziehungen, die nach festgelegten Regeln funktionierten und zum Scheitern verurteilt waren. Sie ließ sich auf Beziehungen ein, deren Grenzen klar abgesteckt wurden. Aber das Gefühl von Natalies Kusses umgab sie nach wie vor, wie schon den ganzen Tag über. Zwischen Eiskugeln portionieren und Gespräche mit den Einheimischen führen, hatte sie nur daran denken können. Red musste ihr nicht sagen, dass das ungewöhnlich war, das wusste Ellie selbst.

Nachdem ihre Teller geleert waren, verschränkte Red die Arme vor der Brust. »Dann hat meine große Schwester also echtes Interesse an jemandem. Verliebt sich.«

Ellie runzelte die Stirn. »Verlieben ist ein großes Wort.«

»Wenn der Schuh passt, Aschenputtel.«

»Halt die Klappe.« Sie bestellten sich einen Kaffee. »Es fühlt sich alles so surreal an. Als würde ich das Leben einer anderen führen. Als würde ich morgen aufwachen und feststellen, dass ich alles nur geträumt habe.«

Red stieß einen leisen Pfiff aus. »Das muss ja ein verdammt guter Kuss gewesen sein.«

Ellies Herzschlag beschleunigte sich. So konnte man das wohl sagen. »Du hast ja keine Ahnung.« Sie ließ den Blick durch den Raum schweifen und entdeckte Keith, der an einem Tisch etwas entfernt saß und mit seinem

Handy beschäftigt war. Was machte der denn in Gatbury? Vielleicht kam er auch hierher, um sich eine Auszeit von neugierigen Blicken zu gönnen.

Sie wandte sich wieder Red zu. »Aber was mache ich jetzt? Ein Kuss und ich drehe durch. Das bin ich nicht gewöhnt. Ich weiß nicht, was sie darüber denkt. Mag sie mich? Wird daraus mehr werden?« Ellie schüttelte den Kopf. »Ich bin einundvierzig, verdammt, aber bei dieser Sache fühle ich mich eher wie vierzehn. Ich habe keine Zeit, Frauen auf Brücken zu küssen. Ich muss ein Geschäft führen, eine Wohnung verkaufen, mit einer Ex abschließen und dabei helfen, ein Sommerfestival zu organisieren.« Sie schloss die Augen. Das Festival hatte sie ganz vergessen. Dafür würde sie eng mit Natalie zusammenarbeiten müssen. Bestand dabei die Chance auf weitere Küsse? Hoffentlich.

Red legte ihr eine Hand auf den Arm. »Aber du hattest doch Zeit, eine Frau auf einer Brücke zu küssen. Ich finde das großartig. Du warst so lange mit Grace zusammen, dass du vergessen hast, wie es ist, wenn man richtig geküsst wird. Erinnerst du dich, dass ein Kuss von Grace dich je so sehr aus dem Konzept gebracht hat?«

Ellie dachte an die Zeit mit Grace zurück. Ihre Beziehung war nicht gerade romantisch gewesen. Natalies Kuss hatte sich angefühlt wie eine vollmundige Vorspeise, während sie bei Grace dagegen hatte immer das Gefühl gehabt hatte, Diätfutter zu sich zu nehmen. Die kaloriengezählte Version einer Beziehung.

»Grace hat keinen blassen Dunst von Leidenschaft. Das würde sie nie verstehen.« Grace hatte sich nie die Zeit genommen, ihr in die Augen zu sehen und sie so bewusst zu küssen. Sie war immer einem Zeitplan gefolgt, hatte immer noch einen Termin gehabt, den sie anschließend wahrnehmen musste. Mit Natalie hatte es sich angefühlt, als könnten sie sich die ganze Nacht lang küssen und trotzdem mehr wollen.

»Dann würde ich sagen, dass du dir selbst noch mindestens einen weiteren Kuss schuldest. Ich kann dir nicht sagen, wohin das führen wird oder was Natalie davon hält. Aber ich bin froh, dass meine Schwester ein bisschen verwirrt ist – aber auch ein bisschen strahlt.« Red drückte ihren Arm noch einmal.

Ellie warf Keith einen Seitenblick zu. Sie musste auf die Toilette und er saß in dieser Richtung. Sollte sie kurz stehenbleiben und mit ihm reden? Nein, so gut kannten sie sich noch nicht.

Als sie jedoch an seinem Tisch vorbeikam, blickte Keith auf. Genau in dem Moment, als Ellie zu ihm schaute. Verdammt. Jetzt konnte sie ihn schlecht ignorieren. Sie lächelte und machte einen kleinen Umweg zu ihm. Ob es Keith nun gefiel oder nicht. Er wirkte, als hätte er einen Geist gesehen, also passte es ihm wohl eher nicht.

»Dachte ich mir doch, dass Sie das sind.« Ellie stützte eine Hand auf die Hüfte und versuchte die Stimmung durch die zwanglose Geste aufzulockern. Was nicht klappte. Keith sah aus, als würde er am liebsten flüchten.

»Hätte Sie außerhalb von Upper Chewford beinahe nicht erkannt.«

Keith warf einen Blick auf sein Smartphone und rang sich dann ein Lächeln und ein Nicken ab. Das Lächeln wirkte dem seiner Tochter so ähnlich, dass Ellie direkt wieder zum gestrigen Abend katapultiert wurde.

»Ein Tapetenwechsel ist zwischendurch ganz nett.« Er schaute an ihr vorbei. »Sind Sie allein hier?«

Ellie schüttelte den Kopf. »Mit meiner Schwester um eine Kleinigkeit zu essen.«

Keith erhob sich und schnappte sich seinen Mantel. »Ich wollte gerade gehen.«

»Das müssen Sie nicht meinetwegen. Sie haben ja noch nicht ausgetrunken.« Warum hatte sie gerade das Gefühl, dass sie hier bei etwas störte, wo Keith doch allein am Tisch saß?

Aber Keith schüttelte bereits den Kopf. »Ich habe genug. Muss noch fahren. War nett, Sie zu sehen.«

Was war hier gerade passiert? Das würde sie Natalie fragen müssen. Allerdings wollte sie lieber andere Dinge tun, als über ihren Vater zu sprechen, wenn sie sich das nächste Mal sahen.

Sie blickte Keith hinterher, der zur Tür eilte und nach draußen verschwand. Aber es ging sie nichts an, was ihm über die Leber gelaufen war.

Doch eins nach dem anderen und erst einmal musste sie dringend aufs Klo.

Kapitel 18

Das Meeting in der Brennerei am vergangenen Abend hatte deutlich länger gedauert, als Natalie erwartet hatte. Im Anschluss war sie noch geblieben, um mit dem Team zu essen, da Yolanda darauf bestanden hatte, sie zu verköstigen. Die Teambuilding-Maßnahmen ihrer Tante waren sicher nicht verkehrt, aber gestern hatte Zeit mit ihren Arbeitskollegen und ihrer Familie verbringen nicht besonders hoch auf Nats Prioritätenliste gestanden.

Ellie dagegen schon und mit ihr war alles andere weit in den Hintergrund getreten. Sicher, sie waren die Bilanzen durchgegangen und hatten neue Geschäftsmöglichkeiten für die Brennerei durchgesprochen. Konnten sie noch mehr Führungen durch die Brennerei anbieten? Natalie hatte das bejaht. Sollten sie einen Minibus anschaffen, um die Leute im Sommer zum Picknicken auf das Gelände der Brennerei zu bringen? Das war Fis neueste Idee und sie klang ziemlich vielversprechend. Natalie unterstützte sie vorbehaltlos. Was hielt sie von Übernachtungspaketen, die für Touristen im Laden angeboten wurde? Natalie war voll dabei.

Tatsächlich hatte sie gestern Abend so ziemlich allem zugestimmt. Vor allem, weil sie am liebsten ins Auto gesprungen und nach Hause gefahren wäre, in der Hoffnung, Ellie noch in der Eisdiele anzutreffen. Oder vielleicht Licht in Ellies Wohnung brennen zu sehen und das als Zeichen zu werten.

Als sie jedoch um halb zehn wieder nach Hause gekommen war, hatte Ellies Wohnung im Dunkel gelegen und auf ein Klingeln öffnete sie nicht. Enttäuscht war Natalie nach Hause getrottet und hatte schlecht geschlafen.

Aufgewacht war sie mit schlechter Laune, aber nach nebenan wollte sie auch nicht gehen, falls Ellie … was? Den Montagabend einfach abtun würde? Davon ausging, dass es nichts zu bedeuten hatte? Doch das hatte es. Natalie hatte sich noch nicht erlaubt, es in Worte zu fassen, aber sie wusste, wie dieser Kuss sich angefühlt hatte.

Nach Sternenstaub. Hoffnung. Verheißung. Bei diesem Kuss hatte sie wohler in ihrer Haut gefühlt als jemals zuvor. Doch der Gedanke, dass Ellie das vielleicht nicht so empfunden hatte, ließ Verzweiflung in ihr aufsteigen. Rasch schob sie ihn von sich.

Nach dem Mittag überlegte sie gerade, ob sie nicht vielleicht doch rüber zum Ultimate Scoop gehen sollte, als die Glocke über der Tür bimmelte. Natalie sah auf und bei Ellies Anblick stockte ihr der Atem. Nervosität überkam sie mit so viel Wucht, dass sie die Bauchmuskeln anspannen musste, um nicht den Halt zu verlieren. Sie schaffte es gerade so.

»Hey.« Ellie neigte den Kopf und ihre Wangen wurden rot. Hatte sie auch den ganzen Morgen gegrübelt, ob sie rüberkommen sollte? Vielleicht. »Ich kann nicht lange bleiben. Gerade sind keine Kunden da, aber das wird wohl nicht lange so bleiben. Ich wollte nur fragen, ob du nachher Zeit hast?«

Natalie nickte, ohne einen Blick in ihren Terminkalender zu werfen. Was auch immer da drinstand, konnte im Zweifelsfall warten. Sie würde dafür sorgen, dass sie Zeit hatte.

»Toll«, antwortete Ellie. »Ich arbeite an neuen Eissorten. Willst du nach Ladenschluss rüberkommen und sie verkosten?«

Natalie grinste. »Sehr gerne.« Sie zögerte kurz. »Es sei denn, du hast was Ekliges dabei. Sag mir bitte, dass du nicht an Rührei mit Speck arbeitest?«

Ellie lachte. »Das schmeckt tatsächlich ziemlich gut. Aber nein, nichts in die Richtung. Passt dir um acht?«

Natalie nickte.

»Wir sehen uns dann.«

Natalie würde Ellie nie davon erzählen, aber sie hatte eine geschlagene halbe Stunde damit verbracht, sich für eine Bluse zu entscheiden, bevor sie komplett davon absah und ein schwarzes Top auswählte. An den Schultern befanden sich dreieckige Ausschnitte und vervollständigt wurde ihr Outfit durch eine Jeans, von der Fi behauptete, dass ihr Hintern darin zum Anbeißen aussah. Auch Ellie hatte sich offensichtlich umgezogen und wirkte in ihren grünen, maßgeschneiderten Hosen und der schwarzen Bluse wieder ganz wie die Frau aus der Großstadt. Das war keine Kleidung, die man zu einer Eisverkostung trug, aber Natalie wurde trotzdem ganz warm, denn es zeigte, dass auch Ellie dieser Abend nicht egal war. Zum ersten Mal seit dem Kuss auf der Brücke verbrachten sie Zeit miteinander.

Ellie ließ Natalie herein und brachte sie zu einem Tisch im hinteren Teil des Gastraums, ohne ihr richtig in die Augen zu sehen. Das verstand Natalie. Ellies Nähe machte sie ebenfalls nervös.

»Du siehst sehr hübsch aus.« Ellies Blick huschte kurz zu ihr, als sie sich setzte.

»Du auch.«

In der Luft hing ein Knistern und wenn jetzt jemand ein Streichholz angezündet hätte, wäre der ganze Laden wohl in Flammen aufgegangen. Stattdessen senkte Ellie den Blick.

Natalie räusperte sich und das genügte, um den Moment zu unterbrechen.

»Wie schon gesagt, ich habe ein bisschen rumexperimentiert und brauche deine Meinung. Ich habe den Tisch nach hinten gestellt, damit Passanten nicht ständig an die Scheibe klopfen, weil sie denken, wir haben geöffnet. Das Licht bleibt aus, aber wir können gerne eine Kerze anmachen, wenn du möchtest.«

»Geheimoperation, ich verstehe.«

»Und auch ein bisschen romantisch.«

Diese Worte ließ Natalie erst mal auf sich wirken.

»Versprichst du mir, dass du bei den Geschmacksrichtungen ehrlich deine Meinung sagst?«

Nat hob die rechte Hand wie zum Schwur. »Pfadfinderehrenwort.«

Ellie nickte zufrieden. Auf dem Tisch standen eine Flasche Rotwein und zwei Gläser zusammen mit einer kleinen, runden Kerze in einem blauen Glas.

Ein Klopfen an der Tür ließ Natalie sich umdrehen.

»Ich gehe schon.« Ellie nahm eine Pizzalieferung entgegen, bezahlte den Fahrer und stellte die Kartons dann auf dem Tisch ab, bevor sie sich setzte. Zuletzt zündete sie noch die Kerze an, bevor sie Natalie ihre volle Aufmerksamkeit widmete. »Ich dachte, dass wir vor dem Eis vielleicht was essen könnten.« Sie öffnete die Pizzaschachteln und goss ihnen Wein ein.

»Klingt hervorragend.« Natalie griff mit zittrigen Fingern nach ihrem Weinglas. Tief durchatmend schaute sie Ellie in die Augen. »Ich brauche was zu trinken. Die Erinnerung an unseren Kuss macht mich ein bisschen nervös.« Sie stockte. »Auf eine gute Art.«

Auf Ellies Gesicht breitete sich langsam ein Grinsen aus. »Ich habe seitdem auch an kaum etwas anderes gedacht.«

Ein Kribbeln breitete sich in Natalies Bauch aus. »Schön.«

Ellie nahm sich ein Stück Pizza und Natalie tat es ihr gleich. Die Luft um sie herum schien zu knistern.

»Lass uns einfach essen und so tun, als hätten wir uns gerade erst kennengelernt. Erzähl mir etwas über dich, das ich noch nicht weiß.«

Natalie leckte sich stirnrunzelnd über die Lippen. Etwas, das Ellie noch nicht wusste … Da gab es einiges. Sie fing mit dem Offensichtlichen an. »Okay, du hast es nicht anders gewollt. Ich habe mich erst mit dreißig geoutet. Sieben Jahre nach meiner Heirat mit einem Mann. Klingt ziemlich unbedarft, oder?«

Ellie hielt mitten in der Bewegung inne und schaute mit einem warmen Lächeln von der Pizza auf. »Das wird Leuten zu den unterschiedlichsten Zeitpunkten bewusst. Ich würde das nicht unbedarft nennen. Die Gesellschaft erwartet Dinge von uns, die wir eben erfüllen.«

»Ich versuche, die verlorene Zeit aufzuholen, wenn das ein Trost ist.«

Ellie hielt Natalies Blick stand »Neulich abends hat es zumindest wunderbar geklappt.«

Natalie schluckte, als sich warme Vorfreude in ihr ausbreitete. »Was ist mit dir? Sag mir bitte nicht, dass du einer dieser Menschen bist, die ihr Coming-out schon mit sechzehn hatten. Da fange ich immer fast an zu heulen.«

Flackernde Schatten tanzten über Ellies Gesicht und sofort musste sie wieder an das Mondlicht am Montagabend denken. Sie versuchte, Ellie nicht auf den Mund zu starren, als sie antwortete.

»Ich war neunzehn. Meine Eltern hatten damit nicht gerechnet, aber ich selbst habe schon immer so empfunden.« Sie schüttelte den Kopf. »Obwohl ich zugeben muss, dass der Montag mich vielleicht für alle Zeit verändert hat. Er hat zumindest Dinge in mir geweckt, die ziemlich lange geschlafen haben.«

Mutig. Das gefiel Natalie. Sie schluckte erneut. Ellie öffnete sich ihr. »Das Gefühl beruht auf Gegenseitigkeit.«

Sie sahen sich für einen langen Moment in die Augen, bevor Natalie wieder nach ihrem Pizzastück griff. »Wolltest du schon immer eine Eisdiele eröffnen, um Frauen zu beeindrucken?«

»Ist nur ein glücklicher Zufall, dass es diesen Nebeneffekt hat. Wenn du dich damit besser fühlst: Einen Schnapsladen zu führen ist auch ein Aphrodisiakum«, sagte Ellie grinsend.

»Nicht so stark wie Eis.« Nat zögerte. »Wie fühlt sich das Landleben für dich auf einer Skala von eins bis zehn an?«

Ellie schenkte ihr ein Lächeln. Eins von denen, auf die Natalie sich in letzter Zeit immer freute. Niemand in Upper Chewford hatte ihr je das Gefühl in ihr ausgelöst, das sie bei Ellies Lächeln durchströmte.

»Eine solide Sieben. Aber die Leute hier sind nett und eine Dorfbewohnerin hat sich besonders ins Zeug gelegt, damit ich mich hier wohlfühle.«

Natalies Herz machte einen Satz. »Die klingt wirklich toll.«

»Ich mag sie auch immer mehr.« Ellie hielt ihren Blick noch für ein paar Herzschläge fest, bevor sie ihren schließlich abwandte. »Außerdem kann ich mich mit echten Menschen unterhalten, seit ich meine selbst gewählte Isolation mitten im Nirgendwo gegen das richtige Dorf eingetauscht habe. Und seltsamerweise tut mir das gut. Ich habe bessere Laune. Hier führt man deutlich interessantere Gespräche als mit den Schafen.«

»Gut zu wissen.« Natalie musterte Ellies Gesicht und fragte sich kurz, wie sehr sie wohl nachhaken durfte, warum sie sich in selbst gewählte Isolation begeben hatte. »Wovor bist du geflohen, als du hergekommen bist?«

Ellie schüttelte den Kopf, bevor sie einen langen Atemzug ausstieß. »Das Übliche. Ein Job, in dem ich unter großen Druck stand, ohne zu wissen, warum ich mir das noch antue. Eine Beziehung, die in die Brüche gegangen ist. Ein Leben, das auf viel Arbeit und ebenso viel Dampf ablassen beruhte.

Meine Schwester hat mich darin bestärkt, mir ein neues Leben näher bei ihr aufzubauen, und hier bin ich nun.«

»Ich mag deine Schwester sehr.«

»Sie hat ihre Momente.« Ellie schwieg kurz. »Das ist also meine traurige, vorhersehbare Geschichte. Londonerin zieht aufs Land, um dem Stadtleben zu entfliehen. Ist nicht besonders originell.«

»Aber einen Schokoladenladen und eine Eisdiele zu betreiben durchaus. Manche würden vielleicht vermuten, dass du ein Suchtproblem mit Zucker und Milchprodukten hast, aber so was gibt es für mich nicht.«

»Gut zu wissen.« Ellie biss von ihrer Pizza ab. »Und du? Du hast einen Ehemann erwähnt, das Thema dann aber geschickt fallen lassen.«

»Du hast ihn neulich im Pub kennengelernt. Ethan. Jetzt verheiratet mit Jen, der Dorffriseurin, die schwanger ist.«

Ellie schaute sie betroffen an. »Jen von *A Cut Above*?«

»Genau die.«

Sie fuhr sich durch die dunklen, glänzenden Haare. »Die Frisur stammt von ihr. Sie ist gut.« Diese Neuigkeit brachte Ellie sichtlich aus dem Konzept. »Das muss seltsam für dich sein. Schneidet sie dir auch die Haare?«

Natalie schüttelte den Kopf. »Hat sie, bevor sie mit Ethan zusammengekommen ist. Danach haben wir eine unausgesprochene Übereinkunft getroffen. Inzwischen wäre es wahrscheinlich kein Problem mehr, aber als das mit ihnen noch frisch war? Mehr als seltsam. Ich fahre nach Gatbury zum Friseur.«

Ellie setzte sich etwas gerader hin. »Vielleicht sollte ich das auch machen.« Sie reckte eine Faust in die Luft. »Solidarität.«

Natalie lachte. »Wir befinden uns nicht im Krieg. Und sie ist eine gute Friseurin. Mein Dad geht noch zu ihr, wenn du dich damit besser fühlst.«

»Sie hat wirklich einen guten Job bei meinen Haaren gemacht«, stimmte Ellie zu. »Aber egal, zurück zu deinem Ex-Mann. Abgesehen davon, dass du dir nicht von seiner zweiten Frau die Haare schneiden lässt, kommt ihr miteinander aus?«

»Ja. Wir haben uns getrennt, aber daran hatte niemand Schuld.« Sie biss die Zähne kurz zusammen. Das war nicht ihr Lieblingsthema, da es etwas in ihrem Leben darstellte, bei dem sie versagt hatte. Natalie hasste es zu versagen.

»Ist wahrscheinlich trotzdem nicht leicht für dich.«

Natalie trank einen Schluck Wein, bevor sie antwortete. »Ich bin daran gewöhnt. Das hier ist nicht London, wie können uns nicht verstecken. Das Leben geht weiter.«

»Das hier ist wirklich nicht London. Und weißt du was? Es gefällt mir. Hätte ich nie gedacht. Ich mochte immer die Anonymität, die London mir geboten hat. Dass ich Tag für Tag eine Straße entlanggehen kann und nie die gleichen Leute sehe. Dass ich jahrelang in einem Wohnkomplex lebe und meine Nachbarn nicht kenne. Letztendlich hat mich aber genau das unglücklich gemacht.« Sie machte eine unbestimmte Geste. »Hier ist das ein Unterschied wie Tag und Nacht. Jeder kennt jeden und weiß alles.«

»Glaub mir, das geht einem ziemlich schnell auf die Nerven.«

»Verstehe ich gut. Aber im Moment fühle ich mich damit wohl. Ich mag es, aufzustehen und zu wissen, dass ich den Menschen kenne, bei dem ich meinen Kaffee kaufe. Josie im Pub und dich. Zum ersten Mal seit Jahren fühle ich mich anderen Leuten verbunden, als würden Puzzlestücke an ihren Platz gerückt werden. Das Dorf kennenzulernen und von den Menschen hier so willkommen geheißen zu werden, war unglaublich schön. Dich kennenzulernen war die Kirsche auf der Sahne. Insbesondere da du Teil der Hill-Familie bist, die so was wie das Königshaus von Upper Chewford darstellt – oder die Mafia, abhängig davon, mit wem man spricht.«

Natalie griff über den Tisch hinweg nach Ellies Hand und verschränkte ihre Finger miteinander. »Wir sind nicht die Königsfamilie des Dorfs. Diese Ehre gebührt Lord und Lady Carlisle, die auf ihrem Landsitz in der Nähe leben. Da sitzt das alte Geld. Und die Mafia … Yolanda hätte definitiv das Zeug dazu. Wenn jemand ihrer Brennerei an den Kragen wollte, würde ich nicht dabei sein wollen, wenn sie ihn erwischt.« Sie leckte sich über die Lippen. »Wie war das jetzt mit dem kostenlosen Eis, das mir versprochen wurde?«

Ellie sprang auf und unterbrach damit ihren Körperkontakt. »Kommt sofort, Miss Hill. Ich will mich schließlich mit der Dorfmafia gut stellen.«

Ellies hochgewachsener Körper wirkte noch schlanker als sonst, als sie zur Eisauslage hinüberging, das Licht dort anschaltete und nach einem sauberen

Kugelportionierer aus Edelstahl griff, der im Schein der Lampe glänzte. Sie löffelte das Eis in einen langstieligen Glasbecher, den sie in der anderen Hand hielt. »Ich will wirklich deine ehrliche Meinung. Erkennst du die Geschmacksrichtung? Und noch viel wichtiger: Findest du es lecker? Würdest du dafür Geld bezahlen? Ich führe hier schließlich ein Unternehmen und ich brauche ein Produkt, dass die Kunden lieben und von dem sie ihren Freunden erzählen werden.« Sie kam mit zwei Kugeln Eis im Becher zurück und stellte ihn zusammen mit einem Löffel vor Natalie ab. »Von einer Geschäftsfrau zur anderen.«

Natalie beäugte den Inhalt. »Mein erster Eindruck? Es ist sehr orange.«

»Ich weiß. Das mag ich daran.«

»Da gehen unsere Meinungen schon mal auseinander.« Natalie steckte sich einen Löffel voll in den Mund und zuckte zusammen. »Kalt!«

»Du hast aber schon mal Eis gegessen, oder?«

Nat ließ sich es sich auf der Zunge zergehen, bevor sie einen Daumen nach oben reckte. »Mango und Ingwer?«

»Du hast gute Geschmacksknospen.«

»Meine Zunge ist ziemlich talentiert.« Zum Glück war das Licht gerade aus. Die Hitze in ihren Wangen verriet ihr, dass sie errötete. »Habe ich das gerade laut gesagt?«

»Hast du. Ich lasse dich für den Moment vom Haken, aber auf deine talentierte Zunge kommen wir nachher noch zurück.« In Ellies Blick lag so viel heiße Lust, dass es ein Wunder war, dass das Eis nicht schmolz. »Würdest du die Sorte bestellen, wenn sie auf der Karte steht?«

»Auf jeden Fall. Insbesondere, wenn die Kellnerin so hübsch ist wie du.«

Ellie grinste. »Du drehst heute aber ganz schön auf.« Sie ging zur Verkaufstheke zurück und löffelte zwei weitere Kugeln in zwei Becher, die sie Natalie brachte. »Okay, das hier ist Kokos-Honeycomb. Meine zwei Lieblingssorten in einer vereint. Sag mir, ob das vielleicht zu viel des Guten ist. Ich versuche auch nicht zu enttäuscht zu sein.«

Als Natalie den Löffel in den Mund steckte, explodierte der Geschmack des Eises praktisch auf ihrer Zunge. Sie lehnte sich kopfschüttelnd zurück.

»Gutes Kopfschütteln? Schlechtes Kopfschütteln?«

»Gut. Ein Vorschlag? Mach noch ein bisschen Schokolade rein, dann könnte das deine beste Sorte werden. Das könnte ich den ganzen Tag lang essen. Vielleicht ganz zum Schluss ein paar Schokoraspeln dazugeben?«

Ellie schnipste mit den Fingern, bevor sie selbst noch einmal probierte und dann nickte. »Du hast recht.« Sie schob Natalie die letzte Schale hin. »Sag mir, was du davon hältst. Banoffee.«

Natalie kostete und schloss die Augen. Auch das war eine echte Geschmacksbombe. »Ich liebe Bananen und das hier ist exzellent. Du bist wirklich gut.« Sie schüttelte erneut den Kopf. »Dieses Eis ist fantastisch. Verdammt, dein Laden wird der Hit werden.«

»Dir schmeckt mein Banoffee? Red war sich da nicht so sicher, aber ich wollte es versuchen.«

»Alles mit Banane ist gut. Dann noch ein bisschen Toffee dazu, damit kann man nicht viel falsch machen. Es ist echt lecker. Ein bisschen wie du.« Natalie schluckte den letzten Rest Eis hinunter und lehnte sich dann nach vorne, um ihre Lippen auf Ellies zu drücken. Sie musste von dem Vorteil Gebrauch machen, dass ihr Größenunterschied im Sitzen nicht so ins Gewicht fiel.

Einen Moment lang erstarrte Ellie. Und Natalie wurde wieder zurück zum Montagabend katapultiert, zu der unglaublichen Chemie, die sie teilten. Als sie sich wieder zurückzog, war Ellie die Röte in die Wangen gestiegen und sie erhob sich. Schnell stand sie auf und trug die Eisbecher zur Theke, wobei sie Natalies Blick auswich. »Danke fürs Kommen und dass du mein Versuchskaninchen gespielt hast. Es ist gut, von jemandem Feedback zu bekommen, mit dem ich nicht verwandt bin. Ich weiß, dass Red mir sagen würde, wenn sie etwas nicht gut findet, aber trotzdem.«

Natalie folgte ihr und drängte sich gegen ihren Rücken. Es fühlte sich so gut an, ihr nahe zu sein, nachdem sie so lange auf Distanz zueinander waren. Diese Anziehung hatte sie auch am Montag gespürt. Ellie roch wundervoll süß, wie ihr Eis. »Stell die Becher ab.«

Ellie tat, wie ihr geheißen.

»Dreh dich um.«

Als Ellie auch dieses Mal gehorchte, wirkte sie auf einmal enorm zurückhaltend.

»Warum bist du gerade abgehauen?«

Sie schüttelte den Kopf. »Ich glaube, weil ich nicht weiß, was das hier ist. Was wir hier machen.« Ellie sah ihr direkt in die Augen.

Natalie schlang mit wild klopfendem Herz einen Arm um Ellies Taille. Ellies Brust hob und senkte sich an ihrer eigenen und die Röte auf ihren Wangen breitete sich über ihren Hals hinunter aus.

»Wir fühlen uns miteinander gut. Musst du noch mehr wissen?«

»Nicht wirklich.« Ellie warf einen Blick in Richtung Straße, von der aus sie jetzt deutlicher zu sehen waren. Dessen war Ellie sich bewusst. Sie zog Natalie an der Hand mit sich zu Boden und schob sie mit dem Rücken gegen die Theke. »Bleib kurz hier.« Die Zurückhaltung war verschwunden, jetzt übernahm Ellie das Ruder.

Ein paar Sekunden später war sie schon wieder da, ihre Weingläser in den Händen. Dann holte sie noch etwas Banoffee-Eis und setzte sich mit der Schüssel neben Natalie. In ihrem Blick lag deutlich mehr Verlangen als noch vor ein paar Minuten.

Natalie hatte keine Ahnung, wohin das hier führen würde. »Kann ich dir ein Geheimnis verraten?«

»Klar.«

»Ich mag Eis eigentlich gar nicht so gerne. Aber dein Eis … Es ist großartig.«

Ellie lächelte sanft. »Freut mich zu hören.« Sie löffelte etwas Eis aus der Schüssel. »Lass es dir schmecken.«

Natalie schluckte. Bildete sie sich das ein oder klang Ellies Stimme auf einmal etwas tiefer? Sie öffnete den Mund und ließ sich mit der Eiscreme füttern. Noch nie war ihr Essen so erotisch vorgekommen.

Ellie wartete, bis sie runtergeschluckt hatte, bevor sie sich zu Natalie lehnte und ihr erst über die Unter-, dann über die Oberlippe leckte.

Natalies Körper schien vor Lust in Flammen zu stehen. Und plötzlich war das Eis vergessen, als Ellie sie küsste und nach hinten gegen die Theke drängte.

Selbst der harte Fußboden war Nat vollkommen egal. Sie überließ Ellie alle Kontrolle.

Bevor sie wusste, wie ihr geschah, hatte Ellie die Hände unter ihr Top geschoben und strich über ihren Oberkörper und ihre Brüste.

Als sie aufsah, merkte sie, dass Ellie sie aus großen Augen beobachtete und dann den Kopf schüttelte. »Ich will dich so gerne spüren. Überall.«

Ihr Herz geriet erneut ins Stolpern. Sie hat sich zwar nicht diesen Ort vorgestellt, um mit Ellie auf Tuchfühlung zu gehen, aber das Eis schien den gewünschten Effekt zu haben. Rasch hob sie die Arme, um sich von Ellie das Top ausziehen zu lassen. Ellie schob den schwarzen BH beiseite, nahm eine der Brustwarzen zwischen ihre Lippen und liebkoste sie gierig mit ihrer Zunge.

Natalie stöhnte. Wie sehr sie das hier wollte. Mehr als alles andere. Wenn sich Ellies Mund auf ihren Brüsten schon so gut anfühlte, wie würde es dann erst zwischen ihren Beinen sein? Allein der Gedanke daran ließ sie beinahe die Beherrschung verlieren.

Ein lautes Hämmern ließ sie beide erschrocken zusammenfahren und dann erstarren. Immer noch schwer atmend drehte Ellie den Kopf ein wenig zur Seite und Natalie schlug das Herz bis zum Hals.

Einen Moment lang rührten sie sich nicht. Doch dann ertönte es erneut. Nachdrückliches Klopfen.

Natalie fuhr herum und sah Fi vor dem Servierfenster der Eisdiele stehen und sie ungläubig anstarren. Draußen bellte ein Hund. Rocky. Fi deutete mit dem Kopf in Richtung Tür.

Mit einer hastigen Bewegung stieg Ellie von Natalie Schoß, richtete ihr Top und ihre Haare, und reichte Nat eilig ihr Oberteil. Wieder angezogen atmete Natalie tief durch und ging an Ellie vorbei zur Eingangstür des Ladens, schloss sie auf und schlüpfte hinaus.

»Tut mir leid, dass ich eure kleine Party unterbrochen habe, aber ich wollte nicht, dass das ganze Dorf euch sieht. Weil ich die Kerzen und das Licht in der Eisauslage gesehen habe, bin ich hier vorbeigegangen, um sicherzugehen, dass nicht bei Ellie eingebrochen wird. Und habe *euch* dabei gesehen.«

In Natalie rangen Verlangen und Scham miteinander, doch Fi hatte recht. Es war gut, dass sie sonst niemand gesehen hatte. Das ging niemanden im Dorf etwas an. Nicht, wenn sich Natalie nicht mal selbst sicher war, was da zwischen ihnen lief.

»Danke fürs Klopfen. Ich bin davon ausgegangen, dass man uns von der Straße aus nicht sieht.«

Fi schüttelte den Kopf. »Hat man gut genug.« Sie lehnte sich gegen den Türrahmen. »Aber ihr habe eine gute Show hingelegt. Sehr professionell. Ich würde euch eine gute Bewertung auf TripAdvisor hinterlassen. Das würde Ellies Eisdiele auf jeden Fall Zulauf verschaffen.« Fi grinste sie breit an und wirkte ein wenig entspannter.

»Vielen Dank auch. Du kannst jetzt gehen.« Natalie machte eine scheuchende Handbewegung. »Und Fi?«

»Ja?«

»Kann das unter uns bleiben? Es ist neu und ich will nicht, dass Dad und Yolanda davon erfahren, bevor wirklich etwas draus wird. Also behalt es vorerst für dich, okay?«

Fi deutete einen Reißverschluss an, den sie über ihren Lippen zuzog. »Ich schweige wie ein Grab.«

Natalie sah ihr und Rocky einen Augenblick lang hinterher, bevor sie wieder hineinging.

Ellie hatte inzwischen die Kerze ausgeblasen und das Deckenlicht eingeschaltet. Der perfekte Moment war verpufft. »Ist alles okay?«

Natalie nickte. »Bestens. Es war gut, dass Fi uns gesehen hat und nicht jemand anderes.«

»Tut mir wirklich leid, ich habe mich ein bisschen vergessen. Ich wollte dich wirklich zum Essen und zur Verkostung einladen.« Ellie verschränkte die Arme vor der Brust.

»Du brauchst dich nicht zu entschuldigen. Mir hat alles gefallen«, sagte Natalie, nachdem sie tief Luft geholt hatte. Sie biss sich auf die Unterlippe. »Wollen wir das Ganze in eine unserer Wohnungen verlegen?« Jeder Nerv in ihrem Körper schien sich in Alarmbereitschaft zu befinden und die Lust hallte immer noch in ihr wider. Jetzt, wo sie eine zweite Kostprobe von Ellie bekommen hatte, wollte sie das ganze Menü genießen.

Aber Ellie runzelte sie Stirn, als sie zu ihr rüberkam und nach ihrer Hand griff. »Das würde ich gerne, wirklich. Aber ich habe morgen so viel zu tun. Wenn wir das hier weiterführen, will ich es richtig machen.« Sie gab Natalie einen Kuss auf die Hand. »Du bist mir so wichtig. Ist es okay, wenn wir das verschieben?«

»Kein Problem.« Natalie wusste, wie schwierig es war, ein kleines Unternehmen auf die Beine zu stellen. Doch vor fünf Minuten hatte sie Ellie noch die Zunge in den Mund geschoben, da wirkten die Worte jetzt wie ein Kübel Eiswasser. »Sehen wir uns morgen?«

»Ganz bestimmt.« Ellie hob Natalies Hand erneut an die Lippen, was Nat einen wohligen Schauer über den Rücken schickte. »Danke fürs Probieren und für den spektakulären Kuss.«

»Keine Ursache.«

Sie küssten sich noch einmal, jedoch weniger unbeherrscht. Ellie ging nach oben in ihre Wohnung und Natalie überquerte die Straße zu ihrem Hauseingang. Als sie die Treppe hinaufging, sinnierte sie darüber, dass der Abend beinahe perfekt gewesen war. Und sie wusste schon jetzt, dass sie die fünf Minuten, bevor Fi aufgetaucht war, immer wieder und wieder vor ihrem inneren Auge abspielen würde.

Kapitel 19

Am nächsten Morgen war Ellie früh auf den Beinen, um an neuen Eissorten zu arbeiten. Dem Marshmallow-Eis, das sie nächste Woche ins Angebot nehmen wollte, fehlte noch der letzte Schliff. Red hatte ihr geraten, noch eine weitere Geschmackskomponente hinzuzufügen, um es abzurunden. Vielleicht konnte sie die Temperatur noch ein wenig runterschrauben und es mit heißer Schokosoße servieren? In der Waffel würde das nicht gut funktionieren, aber im Becher schon.

Außerdem würde sie mit Schokoraspeln bei der Kokos-Honeycomb-Sorte herumexperimentieren. Natalie hatte recht gehabt, das passte perfekt dazu und würde es zum Dorfgespräch machen. So wie die Leute auch über sie und Nat reden würden, wenn etwas aus ihnen wurde. Wäre das für Natalie okay? Schließlich war Ellie nicht diejenige, die hier jeder seit ihrer Geburt kannte. Sie kannte hier niemand, während Natalie unter der Einheimischen unheimlich beliebt war. Wenn sich zwischen ihnen etwas entwickelte, würde das ganze Dorf das mitbekommen. Waren sie dafür bereit?

Bei diesem Gedanken zog sie unwillkürlich die Schultern nach oben. Natalie war ungebunden, aber Ellie musste ihre Verbindung zu Grace vollständig auflösen. Zwar hatten sie sich schon vor Monaten getrennt, hatten jedoch leider weiterhin sporadisch Kontakt. Ein paar gemeinsam angeschaffte Dinge mussten noch entsprechend aufgeteilt werden. Bei nächster Gelegenheit musste Ellie nach London und ihre Zelte dort endgültig abbrechen. Jetzt, wo es Natalie in ihrem Leben gab, war das deutlich dringender zu erledigen als zuvor.

Als Ellie sich zur Kaffeemaschine aufmachte, warf sie einen Blick auf die Uhr. Halb acht. Während sie im hinteren Bereich gearbeitet hatte, waren ihr die Leute aufgefallen, die vorbeigekommen und einen Blick durchs Schaufenster geworfen hatten. Sollte sie früher als neun Uhr aufmachen, um die morgendlichen Kaffeetrinker zu versorgen? Wäre eine Überlegung wert.

Sie mahlte die Bohnen für ihren Cappuccino und sah anschließend der dunklen Flüssigkeit beim Durchlaufen zu. Den fertigen Espresso goss sie mit einer geübten Handbewegung zur heißen Milch und kam dem aufsteigenden Schaum dabei entgegen. Zum Schluss zeichnete sie ein Herz in die Oberfläche. Beim Kaffee ging es vor allem um Liebe zum Detail und Präzision, und Ellie wollte beides perfektionieren. Es gab schon einen Coffeeshop im Dorf, der nach diesem Prinzip agierte, aber ein bisschen gesunde Konkurrenz hatte noch niemandem geschadet.

So mit Koffein versorgt entschied sie sich, sich noch einmal Grace zu stellen. Die musste aus der Wohnung raus sein, bevor Ellie einen Makler engagieren konnte.

Ellie stand auf und schnappte sich ihr Sweatshirt mit Cotswolds-Aufdruck, das sie einer spontanen Eingebung folgend in der ersten Woche nach ihrer Ankunft gekauft hatte. So ausgerüstet verließ sie die Eisdiele durch die Hintertür und wurde wieder einmal von der frischen Luft angenehm überrascht, an die sie sich immer noch nicht richtig gewöhnt hatte. Sie roch hier süßer, besser.

Sie eilte an dem kleinen Haushaltswarengeschäft mit seiner Keramikfrosch-Auslage vorbei, und am *A Cut Above*, wo sie einen Blick auf Jen erhaschte, die von Natalies Ex-Mann schwanger war. Der Gedanke ließ sie den Kopf schütteln. Die Menschen hier im Dorf waren so unglaublich eng miteinander verbunden. Rasch überquerte sie den Marktplatz mit den reihenweise geparkten Autos und nahm eine Seitenstraße hinunter zum Fluss.

Wasser hatte sie schon immer beruhigt und wenn sie mit Grace sprechen wollte, war ihr jedes Mittel für ihre Nerven recht.

Die Brücke, die dem Pub am nächsten war, lag in morgendlichem Sonnenschein, und Ellie nahm den Weg auf der anderen Flussseite entlang. Schlendernd. Auch das war etwas, das sie hier anders machte. Früher war Ellie nie geschlendert. Londoner schlenderten nicht. Jetzt aber schon. Erinnerungen an den Spaziergang mit Natalie schossen ihr durch den Kopf und Wärme erfüllte sie vom Scheitel bis zu den Zehen. Zum ersten Mal seit einer halben Ewigkeit hing ein Kuss ihr dermaßen nach und sie konnte den nächsten kaum erwarten.

Aber erst musste sie sich mit Grace auseinandersetzen. Allein der Name war genug, um ihren Tagträumereien ein jähes Ende zu bereiten.

Sie wählte und hob das Handy dann mit einem tiefen Durchatmen ans Ohr. Ruhig, direkt und klar bleiben. Sich nicht von Grace' Charme aus dem Konzept bringen lassen. Grace konnte sich aus so ziemlich allem rausreden, was auch ein Grund war, warum sie fünf Jahre lang so etwas Ähnliches wie eine Beziehung miteinander geführt hatten.

»Du bist die Milch in meinem Kaffee, die Portia für meine Ellen.« Das hatte Grace ihr immer versichert.

Der Anruf ging auf die Mailbox. Typisch. Eine von Grace' unglaublich nervigen Angewohnheiten war es, quasi nie den Klingelton anzumachen, weswegen sie selten abhob, wenn man sie anrief.

»Grace, ich bin es noch mal wegen der Wohnung. Ich will sie nächste Woche zum Verkauf stellen, also lass mich bitte wissen, ob deine Freundin inzwischen ausgezogen ist. Wenn nicht, sorg bitte dafür und ruf mich zurück. Ich komme nach London, um sicherzugehen, dass alles in Ordnung ist, bevor der Makler die Fotos macht, und ich will nicht, dass ein BH deines Betthäschens von einem Lampenschirm hängt, wenn ich komme.« War das zu harsch? Nein, bei Grace musste man immer deutlich sein. Sehr deutlich.

»Ich gebe dir noch Bescheid, wann ich komme. Aber wie schon gesagt, lass den Schlüssel einfach in der Wohnung liegen. Wir müssen uns dafür nicht treffen.« Sie wollte das so nüchtern wie möglich handhaben. Einen klaren Strich ziehen. Und sie wollte auch nichts mehr über Grace' Leben wissen. Die Eckpunkte waren ihr bereits bestens bekannt: Arbeit, Cocktails, Frauen, Koks. Vielleicht nicht unbedingt in dieser Reihenfolge.

Ellie legte auf und steckte das Handy wieder in die Hosentasche. Durch die Lücken zwischen den Häusern fiel Sonnenlicht auf den Weg und sie atmete noch einmal tief die süß duftende Luft ein. Welches Cottage gehörte wohl Fi? Sie kam an Helens vorbei und sah an ihrem Esstisch am Fenster sitzen. Ihr langes, helles Haar fiel ihr offen über die Schultern und der Anblick gefiel Ellie jedes Mal. Am liebsten hätte sie ihr zugewinkt, aber Helen schaute nie auf, schien immer sehr auf ihre Arbeit konzentriert zu sein.

Als Ellie die Brücke an der Mühle erreichte – *ihre Brücke* – überquerte sie sie gemächlich und genoss das Verlangen, das sich in ihr ausbreitetete. Von diesem Gefühl würde sie nie genug bekommen können. Auf der anderen Seite kam sie an einer riesigen, alten Eiche vorbei und verhielt kurz im Schritt. An den Stamm war Werbung für das Sommerfestival gepinnt worden, das zur Sommersonnenwende – am einundzwanzigsten Juni – stattfinden würde.

Sie lächelte. Natalie war das Herz und die Triebkraft dieser Gemeinde und hätte Grace nicht unähnlicher sein können. Mit klopfendem Herzen und klarem Verstand wandte Ellie sich in Richtung ihres Zuhauses.

Kapitel 20

Später am Tag kam Josie aus dem *Golden Fleece* zu Natalie in den Laden. »Hast du umgebaut, seit ich das letzte Mal hier war?«, fragte sie mit einem Lächeln und unüberhörbarem amerikanischem Akzent, während sie den Blick durch den Raum mit seinen vollen Regalen schweifen ließ.

Ja, die Einrichtung sah wirklich gut aus. »Wir haben neue Hocker für die Verkostungstheke angeschafft, auf denen die Leute bequemer sitzen. Wenn sie entspannt sind, kaufen sie mehr.«

Josie tippte sich mit dem Zeigefinger gegen die Schläfe. »Kluger Schachzug. Das sollte ich Mum mal vorschlagen.«

»Oder es Clive erzählen.« Natalie bezog sich auf Josies Onkel, der als Wirt hinter der Theke manchmal ein bisschen unberechenbar war. »Bist du hier, um Gin zu probieren? Oder brauchst du Kerzen, die nach Gin riechen? Gin-Pralinen?«

Josie nahm eine Kerze aus dem Regal und schnüffelte daran. »Riechen die wirklich nach Gin?« Sie drehte die Kerze um. »19,99 Pfund? Geben Leute wirklich so viel Geld für eine Kerze aus?«

»Mit Begeisterung«, antwortete Nat.

»Ich bin im falschen Business.« Josie stellte die Kerze wieder zurück. »Aber nein, ich bin wegen des Sommerfestivals hier. Und um Harry und mir nebenan ein Eis zu holen. Sie überlegt gerade, was sie haben will, deswegen kann ich nicht lange bleiben.« Josie trat von einem Fuß auf den anderen und auf ihren Wangen breitete sich eine leichte Röte aus. Soweit Natalie wusste, ließen sich Josie und Harry nun nach etlichen Fehlversuchen endlich aufeinander ein. Der Herzblatt-Abend hatte das ins Rollen gebracht und Nat war froh, dass wenigstens für die beiden etwas Gutes daraus entstanden war.

»Wie läuft es denn mit Harry?«

Josie senkte den Blick, doch auf ihrem Gesicht breitete sich ein verliebtes Lächeln aus. »Es ist toll. Sie ist wirklich großartig.« Sie legte sich eine Hand auf die Brust. »Ich bin echt froh, dass ich aus den USA zurückgekommen bin. Aber das mal beiseite: Ich soll dir von meiner Mum sagen, dass wir gerne eine Musikbühne im Biergarten aufbauen und auch die Hundeschau am Sonntag ausrichten.«

»Fantastisch.«

»So lange Winston dabei gewinnt, natürlich.«

»Das muss er wahrscheinlich mit Rocky ausmachen. Könnt ihr euch vielleicht auch um eine Outdoor-Bar und Essen vom Grill kümmern? Wenn das Wetter gut ist, werden wir das brauchen.«

»Kein Problem. Mum kommt zu dem Meeting, aber sie wollte, dass du schon mal weißt, dass wir gerne mitmachen.« Josie wandte sich zum Gehen und hatte bereits die Tür geöffnet, bevor sie sich noch einmal umdrehte. »Bis demnächst im Pub.«

Natalie nickte und verabschiedete sich von ihr.

Ein paar Minuten später ertönte die Glocke über der Tür erneut und Yolanda kam herein, in der Hand ein Eis, an dem sie genüsslich leckte. Es war rosa und grün, beinahe in den exakten Farbtönen von Wimbledon.

»Hast du die Sorten schon probiert?« Yolanda hatte ihre Haare wieder gefärbt, seit sie sich vor vier Tagen das letzte Mal gesehen hatte. Diesmal in der Farbe der Ananas, bei deren Aufschneiden Natalie sich an diesem Morgen in den Finger gesäbelt hatte.

»Ich durfte es verkosten. Schmeckt gut, oder?«

»Unglaublich lecker. Ich habe Pistazie und Kirsche, das ist die perfekte Mischung. Ellie hat wirklich Geschmack.«

»Du solltest mal das Bourbon mit Ahornsirup probieren. Danach willst du nichts anderes mehr.«

Yolanda zog die Augenbrauen nach oben. »Wir sollten Bourbon brennen, dann kann sie unseren verwenden.« Rasch zog sie das Handy aus der Tasche, um sich eine Notiz zu machen. »Hast du ihr gesagt, dass sie was mit Gin machen soll?« Sie leckte erneut an ihrem Eis und seufzte verzückt.

»Sie arbeitet an einem Gin-Tonic-Sorbet.«

»Mit unserem Gin?«

»Das hat sie nicht gesagt.«

Yolanda verdrehte die Augen. »Gib ihr ein paar kostenlose Probierfläschchen von unserem Schnaps. Vielleicht können wir ja eine Vereinbarung treffen. Du verhandelst das, aber da ihr Freundinnen seid, sollte das kein großes Problem darstellen. Dreh den legendären Hill-Charme ein bisschen auf, ja?«

Natalie musste an Ellies Gesicht denken, als sie den Gin probiert hatte. Ellie hatte wirklich ihr Bestes gegeben, um begeistert auszusehen, aber Nat hatte gewusst, dass sie schwindelte. Dennoch war es süß gewesen, dass Ellie nicht ihre Gefühle verletzen wollte. Sie hätte das Gleiche für Ellie getan, wenn ihr das Eis nicht geschmeckt hätte. Wenn man jemanden mochte, wollte man dessen Vorlieben teilen. Zu spät merke Natalie, dass sich ein dümmliches Grinsen auf ihr Gesicht geschlichen hatte.

Yolanda entging das nicht. »So ein Lächeln habe ich bei dir noch nie gesehen.« Sie neigte den Kopf zur Seite. »Hatte Keith recht? Hatte er den richtigen Riecher, obwohl ich ihm das nicht zutrauen würde?«

»Als Dad uns zusammen gesehen hat, war noch nichts zwischen und.« *Verdammter Mist.* So hatte sie das nicht sagen wollen.

»Aber jetzt schon?« Yolanda runzelte die Stirn. »Warum tust du so geheimnisvoll? Das ganze Dorf wünscht sich, dass du glücklich wirst.«

»Ich habe nichts gesagt, weil noch nichts passiert ist. Wir haben uns geküsst …«

»Oh, ich liebe erste Küsse!«, sagte Yolanda verträumt und triumphierend zugleich.

»Aber das ist auch alles. Ich will nicht, dass alle ihre Nase in unsere Angelegenheiten stecken, bevor wir überhaupt wissen, was zwischen uns ist. Wir leben auf dem Dorf und im Moment möchte ich das einfach für mich behalten.«

Ihre Tante nickte. »Das kann ich verstehen. Aber ich freue mich wirklich für dich.« Sie beugte sich vor und drückte Natalies Hand. »Sie scheint sehr nett zu sein.«

Natalie wurde warm ums Herz. »Ist sie. Ich wünschte nur, dass Dad sich auch für mich freuen kann. Für *uns*.« Sie warf Yolanda einen vorsichtigen Blick zu. »Könntest du mit ihm reden? Herausfinden, ob ich irgendetwas tun kann, das ihn beruhigt?«

Über Yolandas Gesicht huschte eine Emotion, die Natalie nicht recht zu deuten wusste. »Warum redest du nicht selbst mit ihm?«

»Das habe ich versucht.«

Ihre Tante schüttelte den Kopf. »Du warst nicht hartnäckig genug.« Sie warf Natalie einen bedeutungsvollen Blick zu, bevor sie die Schultern straffte. »Sag mal, bietet Ellie auch auf dem Sommerfestival Eis an?«

»Natürlich.«

»Gut, das wird den Leuten gefallen. Hat sie auch in den Fonds für das Fest eingezahlt?« Yolanda deutete hinter sich auf das Ultimate Scoop.

»Zeit, Geld und guter Rat. Außerdem hört sie sich mit mir dieses Wochenende ein paar potenzielle Bands an«, sagte Natalie lächelnd.

»Großartig.« Yolanda trat ein paar Schritte näher und kniff Natalie liebevoll in die Wange. »Sie ist ein guter Fang, Nat. Versau es nicht.«

Kapitel 21

Als Erstes besuchten sie eine Indie-Band: vier weiße Jungs mit Gitarren und nicht gerade eingängigen Songs. Natalie wollte nicht unhöflich sein, aber das konnte sie sich beim besten Willen nicht in Upper Chewford vorstellen. Sie fragte sich sogar, warum diese Band hier überhaupt spielte. Die meisten Gäste schienen eher genervt von dem Spektakel zu sein und die Mitarbeiter der Bar hatten die Lautstärke der Gitarren und Mikrofone gleich zweimal während des ersten Sets runtergedreht. Natalie und Ellie tranken aus und machten sich dann auf den Weg zum nächsten Gig im nahe gelegenen Tuteford.

»Verdammt, waren die schlecht.« Natalie lenkte das Auto auf die Landstraße. Aber immerhin konnte sie den Abend mit Ellie verbringen, also war es keine Totalkatastrophe. Seit sie von Fi erwischt worden waren, hatten sie nur zwischendurch kurz Zeit auf einen Kaffee gefunden. Ellie hatte zu viel mit ihrer Eisdiele zu tun und Natalie mit dem Sommerfestival. Außerdem war Nat extrem vorsichtig, weil sie nicht zu forsch in die Sache reinstolpern wollte, und Ellie schien es wohl genauso zu gehen.

Sie warf einen Blick nach links zu Ellie auf dem Beifahrersitz und ihre elegant angewinkelten Beine. Unendlich lange Beine. Die Natalie zu gerne mal in ihrer natürlichen Optik sehen würde. Nackt.

Gerade noch rechtzeitig richtete sie den Blick wieder auf die Straße, um einem entgegenkommenden Auto auszuweichen, das sich an ihr vorbeiquetschte. Die Straßen hier in der Gegend waren gerade breit genug für eineinhalb Autos, weswegen man ständig die Nerven behalten und den grasbewachsenen Randstreifen ausnutzen musste, wenn nötig. Besser, sie konzentrierte sich auf die Straße, denn sie wollte heute Abend nicht das Zeitliche segnen. Nicht, bevor sie nicht mit Ellie geschlafen hatte.

»O Gott!« Ellie klammerte sich am seitlichen Haltegriff fest. »Das kommt ja an meinen Fahrstil ran, als ich dich in den Fluss geschubst habe.«

»Tut mir leid, ich war noch davon abgelenkt, wie schrecklich die Band war.«

Schließlich hielt Natalie auf dem Parkplatz des nächsten Pubs und gestattete sich beim Reingehen einen Moment, in dem sie Ellies Hintern bewunderte, den die dunkelblauen Jeans hervorragend betonten. Und wurde prompt dabei erwischt, als Ellie sich umdrehte.

»Hast du mir gerade auf den Hintern geschaut?« Hitze stieg Natalie in die Wangen, als Ellie sich nach hinten lehnte, sodass ihre Lippen Nats Gesicht gefährlich nahe kamen. »Sag bitte ja.«

Okay, vielleicht hatte Ellie keine Lust mehr auf Vorsicht, was Natalie nur recht war. Sie ging zur Bar, um eine Zitronenlimonade für sich selbst und ein Glas Sauvignon blanc für Ellie zu bestellen. Die Gläser brachte sie zu dem runden Holztisch, den Ellie ihnen gesichert hatte.

»Die klingen wesentlich besser.« Ellie deutete mit dem Kopf in Richtung Bühne, wo ein Folk-Trio spielte. Die Violine und Gitarre ergänzten sich gut und der Frontsänger hatte eine Stimme, die an warmen Honig erinnerte. Der ganze Pub hörte ihnen zu und sang mit.

»Wir lassen uns nachher ihre Kontaktinfos geben.« Das passte deutlich besser zu ihnen. »Cheers.«

Sie stieß mit Ellie an, die Nat dabei fest in die Augen sah. Das hätte sie ewig so weitermachen können, doch irgendwann wandte Natalie den Blick wieder ab.

»Du siehst heute Abend übrigens sehr gut aus.« Ellie musterte sie von oben bis unten, ihre schwarze Jeans und das hellgrüne Oberteil. »Die Farbe steht dir.«

»Danke«, sagte Natalie verlegen und räusperte sich, ehe sie ihre Aufmerksamkeit wieder der Band schenkte, bis sie das aktuelle Lied beendete.

»Wie läuft es mit der Festivalplanung? Oder gehen dir die ständigen Nachfragen auf den Zeiger?«

»Das ist eine sehr gute Frage. Ja, die Leute gehen mir mit dem Nachhaken auf die Nerven, aber du bist nicht irgendwer.«

»Nein? Was denn dann?«, fragte Ellie neugierig.

»Du bist …« Natalie suchte nach einem passenden Wort. »Du bist jemand, mit dem ich brainstorme. Das heißt, du sitzt beinahe im Komitee, wenn das okay für dich ist.«

»Ist es.«

»Gut.« Natalie gefiel das ebenfalls. »Es läuft ziemlich glatt. Harry vom *Cotswolds Chronicles* schreibt jede Woche einen Artikel dazu, was wirklich hilft. Außerdem habe ich Werbung geschaltet und Jodie verteilt Flyer in der Gegend und hängt Plakate auf.«

»Ich habe eins an einem Baum am Fluss gesehen. Die sehen toll aus.«

»Jodies Freund Craig hat sie uns kostenlos gestaltet. Darin ist er wirklich gut. Der Gemeinderat kümmert sich um die Toiletten und Schanklizenzen, alle vier Pubs bieten Tagesgerichte an, also mus ich mich nur noch um die Musik, Essens- und Ausstellerstände kümmern und dann alles entsprechend delegieren.«

Ellie ließ sich kopfschüttelnd nach hinten sinken. »Das klingt nach sehr viel Arbeit.«

»Es geht. Am meisten macht mir zu schaffen, dass Yolanda mich dazu bringen will, die Eröffnungs- und Schlussreden zu halten. Sie weiß, dass ich nicht gerne vor Publikum spreche, und ist der Meinung, dass ich das endlich ablegen sollte, wenn ich beruflich in der Firma vorankommen will. Was ich vorhabe.«

»Willst du im Laden aufhören? Da würde ich dich aber sehr vermissen.«

»Das ist noch eine Weile hin, aber ich kann nicht ewig den Laden führen. Zumindest sagt das Yolanda immer. Sie versucht schon seit ein paar Jahren, mich da herauszulocken. Irgendwann werde ich ihr wohl nachgeben. Wahrscheinlich dann, wenn meine Sehnsucht nach einem Garten zu groß wird und ich aus meiner Wohnung ausziehen will.«

»Wenn du bei deiner Rede Hilfe brauchst, kann ich dir gerne unter die Arme greifen.«

»Im Ernst?« Damit hätte Natalie nicht gerechnet.

»Jap. Ich habe jahrelang für einen Konzern gearbeitet und quasi jeden Tag Präsentationen gehalten. Wenn man auf der Karriereleiter eine gewisse

Stufe erreicht hat, macht man gefühlt nichts anderes mehr. Ein Geschäft mit Kundenkontakt zu führen birgt eigene Herausforderungen, aber dass die Präsentationen weggefallen sind, ist definitiv ein Vorteil. Aber ich helfe dir gerne beim Üben und kann dir auch ein paar Tipps geben, wie du die Massen für dich einnimmst.«

Natalie hatte ja bereits gewusst, dass sie Ellie mochte, aber in diesem Moment erreichte das Gefühl einen neuen Höhepunkt. »Das wäre großartig.«

»Immer gerne. Du hast schon so viel zu tun, ich sorge gern dafür, dass du ein bisschen Stress abbaust«, entgegnete Ellie mit einem sanften Lächeln.

Ihr Tonfall löste ein aufregendes Kribbeln in Natalies Bauch aus. Vielleicht konnte sie ihre Rede morgen früh üben, nachdem sie die Nacht dazu genutzt hatte, sich besser kennenzulernen. Bei diesem Gedanken schlug sie unwillkürlich die Beine übereinander und räusperte sich.

»Aber ich bin wirklich von deinem Organisationstalent beeindruckt«, sagte Ellie.

»Ich bin ein Organisations-Ninja. Außerdem habe ich viel freie Zeit. Keine Kinder oder Ehefrau, also organisiere ich eben nach der Arbeit.«

»Sitzt du nicht einfach auf dem Sofa und schaust Netflix, wie der Rest der Menschheit? Oder verplemperst Zeit auf Social Media?«

Natalie lachte. »Ich bin einer dieser seltsamen Menschen, die Social Media nichts abgewinnen können. Zumindest seit meiner Scheidung. Als ich meinen Beziehungsstatus danach wieder auf Single ändern musste, fühlte sich das an, als würde ich Salz in die Wunde reiben. Also habe ich befunden, dass ich gut ohne das leben kann. War die beste Entscheidung, die ich ja getroffen habe.« Ihre Freunde verstanden immer noch nicht, wie sie ohne Social Media leben konnte, aber das störte sie kaum.

»Ich verzichte inzwischen auch darauf, mir Fotos von meinen alten Kollegen anzuschauen, die in meinen ehemaligen Stammlokalen in London Cocktails schlürfen. Die Realität sieht so anders aus als auf diesen Bildern. Da sehen alle aus, als hätten sie Spaß, und vielleicht stimmt das auch. Für mich hat das aber nicht gegolten.« Ellie schüttelte sich.

Natalie legte ihr eine Hand auf den Arm, erstarrte jedoch kurz, als die Berührung wie ein Blitz durch ihren eigenen Körper schoss. »Es macht keinen Spaß, wenn man sich an einem Ort befindet, an dem sich alle Leute scheinbar wohlfühlen und man selbst nicht, oder?«

»Nein, tut es nicht«, entgegnete Ellie schwach lächelnd.

»Nachdem ich Ethan verlassen hatte, kam mir das Dorf auf einmal so fremd vor und das war eigentlich das Schlimmste daran. Ich habe überlegt, wegzuziehen, um all dem zu entgehen, aber letzten Endes habe ich es ausgesessen. Und jetzt bin ich froh darüber. Diesen Abend mit dir zu verbringen, zeigt mir, dass ich genau dort bin, wo ich sein sollte.«

Ellie beugte sich zu ihr und brachte die Lippen nah an Natalies Ohr. »Geht mir genauso. Voll und ganz.«

Natalies Herz pochte wie wild, doch in diesem Moment beendete die Band ihr Set und kündigte eine Viertelstunde Pause an. Das Publikum applaudierte laut.

Das Trio verließ die Bühne und Natalie bedeutete Ellie mit erhobenem Zeigefinger, kurz zu warten. »Bin gleich wieder da.« Sie gab Ellie einen Kuss auf die Wange und ging dann zu den Musikern, wo sie dem Frontsänger ihre Visitenkarte übergab. Die Band freute sich riesig über die Anfrage und Natalie sagte ihnen direkt einen Auftritt zu.

Wieder zurück bei Ellie deutete sie zur Tür. »Wir haben noch zwei Bands vor uns, aber die hier haben wir schon mal im Sack. Wollen wir dann?«

Ellie sprang auf, griff jedoch nach Natalies Arm, um nicht zu stolpern. Da war das Gefühl wieder. Die Sehnsucht. Das Verlangen. Es knisterte schon den ganzen Abend zwischen ihnen.

Natalie suchte Ellies Blick. »Ich kann es kaum erwarten, dich nachher zu küssen.« Ihre Stimme klang auf einmal viel tiefer.

Amüsiert zog Ellie eine Augenbraue nach oben. »Dann schauen wir doch mal, was sich da machen lässt, wenn wir die beiden letzten Bands abgehakt haben.«

Kapitel 22

Natalie umklammerte das schwarze Lenkrad so fest, dass ihre Fingerknöchel weiß hervortraten. Auch der Rest ihres Körpers wirkte angespannt, die Schultern steif. Nur eins ihrer Beine wippte auf und ab und verriet ihre Nervosität.

Ellie wagte es kaum, zu atmen, um nicht preiszugeben, wie unruhig sie selbst war. Also konzentrierte sie sich darauf, gleichmäßig Luft zu holen, damit ihr das Herz nicht aus der Brust sprang. Gar nicht so einfach. Im Radio dudelte der neueste Ed-Sheeran-Song, worüber Ellie wirklich froh war, denn der Beat übertönte das laute Pochen ihres eigenen Pulses.

Natalie bewegte die Finger auf dem Lenkrad und Ellie vergaß beinahe das Atmen. Als sie einen Blick nach rechts warf, schaute Nat gleichzeitig nach links. Sie schluckten beide.

Verdammt, das würde wirklich passieren, oder? Sie würden das Versprechen einlösen, das die Küsse ihnen gegeben hatten. Geredet hatten sie nicht darüber, aber sie verstanden sich auch nur mit Blicken. Die Zeit der Spielchen war vorbei. Das heiße Verlangen in Natalies Augen drohte die Polkappen zum Schmelzen zu bringen. Wobei … passierte das nicht schon?

Natalie fuhr auf den Privatparkplatz hinter den Geschäften. Das Geräusch der zuschlagenden Autotüren und die frische Nachtluft umfingen Ellie verheißungsvoll.

Sie blieben auf der Straße zwischen ihren Haustüren stehen und Natalie griff nach Ellies Hand. Sofort war das Kribbeln wieder da, dass sie von den Zehen bis in die Haarwurzeln erfasste.

Natalie übernahm die Führung. »Möchtest du mit nach oben kommen? Ist irgendwie komisch, dass du noch nie in meiner Wohnung warst.«

»Sehr gerne.« Im Gegensatz zu ihren Gedanken klang Ellie ziemlich gelassen.

Sie nahmen die Treppe nach oben, die Ellie sehr bekannt vorkam, obwohl sie noch nie hier gewesen war. Gut möglich, dass die Wohnung als Spiegelbild ihrer eigenen angelegt war.

Nachdem sie eingetreten waren, führte Natalie sie ins Wohnzimmer, das wesentlich gemütlicher und wohnlicher eingerichtet war als Ellies. Eine Fensterblatt-Monstera, ein Farn, eine ganze Reihe an Sukkulenten und eine Yucca-Palme bildeten lebendige Blickfänge, was Ellie wirklich gut gefiel. Es sagte ihr, dass Natalie Verantwortung übernehmen konnte. Grace hatte ihre Pflanzen immer schneller umgebracht, als man gucken konnte.

»Danke für die Begleitung heute Abend. Dass uns schon drei Bands für das Festival zugesagt haben, ist ein großer Erfolg. Fünf sind noch übrig, dann haben wir auch das erledigt.« Sie zog Ellie zu ihrem hellblauen Sofa, auf das sie sich dicht nebeneinandersetzten.

»Hat Spaß gemacht.« Ellie hob Natalies Hand an die Lippen und küsste ihren Handrücken zärtlich. In ihrem Magen breitete sich ein flattriges Gefühl aus. »Außerdem hoffe ich, dass der Abend noch besser wird.«

Natalie wurde ganz still und musterte Ellie, als wäre sie nicht sicher, ob sie diese Worte wirklich laut ausgesprochen hatte. Ellie lehnte sich nach vorne, bis ihr Mund nur Zentimeter von Natalies entfernt war. Der Abend war großartig gewesen, aber eigentlich war das ja nur das Vorspiel, oder?

»Können wir jetzt weniger reden und uns mehr küssen?« Sie klang etwas außer Atem und die Sehnsucht war ihrem Tonfall deutlich anzuhören.

Natalies Blick war auf Ellies Mund fixiert. Sie sagte nichts, nickte nicht einmal. Da war nur der Hauch eines Lächelns, der ihre Mundwinkel umspielte, bevor sie den kleinen Abstand zwischen ihnen überwand und ihre Lippen auf Ellies presste.

Mit zitternden Händen streichelte Ellie ihr über die Wangen, bevor sie Natalies Hinterkopf umfasste, um sie noch näher an sich zu ziehen. Das Ziel war zum Greifen nahe.

Verbindung. Miteinander eins werden.

Ellie war dazu bereit. Dieses Mal würde niemand vorbeikommen und sie aufhalten. »Ich kann seit dem Abend neulich fast nur noch daran denken, dich zu küssen.«

Natalies Wangen waren gerötet, ihre Augen ein wenig glasig. Sie schüttelte den Kopf. »Geht mir auch so.«

Ellie gab ihr noch einen Kuss auf den Mund, von dem sie einfach nicht genug bekommen konnte. »Dass du die ganze Zeit über fast in greifbarer Nähe warst, hat es noch mehr zur Folter gemacht.«

Natalie grinste und strich mit den Lippen neckend über Ellies, bevor sie mit der Zunge in ihren Mund eintauchte. In Ellie breitete sich Hitze bis in den kleinsten Winkel aus und als sie sich wieder voneinander lösten, war ihr ein bisschen schwindelig. Natalies Küsse machten sie wahnsinnig, doch sie wollte nur noch mehr davon.

»Du hättest klingeln können.« Ellie grinste, versiegelte Natalies Lippen jedoch sogleich wieder mit ihrem Mund.

»Wollte keine Grenze überschreiten«, murmelte Natalie.

Auch ihre Hände blieben nicht untätig. Ellies suchten sich einen Weg unter Natalies Oberteil und glitten über die nackte Haut, die sie dort fanden. Einen Moment später widmete sie sich den Knöpfen und befreite Nat rasch von dem störenden Stoff und ihrem BH. Instinktiv hätte Ellie pragmatische Unterwäsche erwartet, vielleicht einen Sport-BH. Aber nein, Natalie trug schwarze Spitzenwäsche. Ellies Atem stockte. Welche Überraschungen hielt Natalie wohl noch für sie bereit? Sie konnte es kaum erwarten, das herauszufinden.

Sie streichelte über Natalies Haut, umfasste ihre Brüste und rieb über ihre Nippel. »Du bist vielleicht klein, aber perfekt proportioniert.«

In Natalies Blick lag unglaublich viel Hunger. »Bin froh, dass du das so siehst.« Damit kletterte sie auf Ellies Schoß und brachte ihre nackten Brüste auf die ideale Höhe.

Ellie verschwendete keine Sekunde und nahm eine von Natalies Brustwarzen zwischen die Lippen. Es fühlte sich heiß an, wie sie sich unter ihrer Berührung sofort verhärtete. Sie fuhr mit den Fingern über Nats Rücken, während ihre Zunge erst die eine, dann die andere Brustwarze umspielte. Sie waren klein und rund, und reagierten auf Ellies Liebkosungen. Begierig darauf, den nächsten Schritt zu wagen, zog sie sich ein wenig zurück und hoffte, dass Nat sie auch ohne Worte verstand.

Natalie verharrte mitten in der Bewegung. »Schlafzimmer?«

Ein einzelnes Wort, das so viel mehr bedeutete. Ellie nickte, weil sie sich noch nie bei etwas so sicher gewesen war. »Gott, ja.«

Bevor sie wusste, wie ihr geschah, wurde sie auch schon hastig in Richtung des besagten Raums gezerrt.

Nachdem sie sich von Grace getrennt hatte, hatte sie sich geschworen, nie wieder eine Beziehung einzugehen. Zumindest nicht mit jemandem, der ihr nicht das geben konnte, was sie brauchte. Seit einem Jahr hatte sie keinen Sex mehr gehabt. Ein Jahr, in dem sie sich immer wieder gefragt hatte, ob sie je wieder eine Frau reizvoll finden würde. Und nun war sie hier. Ellie hätte bei ihrem holprigen Start nie gedacht, dass es mal so weit kommen würde. Die Londoner Eisdielenbesitzerin und das Herz der Dorfgemeinschaft. Mitglied von Yolandas Gin-Dynastie, beinahe so etwas wie die Königsfamilie des Orts.

Doch all das war vergessen, als die halb nackte Nat ihr über die Schulter einen verführerischen Blick zuwarf. Jetzt und hier spielte das alles keine Rolle mehr. In diesem Moment war Natalie nur die Frau, die es geschafft hatte, die Mauer einzureißen, die Ellie um sich errichtet hatte.

In Natalies Schlafzimmer angekommen, wendete sich das Blatt. Draußen hatte Ellie noch das Tempo bestimmt, doch nun übernahm Nat. Worüber Ellie sich sicher nicht beschweren würde. Wenn Natalie die Führung übernehmen und sie ins Nirwana vögeln wollte, hatte sie absolut nichts dagegen.

Natalie zog ihre Jeans aus und trug nun nur noch einen spitzenbesetzten Slip, der ihre schlanke Figur betonte.

Ellie trat näher zu ihr und fuhr mit einer Hand über die Kurve ihres Hinterns. »Du bist so fit.« Am liebsten hätte sie Natalie auch noch gesagt, wie hübsch ihre kleinen, festen Brüste waren, aber dafür war jetzt nicht der richtige Zeitpunkt. Also begnügte sie sich damit, den Anblick im Stillen zu genießen.

»Schnapsflaschen von A nach B zu wuchten macht schon einiges aus. Und regelmäßig joggen zu gehen.« Dann brachte Natalie Ellie zum Schweigen, indem sie ihren Hinterkopf umfasste, und zu einem leidenschaftlichen Kuss zu sich heranzog.

Ellie hatte nichts dagegen einzuwenden. Ihre Blicke hielten einander fest, während Natalie den Knopf von Ellies Jeans öffnete und den Reißverschluss nach unten zog. Ellie schluckte hart. Sie wollte etwas sagen, aber der Moment war zu erotisch, um ihn zu unterbrechen. Also schwieg sie, während Natalies Hand ihren Weg zu Ellies Hintern fand und dann je einen zärtlichen Kuss auf ihre Brüste drückte.

Lust ballte sich in Ellies Magen zusammen. Natalie schob ihr die Jeans von den Hüften, direkt gefolgt von ihrem Slip, dem Oberteil und BH. Dann machte sie einen Schritt nach hinten, um Ellie zu bewundern, als wäre sie ein Kunstwerk.

»Du bist so schön«, hauchte sie verträumt.

Ellie sah ihr direkt in die Augen. Unter normalen Umständen wäre sie wohl rot geworden oder hätte das Kompliment abgetan. Doch heute Abend war etwas anders. Etwas in Natalies Tonfall zwang Ellie dazu, einen neuen Weg zu beschreiten. Aus irgendeinem Grund glaubte Ellie ihr. Auch das war neu.

Sie erwiderte nichts, als Natalie sie in Richtung Bett schob. In der Horizontalen schmiegten sich ihre Körper perfekt aneinander und ihr Größenunterschied spielte keine Rolle mehr. Jetzt konnte Natalie sie küssen, wo immer sie wollte, und Ellie wurde allein bei der Vorstellung heiß und kalt.

Und aus Fantasie wurde schnell Realität. Ellie ließ sich nach hinten sinken, als Natalie sich erneut rittlings auf sie setzte.

»Dir gefällt es, dich auf mich zu setzen, oder?«

Natalie grinste und beugte sich zu Ellie hinunter. »Auf deine Beine, zwischen deine Beine, da bin ich ziemlich flexibel.«

Ellie schluckte noch einmal. »Gut zu wissen.«

Natalie ließ ihre Zunge über Ellies Haut huschen und mit jeder Liebkosung fing Ellie mehr Feuer, als ihre Lust in die Höhe getrieben wurde. Sie gab sich vollkommen dem Moment hin und ließ sich von ihrem Verlangen davontragen.

Das Dorf hatte sie aus dem Lebens-Winterschlaf geweckt. Natalie aus dem Liebes-Winterschlaf. Und jetzt stellte ihre persönliche moderne Märchenprinzessin ihre Welt gewaltig auf den Kopf. Mit jedem Kuss auf ihren Bauch, ihren Bauchnabel, die Innenseiten ihrer Oberschenkel und als sie die

Zunge über Ellies sauber gestutztes Schamhaar gleiten ließ, zeigte Natalie ihr, dass sie es verdient hatte, so viel Lust zu empfinden. Dass sie aus alten Mustern ausbrechen und der Mensch werden konnte, der sie im Inneren war. Hier auf Natalies frisch bezogenem Bett spürte sie dem Kitzeln von Natalies Haaren auf ihrer Haut nach und ließ sich von ihren Berührungen immer weiter in den Strudel hineinziehen.

Und Natalie hatte noch lange nicht genug. Sie drehte Ellie auf den Bauch, überzog ihren Rücken und ihre Pobacken mit unzähligen Küssen, knabberte und biss sie zart, bis Ellie beinahe den Verstand verlor. Mit jeder neckenden Bewegung ihrer Zunge fachte Natalie das Feuer in ihr weiter an.

Irgendwann drehte Ellie sich wieder auf den Rücken und als sich ihre Blicke trafen, wurde ihr bewusst, wie bereit sie dafür war. Auf diesen Moment hatte sie so lange gewartet und so lange hatte er sich für sie unerreichbar angefühlt. Aber jetzt war er da und Natalie hatte dafür gesorgt.

Als Natalie eine Hand zwischen ihre Beine schob, schloss Ellie die Augen. Hinter ihren Lidern explodierte ein Feuerwerk an Farben, als sich ein Finger in sie schob. Sie spannte sich für einen Moment an, atmete dann aber tief durch.

Schließlich nahm Natalie einen zweiten Finger hinzu und küsste Ellie erneut. Und Ellie ließ einfach los und sich von Natalie mitnehmen, wo auch immer sie hin wollte. Nat konnte mit ihr tun und lassen, was sie wollte, sie vertraute ihr vorbehaltlos.

Bald wusste sie nicht mehr, wo oben und unten war. Die Bewegungen von Natalies Fingern vereinnahmten sie komplett, erst nur langsam, dann immer schneller, bis Ellie ihr sehnsüchtig das Becken entgegen streckte. Natalie schloss die Zähne um eine von Ellies Brustwarzen, bis sie sich wand, und strich dann mit den Fingern über ihre ohnehin schon empfindliche Klitoris.

Ellies Puls raste und die Hitze wurde beinahe unerträglich, als Natalie genau die richtigen Stellen fand und Ellie damit zum Betteln brachte.

»Bitte«, keuchte sie. »Mehr.« Sie musste Natalie tiefer spüren. Vorsichtig öffnete sie ein Auge, und sah, wie Nat sie mit einem unglaublich erotischen Grinsen betrachtete.

»Wenn du schon so nett fragst.«

Sie packte Ellies Hintern mit der freien Hand und zog sie auf ihre Oberschenkel, während ihre Stöße deutlich an Tempo zunahmen und sie Ellies Wunsch erfüllte. Vielleicht sogar mehr als das.

Ellie bebte vor Lust und dem Wissen, dass die Erlösung zum Greifen nahe war. In diesen Momenten liebte sie sich selbst. Das hatte sie lange nicht mehr getan. So lange hatte sie niemand mehr ohne Hintergedanken geliebt. Natalie drückte genau die richtigen Knöpfe und trieb Ellie damit auf einen leidenschaftlichen Abgrund zu.

Als sich Natalies Lippen Ellies Vulva näherten, verkrampfte sie sich unwillkürlich um Natalies Finger. Nat grinste und als sie mit der Zunge über Ellies feuchte Weiblichkeit strich, war der Orgasmus nicht mehr aufzuhalten. Alle Zweifel, alle Sorgen fielen von Ellie ab; waren in diesem Moment nicht mehr existent. Es gab nur noch das helle Licht, das bis in ihre Seele zu dringen schien. Natalie hatte das Unmögliche geschafft. Sie hatte es geschafft, dass Ellie sich auf das konzentrierte, was wirklich wichtig war: den Augenblick.

Als sie wieder zur Erde zurückkehrte, wurde ihr bewusst, dass Natalie wirklich etwas Besonderes war. Jemanden, dem sie näherkommen wollte. Jemand, mit dem sie noch mal schlafen wollte. Jetzt. Und genau das würde sie auch tun.

Kapitel 23

Am nächsten Tag erwachte Natalie mit einem Muskelkater, wie sie ihn schon lange nicht mehr gehabt hatte. Die Erinnerung an die letzte Nacht war unglaublich. Sie drehte sich zur schlafenden Ellie um, die alles verkörperte, wovon Nat je geträumt hatte. So etwas passierte eigentlich nicht in Upper Chewford. Eugenies Herzblatt-Veranstaltung hatte auch deswegen unter einem schlechten Stern gestanden, weil es in den Cotswolds nur eine begrenzte Anzahl an lesbischen Frauen gab und an keiner von ihnen war Natalie interessiert. Bis jetzt.

In all den Jahren seit ihrem Coming-out hatte sich Natalie nur mit einem Menschen so wohlgefühlt. Mimi. Aber das hatte kein gutes Ende genommen. Es war keine gute Idee, zu sehr über die Parallelen zwischen Mimi und Ellie nachzudenken.

Sie stammten beide aus London. Offenbar waren Londoner Lesben Natalies Ding. Sie hatten beide ein Geschäft im Dorf eröffnet und schienen sich gut einzufügen. Wobei, wenn sie genauer darüber nachdachte … hatte Mimi sich immer eine Hintertür offen gehalten. Wenn sie über London sprach, hatte man immer den Eindruck gehabt, dass Chewford nur eine kurze Episode in ihrem Leben darstellte.

Ellie dagegen erzählte nie viel von ihrer Zeit in der Hauptstadt. Oder überhaupt über ihr früheres Leben. War das ein gutes Zeichen? Das konnte Natalie nicht einschätzen. Aber als sie miteinander geschlafen hatten, hatte Natalie nicht hinterfragt, ob Ellie wirklich mit ihr hier sein wollte. Das musste sie nicht. Die Antwort lag in jeder Liebkosung ihrer Lippen, in jeder Bewegung von Ellies Fingern, in ihren Berührungen und Küssen. An letzter Nacht zweifelte sie nicht. Sie hoffte nur, dass das heute und in Zukunft ebenso war.

Aus einem Impuls heraus streckte sie eine Hand aus, um Ellie ein paar Haarsträhnen aus dem Gesicht zu streichen, hielt kurz davor jedoch inne.

War das ein bisschen zu viel? Sie wollte nicht besitzergreifend wirken. Sie hatten immerhin erst eine Nacht miteinander verbracht und das war der erste gemeinsame Morgen. Auf keinen Fall wollte sie Ellie verscheuchen, sondern lieber gelassen und ruhig rüberkommen, die perfekte Liebhaberin. Gestern Nacht war ihr das wohl gelungen und aus Ellies Reaktionen geschlossen, war das ein guter Anfang.

Also betrachtete sie Ellie nur und wagte dabei kaum zu atmen. Die letzte Nacht war perfekt gewesen und sie wollte den Bann nicht brechen. Ihre Verbindung und wie gut sie sich ergänzten, war unbegreiflich gewesen. Hetero-Freundinnen hatten immer mal wieder vermutet, dass Sex mit Frauen wohl einfacher war, weil alle Beteiligten die gleichen Körperteile besaßen und damit umzugehen wussten. Darüber hatte Natalie jedoch nur herzlich gelacht. Frauen waren die komplexesten Wesen der Welt und gerade deswegen war die vergangene Nacht so fantastisch gewesen.

Und sie war wild entschlossen, an diesen vielversprechenden Start anzuknüpfen. Ihre Beziehung vorerst geheim zu halten, um ihnen ein bisschen Luft zum Atmen zu verschaffen. Wenn das Dorf erst einmal Wind davon bekam, würden ihnen die Einheimischen nicht mehr von der Pelle rücken. Natalie wollte gerne noch ein bisschen Zeit nur für sie beide haben.

In diesem Moment begann Ellie, sich zu regen, und schließlich öffnete sie ein Auge. Als sie Natalie vor sich entdeckte, schenkte sie ihr ein verschlafenes Lächeln und drehte sich zu ihr.

»Morgen«, murmelte sie. »Wie spät ist es?«

»Leider fast Zeit zum Aufstehen. Kurz nach sieben.«

Ellie öffnete beide Augen und drückte Natalie dann einen Kuss auf den Mund. Das beruhigte zumindest alle Zweifel, ob Ellie wohl kalte Füße bekam.

»Deswegen ist Selbstständigkeit überbewertet. Wenn wir für andere Leute arbeiten würden, könnten wir Feiertage im Bett verbringen und nicht mit dem Verkauf von Eis und Gin an Touristen.«

Natalie lachte. »Das Los des Einzelhandels. Aber ich könnte nachher rüberkommen und dich heimlich hinter der Theke vögeln, wenn das hilft. Beenden, was wir neulich angefangen haben.«

Ellie erschauderte. »Danke für das Bild in meinem Kopf. Daran werde ich noch denken, wenn ich heute die fünfzigste Eiswaffel ausgebe.«

Natalie küsste sie noch einmal. »Gern geschehen. Ich habe übrigens nachgedacht … Vielleicht sollten wir das mit uns noch eine Weile für uns behalten. Nur solange wir uns noch besser kennenlernen.«

Ellie zog sich stirnrunzelnd zurück. »Warum? Ist es dir peinlich? Willst du nicht mehr?«

Es war, als würde eine unsichtbare Mauer zwischen ihnen entstehen und Natalie tat ihr Bestes, sie wieder einzureißen. Sie rutschte wieder näher zu Ellie und strich ihr sanft über den Rücken. »Kein bisschen. Nach gestern Nacht kann ich gar keine Zweifel mehr haben.« Sie hoffte, dass ein weiterer Kuss das unterstrich.

»Warum willst du dich dann verstecken?«

Natalie schüttelte den Kopf. »Ich will das einfach nur ein bisschen länger genießen. Wenn das Dorf davon erfährt, werden wir keine ruhige Minute mehr haben. Mein Liebesleben ist schon so lange öffentliches Thema, dass es beinahe zum Volkssport für die Leute geworden ist. Früher habe ich nie versucht, etwas für mich zu behalten und das war vielleicht ein Fehler. Du bist …« Sie suchte nach den richtigen Worten. Etwas Besonderes? Erschreckend echt? Unglaublich? Nein, im Moment würde sie auf Nummer sichergehen, da sie Ellie nicht verjagen wollte.

»Du bist anders. Das hier fühlt sich anders an. Ich will es mir nicht verderben lassen, bevor es überhaupt richtig angefangen hat. Außerdem muss ich es zuerst meinem Dad erzählen. Auch wenn er Geheimnisse vor mir hat, will ich ihm das nicht gleichtun. Aber ich verspreche dir, dass es nicht für lange sein wird.« Sie zog die Augenbrauen zusammen. »Also, sofern du überhaupt möchtest, dass sich was zwischen uns entwickelt? Dass du das wiederholen möchtest?«

Natalie rutschte beinahe das Herz in die Hose, als sie auf Ellies Antwort wartete. Wenn diese nicht positiv ausfiel, würde sie sich schnell ein Loch suchen müssen, in dem sie verschwinden konnte.

Ellie schenkte ihr ein träges, selbstbewusstes Lächeln, bevor sie ihr noch einen warmen, zärtlichen Kuss auf die Lippen gab.

Natalie wurde ein bisschen schwindelig. Der Morgen ging perfekt weiter.

»Ich will das mehr als alles andere auf der Welt wiederholen. Insbesondere den Teil, in dem du mich um den Verstand vögelst.«

Natalie lachte heiser auf. »Das höre ich gerne.« Noch ein Kuss. »Aber am Anfang einer Beziehung schon alles auszuplaudern ist nicht gut. Stimmst du mir da zu?«

Ellie leckte über Natalies Unterlippe und schmiegte sich dichter an ihren Körper, während sie eine Hand zwischen Nats Beine schob. »Vollkommen überbewertet«, raunte sie ein wenig atemlos.

Natalie beugte sich über Ellie und drängte ihre Beine mit dem Oberschenkel auseinander, um zwei Finger in sie zu schieben. »Hast du Zeit für einen schnellen Orgasmus?«

Ellies Wangen wurden feuerrot, doch Natalie wartete nicht auf eine Antwort. Ihr Daumen strich über Ellies Klitoris und falls Ellie etwas dazu sagen wollte, ging das in Natalies gierigem Kuss unter.

Ja, sie mussten sich über einiges unterhalten, aber das konnte warten. Mit Ellie zu schlafen war heute Morgen definitiv wichtiger.

Kapitel 24

Ellie musste schnell feststellen, dass das Eiscreme-Geschäft ziemlich hart war. Und die Menge an Eis, die Leute verdrücken konnten, war beeindruckend. Einer der Männer aus dem Dorf war an einem Tag viermal vorbeigekommen. Ellie würde den Menschen sicher kein Eislimit setzen, aber allein der Gedanke daran verursachte ihr Hirnfrost. Allerdings schien der Mann kein Problem damit zu haben und außerdem war er spargeldürr. Vielleicht ernährte er sich nur von Eis und sonst nichts. Für solche Kunden sollte sie vielleicht ein paar Nährstoffe untermischen. Eis war sicher nicht die gesündeste Ernährungsvariante, aber es machte glücklich, wie das Schild in Retro-Optik an einer der Wände des Cafés versprach.

Heute half Red ihr aus, da sich eine Mitarbeiterin krank gemeldet hatte und Ellie den Andrang zusammen mit Sandra allein bewältigen musste. Eigentlich hatte Red nur kurz auf dem Rückweg von einem Kundentermin vorbeischauen wollen, aber sie war mitten im Mittagsgeschäft reingekommen und war der stummen Bitte ihrer Schwester hinter dem Tresen gefolgt. Sie kassierte, während Ellie im Akkord Eiskugeln löffelte.

Gerade hatte Red ein wiederkehrendes Phänomen erlebt, das Ellie bis vor Kurzem auch unbekannt gewesen war. Sie hatte ihm den Spitznamen Eissturz verpasst, und er war immer mal wieder zu beobachten, wenn Kunden sich so auf das Eis freuten, dass sie es beim Entgegennehmen prompt fallen ließen. Und dann unendlich traurig dreinschauten..Ellie musste deswegen sicher zwei Waffelhörnchen am Tag ersetzen, wenn nicht sogar mehr.

Erst nach einer guten Stunde wurde es etwas ruhiger, sodass Ellie und Red sich mit einem Kaffee hinsetzen konnten, während Sandra weiter bediente. Sandras Tochter Annie war inzwischen auch da und bereit, einzuspringen, falls sich wieder eine Schlange bildete.

Red schüttelte grinsend den Kopf. »Die meisten Leute haben Angst, dass in den ersten Wochen nach Eröffnung niemand kommt. Kommen so viele, weil du neu bist oder hast du wirklich den Geschäfts-Jackpot geknackt?«

Ellie zuckte die Schultern. »Das werden wir sehen. Aber bis jetzt kann ich mich nicht beschweren. Also abgesehen davon, dass ich alles gleichzeitig mache und bis zum Umfallen arbeite.«

»Sieh es positiv: Wenn du dich so verausgabst, kannst du so viel Eis essen, wie du willst.«

»Wenn man sich den ganzen Tag über damit beschäftigt, will man es nicht ständig essen.«

»Lassen wir das Eis mal beiseite. Hast du die Wohnung schon inserieren lassen? Je schneller du das Geld dafür bekommst, desto schneller kannst du dir hier was suchen.«

Plötzlich war Ellies Kaffeetasse wahnsinnig interessant.

»Sag bitte nicht, dass Grace sich noch immer nicht gerührt hat.«

»Okay, dann sage ich es nicht.«

Red seufzte tief. »Mein Gott, vielleicht müssen wir wirklich nach London und das ein für alle Mal beenden.«

»Ich habe alles im Griff. Ich habe vor, demnächst hinzufahren, aber jedes Mal, wenn ich konkrete Pläne mache, fällt mir wieder ein, dass ich einen Laden führen muss.«

»Du musst dir dafür Zeit nehmen, das ist wichtig.«

»Ich weiß. Ich habe ihr gesagt, dass ich bald zurückkomme und sie weiß, dass die Wohnung bis dahin leer sein muss.«

»Hat sie es auch verstanden? Du bist schon eine ganze Weile auf London weg, aber sie ist immer noch Teil deines Lebens. Sie klammert sich daran fest, weil sie dich weiter in ihrem haben will. Aber du bist über sie hinweg und das muss sie endlich kapieren. Sie hat in den letzten Jahren genug Spielchen mit deinem Herz gespielt. Du musst einen Schlussstrich ziehen. Reiß die Brücken hinter dir ein.«

»Ich weiß.«

»Das sagst du so, aber ich sehe keinen Beweis dafür, nachdem Grace immer noch Schlüssel für deine Wohnung hat. Schlüssel sind wichtig, Ellie. Sie öffnen Türen.«

Ellie warf ihrer Schwester einen ungläubigen Blick zu. »Hast du sie noch alle? Ich weiß, wie Schlüssel funktionieren.«

»Nicht nur für Wohnungstüren, aber auch für ein anderes Leben und dein Herz. Solange Grace noch einen Schlüssel hat, hat sie auch Zugriff auf dich. Warum hast du sie ihn überhaupt behalten lassen?«

»Weil sie noch Sachen in der Wohnung hatte. Und weil er sowieso bei ihr war und sie mir immer wieder ausgewichen ist, als sie ihn zurückgeben sollte.«

Red musterte sie und seufzte lang gezogen. »Ich mache mir nur Sorgen um dich. Es geht für dich aufwärts und ich will nicht, dass irgendwas es dir versaut.«

»Das wird nicht passieren, ich verspreche es.« Warum hatte ihre Schwester so wenig Vertrauen zu ihr?

»Der Kaffee ist übrigens ausgezeichnet. Auch wenn Kaffee und Eis die denkbar schlimmste Kombination ist.«

»Ich mag beides zusammen extrem gerne. Italiener auch. Wenn es ein ganzes Land macht, kann es nicht schlecht sein.«

»Vertrau mir, ist es sehr wohl.« Red lehnte sich nach vorne. »Aber eigentlich bin ich heute vorbeigekommen, weil ich Neuigkeiten haben. Und weil ich Eis essen wollte.«

»Gute Neuigkeiten, hoffe ich?«

»So was von. Erinnerst du dich an meinen Kontakt zu der Zeitschrift? Sie wollen einen Artikel über das Upper Chewford Sommerfestival bringen. Als ich die Redakteurin angerufen habe, war sie ziemlich angetan. Während der letzten Jahre haben sie über dieses Käse-Roll-Event berichtet und wollen jetzt was anderes. Und ihnen gefällt, dass du ein Geschäft auf dem Land eröffnet hast.« Red wirkte ziemlich zufrieden mit sich selbst. »Denkst du, das bringt dir Pluspunkte bei deiner kleinen Freundin von gegenüber ein?« Sie deutete mit dem Kopf in Richtung von Natalies Laden.

Bei der Erwähnung von Natalie meldete sich ein sehnsüchtiges Pochen zwischen Ellies Beinen. Sofort standen ihr wieder die Bilder der vergangenen zwei Nächte und des heutigen Morgens vor Augen. Das war einer der Gründe, warum der Tag so stressig verlief: Wegen Natalie war sie zu spät zur Arbeit gekommen. So viel machte Ellie das aber eigentlich gar nicht aus.

Red musterte sie plötzlich aufmerksam. »Moment mal, ist da etwa schon was gelaufen? Ich kenne diesen Blick. Willst du darüber reden?«

Ellie wollte den Kopf schütteln, doch da breitete sich schon ein breites Grinsen auf ihrem Gesicht aus. In Natalies Bett zu landen, fühlte sich an, wie ein Sechser im Lotto. Zum ersten Mal in ihrem Leben schien eine Beziehung unkompliziert zu verlaufen. »Schon. Irgendwie. Möglicherweise haben wir Samstagnacht miteinander verbracht. Und möglicherweise auch Sonntag.«

Red schlug sich strahlend auf den Oberschenkel. »Du Glückskind! Ich freue mich wirklich für dich. Wurde auch Zeit, dass dich jemand zum Lächeln bringt. Grace stand dafür nie zur Debatte, wenn wir mal ehrlich sind.«

Da hatte Red recht.

»Und was jetzt? Schlendert ihr superromantisch Hand in Hand über den Marktplatz?«

»Wir machen einen Schritt nach dem anderen. Bisher bestanden die vor allem in Sex, aber in der Öffentlichkeit Händchen halten steht bald auf dem Plan. Hoffe ich.« *Sobald Natalie es ihrem Vater gesagt hat.* »Sagen wir einfach, dass die letzten beiden Tage wirklich schön waren. Außerdem wird sich Natalie über die Sache mit der Zeitschrift freuen. Sie steckt so viel Arbeit in das Festival, und wenn das Dorf und sein Umland davon zusätzlich profitieren, ist das großartig.«

Red verschränkte die Arme vor der Brust. »Und wenn dir das eine Runde extra-heißen Sex verschafft, geht das auch in Ordnung?«

Ellie lachte laut auf. »Ganz genau.«

»Wer hätte gedacht, dass du mal eine glühende Dorfverfechterin wirst? Du bist von Miss London zu Miss Cotswolds geworden.«

Ellie stieg Wärme in die Wangen, doch sie zuckte nur die Schultern. »Das ist nicht über Nacht passiert, aber ich schlage hier Wurzeln. Zwei Unternehmen und vielleicht eine neue Partnerin.« Den letzten Teil flüsterte sie nur, da sie es nicht verschreien wollte.

Red umarmte sie fest. »Ich bin so froh, dass sich endlich die echte Ellie wieder zeigt. Die habe ich vermisst.«

Ellies Gedanken kehrten zum heutigen Morgen zurück und zu dem Gefühl, das Natalies Küsse ausgelöst hatten. Ja, sie hatte ihr altes Ich auch vermisst.

Ellie klopfte laut an Natalies Ladentür. Das Geschäft hatte bereits geschlossen, aber bislang war seine Inhaberin nicht herausgekommen. Sie wollte Nat noch mal kurz sehen, bevor diese zum Familienessen zu ihrer Tante fuhr. Würde sie selbst wohl irgendwann auch dazu eingeladen werden? Vielleicht, aber es war noch zu früh, um darüber nachzudenken.

Einen Moment später tauchte Natalie tatsächlich an der Tür auf. Sie öffnete und die Glocke bimmelte, als Ellie eintrat.

»Hey«, sagte sie und machte einen Schritt auf Natalie zu, wusste dann jedoch nicht, ob sie sie küssen durfte oder nicht. Die schwammigen Regeln waren ein wenig frustrierend.

Nat griff nach ihrer Hand und zog Ellie zu sich, während sie ein Bündel Geld neben der Kasse ablegte. »Schön, dich zu sehen. Damit habe ich heute gar nicht gerechnet.«

»Red war gerade da und ich wollte dir die Neuigkeiten persönlich sagen, bevor du gehst. Die Zeitschrift, mit der Red über das Sommerfestival – dein Festival – gesprochen hat, möchte einen Artikel darüber bringen. Sie kommen her und interviewen uns. Das könnte Upper Chewford wirklich viel Prestige verschaffen.« Sie ballte die Hände seitlich am Körper zu Fäusten. »Was hältst du davon?«

Natalie strahlte übers ganze Gesicht. »Was ich davon halte? Du und deine Schwester, ihr seid unglaublich! Und du bist wirklich gut im Bett – hatte ich das schon erwähnt?« Sie verschränkte ihre Finger mit Ellies und suchte ihren Blick. »Ich denke aber, das sollte nicht in dem Artikel auftauchen. Auch wenn das mal ein ganz neuer Blickwinkel wäre. Lesbische Liebe in den Cotswolds. Klingt gut, oder?«

Ellie schüttelte sich. »O Gott, alle meine ehemaligen Kollegen, die was in die Richtung vermutet haben, würden über den Artikel lästern, als gäbe es kein Morgen.«

»Du warst auf der Arbeit nicht geoutet?«

»Das hatte da nichts zu suchen. Außerdem war meine Ex auch nicht begeistert von der Idee. Wahrscheinlich macht es mir auch deshalb ein bisschen zu schaffen, dass wir es erst mal für uns behalten.«

Natalie nickte langsam. »Das kann ich verstehen.« Sie zögerte kurz. »Ich verspreche, dass es nicht für lange ist, okay?«

Das reichte Ellie.

»Wir können ja leider nicht im Laden knutschen, wie wäre es also, wenn wir nach hinten gehen und das da machen?«

»Bin ich sofort dabei«, antwortete Ellie und folgte Natalie.

Kapitel 25

An diesem Morgen war nicht viel los und Natalies Stellvertreter Guy war da, um den Laden zu schmeißen. Sie war lange genug im Geschäft, um zu wissen, dass jeden Moment ein Schwung Kunden hereinkommen konnte, aber dieses eine Mal ging sie das Risiko ein, um mit ihrem Vater zu sprechen. Ellie wurde zunehmend angespannter, weil Nat ihm zwei Wochen nach ihrer ersten gemeinsamen Nacht immer noch nichts von ihnen erzählt hatte, und sie hatte recht. Natalie musste es ihm sagen. Außerdem war es ein schöner Tag, weswegen ein kleiner Spaziergang am Fluss im Sonnenschein ein dickes Plus darstellte.

Die Glocke über der Tür läutete, als sie den Laden verließ. Kurz schaute sie durchs Schaufenster gegenüber, ob sie vielleicht Ellie zuwinken konnte, aber diese schien darauf konzentriert zu sein, die beste Tasse Kaffee aller Zeiten einzuschenken. Eines der Dinge, die Natalie an Ellie bewunderte, war ihr Perfektionismus, und wie er sich auf alle Bereiche ihres Lebens erstreckte. Von ihrer Wohnungseinrichtung bis hin zur Vollendung ihrer Eissorten. Auch war sie die aufmerksamste Liebhaberin, die Natalie je gehabt hatte. Sie hegte große Hoffnungen, dass Ellie auch die perfekte Partnerin werden würde.

Partnerinnen. Waren sie das schon? Natalies Magen schlug einen kleinen Purzelbaum. Ab wann konnte sie Ellie wohl als feste Freundin betrachten? Vielleicht nachdem sie es ihrem Dad gesagt hatte.

Das Hupen eines Autos ließ sie aus ihren Gedanken aufschrecken. Natalie winkte ihrem Onkel Max lächelnd zu, der gerade neben ihr langsamer wurde und das Fenster herunterließ.

»Hey, wohin geht's? Hast du endlich die Nase voll und den Laden sich selbst überlassen?«

»Klar doch«, antwortete Natalie. »Ich bin endlich zur Besinnung gekommen und habe mich entschieden, nach Brasilien durchzubrennen. Bin gerade auf dem Weg zum Flughafen … Oder ich schaue einfach nur auf einen Sprung bei Dad vorbei, der schon wieder von zu Hause aus arbeitet.«

Max nickte. »Hat Yolanda mir erzählt. Aber hey, die Gehälter gehen pünktlich raus, also arbeitet er wirklich. Vielleicht ist er süchtig nach dieser Dokusoap mit dieser Schlossrenovierung, die dieses Paar in Frankreich macht. Könnte ich ihm nicht verübeln.«

Natalie verdrehte die Augen. »Ich frag in danach.«

»Wenn ja komme ich morgen gegen halb vier vorbei, damit wir sie zusammen gucken können.« Damit winkte er Natalie zu und fuhr davon. Jap, das war ihr Leben. Nat konnte keinen Schritt tun, ohne dass jemand sie grüßte oder neben ihr hielt.

Als sie das Cottage ihres Vaters erreichte, öffnete er tatsächlich die Tür und bat sie zögerlich herein. Im Wohnzimmer wurde sie glatt ein bisschen neidisch auf den Arbeitsplatz, den er sich hier eingerichtet hatte. Die Tür stand offen, um Sonnenlicht und Frühlingsluft hereinzulassen.

»Ich kann verstehen, warum du an einem Tag wie heute lieber von zu Hause aus arbeitest. Yolandas Büros sind echt schön, aber kein Vergleich zu diesem Ausblick.« Das Hauptgebäude der Brennerei war in einer ehemaligen Scheune eingerichtet worden, und bei den Büros war an nichts gespart worden. Aber hier hatte ihr Vater einen sonnendurchfluteten Raum und seinen Lieblingsradiosender, der im Hintergrund dudelte. Genau so, wie er es mochte. Das konnte sie gut nachvollziehen, denn ihre eigene Vorstellung von einer angenehmen Umgebung verlief in sehr ähnlichen Bahnen. Der Apfel fiel nicht weit vom Stamm.

»Möchtest du eine Tasse Tee? Kaffee?« Keith öffnete bereits den Schrank und holte Tassen heraus, doch Natalie schüttelte den Kopf, als er sich wieder zu ihr umdrehte.

»Ich habe nicht viel Zeit. Guy ist allein im Laden.«

»Natürlich.« Die Küche war blitzblank, also schien es ihm wohl besser zu gehen. Er trug eine gebügelte Kakihose und ein hellblaues Hemd. Rasiert hatte er sich auch und seine Haare waren ordentlich frisiert.

»Wollen wir uns aufs Sofa setzen?«

Keith nickte und kam zu ihr. Er schien sich jedoch nicht entspannen zu können, sondern ließ sich auf der Kante nieder, als würde er schon jetzt seine Flucht planen.

Natalie hatte jedoch keine Zeit, um ihn darauf anzusprechen. »Also, du hast neulich beim Essen bei Yolanda ja eine Vermutung über mich und Ellie geäußert, weißt du noch?«

»Dafür habe ich mich schon entschuldigt. War mein Fehler.«

Sie war sich sicher, dass er das nicht getan hatte, aber das konnte warten. Man musste seine Schlachten weise wählen. »Ich habe dir versprochen, dass ich es dir sage, wenn sich etwas Wichtiges in meinem Leben ändert. Deswegen bin ich hier. Wir sind so was wie ein Paar.« Natalie schluckte und senkte den Blick auf ihrer zitternden Hände, bevor sie sich zusammenriss und es zu Ende brachte. »Als du uns im Laden gesehen hast, war da noch nichts zwischen uns, ich habe dich also nicht angelogen. Aber jetzt schon. Und bevor es das ganze Dorf weiß und du deswegen sauer auf mich wirst, wollte ich es dir lieber selbst sagen.«

Ihr Vater sah ihr kurz in die Augen, bevor er den Blick abwendete. Er schob sich die Brille höher auf die Nase und nickte. »Ich verstehe. Danke, dass du es mir gesagt hast.«

Das war alles? Sonst nichts? Natalie wusste nicht, was sie erwartet hatte, aber vielleicht doch ein bisschen mehr als ein »ich verstehe«. Inzwischen verstand sie mit jedem Tag besser, warum ihre Mutter ihn verlassen hatte. Blieb nur die Frage, warum sie so lange bei ihm geblieben war.

»Es fühlt sich an, als könnte daraus etwas Ernstes werden. Wir haben ähnliche Vorstellungen, es passt besser als bei allen anderen vor ihr.«

Ein schmales Lächeln. »Das ist großartig, ich freue mich für dich.« Sein Tonfall passte jedoch nicht zu seinen Worten.

Wut kochte in Natalie hoch. »Wenn du das ernst meinen würde, wäre das toll. Wirkt aber nicht so. Ich habe dich nie für homophob gehalten, aber anscheinend habe ich mich geirrt. Auf Ethan hast du zumindest nicht so reagiert.«

»Ich mochte Ethan …«

»… und du würdest Ellie auch mögen, wenn du ihr eine Chance geben würdest.«

»Lass mich bitte ausreden.« Dieses Mal klang er sehr bestimmt und Natalie gehorchte.

»Ich mochte Ethan, aber er hat nicht zu dir gepasst. Wenn du der Meinung bist, dass das auf Ellie zutrifft, freue ich mich wirklich für dich. Aber das war bei der letzten Frau aus London auch schon so, und es hat kein gutes Ende genommen.«

»Ellie ist das komplette Gegenteil von Mimi.« Entnervt erhob sie sich. »Du musst mir und meinen Entscheidungen vertrauen, Dad.«

Keith stand ebenfalls auf. Einen Moment lang schauten sie sich schweigend an.

»Warum kannst du dich nicht ehrlich für mich freuen?« Das war die Frage, die sie jedes Mal am meisten beschäftigte.

»Das tue ich. Mehr als du ahnst. Aber ich mache mir auch Sorgen um dich.«

Natalie wünschte, sie könnte ihm glauben. »Wenn du dich für mich freust, fang *bitte* an, dich auch so zu verhalten. Ich werde Ellie das nicht antun.« Sie schaute ihm direkt in die Augen. »Ich werde mich nicht ändern. Das hier bin ich.«

Keith nickte sofort. »Das weiß ich.«

»Aber wo wir schon beim Thema Ehrlichkeit sind, willst du mir nicht erzählen, was mit dir los ist? Du arbeitest im Homeoffice, du warst nicht hier, behauptest es aber, und du besuchst allein Pubs in der Gegend.«

Er zuckte ein wenig zurück. »Hat dir Ellie das erzählt?«

»Ja.« Die Luft zwischen ihnen war zum Schneiden dick. »Weißt du, wenn du mit jemandem ausgehst, habe ich auch ein Recht darauf, das zu erfahren. Das funktioniert in beide Richtungen.«

Keith seufzte tief und ging dann zum Fenster, wo er unruhig mit einer Fußspitze auf den glänzenden Boden tippte. »Das weiß ich.« Seine Stimme war so leise und verhalten, dass man ihn kaum verstand. »Wenn es etwas zu erzählen gibt, bist du die Erste, der ich es sage. Versprochen.«

Die warme Maisonne schickte ihre Strahlen durch die Äste der Bäume, die auf Natalies Rückweg den Fluss säumten. Im Moment war sie der Gefühlswelt ihres Vaters kein Stück näher gekommen, aber immerhin wusste er nun von ihr und Ellie. Wenn ihm jetzt jemand erzählte, dass sie mit der Eisdielen-Lady vögelte, konnte er nicht überrascht tun. Der Gedanke brachte Natalie zum Grinsen, auch wenn sie immer noch sauer war.

Kopfschüttelnd holte sie ihr Handy aus der Tasche und wählte die Nummer ihrer Mutter. Diese nahm nach dem zweiten Klingeln ab. Wenigstens ein Elternteil, das verlässlich war. Dabei wohnte sie weiter weg.

»Ich vermisse dich, hab ich das schon gesagt?« Natalie hatte ihrer Mutter nie so nahe gestanden wie ihrem Vater, aber in Momenten wie diesen war sie der einzige Mensch in ihrer Familie, der sie verstand. Der fehlende Teil ihres Dreiecks.

»Ich vermisse dich auch.« Sie konnte das Lächeln in der Stimme ihrer Mutter hören. »Was hat er jetzt wieder angestellt?«

»Mir nicht seine Größe vererbt«, sagte sie grinsend. Das war während ihrer Kindheit und Jugend ein Running Gag bei ihnen gewesen. Ihr Vater war über einsachtzig groß, ihre Mutter dagegen nur einssechzig. Natalie kam eindeutig nach ihrer Mum.

»Das ist seine Schuld«, stimmte Amanda ihr zu.

»Er ist einfach … stur. Ich glaube, dass er jemanden kennengelernt hat, aber er macht ein Geheimnis darum.« Sie kickte ein Steinchen über den Fußweg. Weiter vorne spielten ein paar Touristen Poohsticks auf einer der Brücken und landeten dabei beinahe im Wasser. Passierte hier schnell.

»Er konnte noch nie gut Dinge für sich behalten, wenn er sich also seltsam verhält, trifft er sich wahrscheinlich mit jemandem.« Sie machte eine kleine Pause. »Ich bin mir sicher, dass er es dir sagen wird, wenn er soweit ist. Denk dran, dass Männer oft länger brauchen als Frauen, um über so was zu sprechen.«

»Was bin ich doch froh, dass ich keine Beziehungen mehr mit einem führe. Ich weiß noch gut, wie es mit Ethan war. Absolut entnervend.«

Amanda lachte. »Wenigstens nimmst du es mir Humor. Ich werde ihn bei Gelegenheit mal anrufen und ihm sagen, dass er nicht so griesgrämig sein soll.«

»Das musst du nicht.«

»Doch. Ich trage immer noch eine gewisse Verantwortung, wenn es um dich geht. Und er hört auf mich. Weiß der Teufel warum, da er mir mal gesagt hat, dass ich ihm das Herz rausgerissen hätte. Er hatte schon immer einen Hang zum Drama.«

»Das wusste ich nicht.«

»Ihr seid euch in vielerlei Hinsicht sehr ähnlich. Aber du bist mutiger als er.« Natalie hatte das Gefühl, als hätte ihre Mutter noch etwas hinzufügen wollen, sich aber doch dagegen entschieden. »Ich rufe ihn an und sage ihm, dass er netter zu seiner Tochter sein soll.«

Natalie lächelte. Sie musste nicht von ihrer Mutter gerettet werden, aber es fühlte sich trotzdem gut an, dass Amanda für sie da war. »Wann sehen wir uns wieder? Der letzte Besuch ist viel zu lange her.«

»Ich wollte zum Sommerfestival kommen, wenn das für dich in Ordnung ist? Ich würde das Dorf gerne mal wieder herausgeputzt sehen. Und außerdem möchte ich deine neue Freundin kennenlernen.«

Wärme breitete sich in Natalie aus. »Das wäre toll. Und ich bin mir sicher, dass alle hier im Dorf dich mit offenen Armen empfangen werden.«

Ihre Mutter schnaubte spöttisch. »Mit Sicherheit werden sie begeistert sein, dass die Frau auftaucht, die Keith Hill das Herz gebrochen hat. Nicht.«

»Es gibt hier viele, die dich sehr schätzen, Amanda Dice. Ich kann es jedenfalls kaum erwarten.«

Kapitel 26

Als Natalie später am Tag zu Ellie rüberkam, wirkte ihr Lächeln nicht ganz so strahlend wie sonst.

»Was ist los?«

»Nichts.« Sie grinste ein wenig breiter. »War nur ein langer Tag, das ist alles.«

»War diese japanische Touristengruppe bei dir? Die wollten jede einzelne Eissorte.«

»Und sie haben reichlich Gin und Whisky gekauft, keine Beschwerde von meiner Seite.« Natalie zog einen der Barhocker unter dem Tresen heraus und ließ sich mit einem Seufzen darauf sinken. »Manche Tage sind wohl nur ein bisschen anstrengender als andere.«

Ellie umrundete die Theke und gab Nat einen Kuss auf den Mund. »Jetzt besser?«

»Aber so was von.«

»Gehen wir heute Abend ins Fleece? Oder eins der anderen Restaurants?« Wieder zurück hinter der Theke platzierte Ellie die Kugelportionierer in den dafür vorgesehenen Halterungen, damit sie für den kommenden Tag bereitstanden. Die Kaffeemaschine war bereits sauber und auch der Rest des Ladens wirkte tipptop.

Natalie schüttelte den Kopf. »Wir könnten im Bear Inn in Sourton Italienisch essen gehen. Die machen ihre Pasta selbst und du warst noch nie da, oder?«

»Nein, da verlasse ich mich gerne auf deine weitreichende Expertise.«

Eine Stunde später saßen sie in besagtem Restaurant am Tisch und Ellie widmete sich begeistert ihren Gnocchi. »Das erinnert mich an das Essen in Florenz, als wir vor Jahren mal da waren.« Und es schmeckte wirklich gut.

»Wir?«

Ellie hielt mitten im Kauen inne. Warum sagte sie immer noch wir? Das war eine Frage, die sich ihr jedes Mal stellte, wenn ihr das passierte. »Meine Ex und ich.«

»Ich dachte, ihr wart gar nicht richtig zusammen? Gemeinsam nach Florenz zu fliegen klingt schon nach etwas, das man als Paar tut.«

»Das stimmt wohl, aber es hat sich nicht so angefühlt. Wir hatten Sex, sind manchmal zusammen verreist und hatten dann da Sex.« Sie schnitt eine Grimasse. »Zu viel Sex mit einer anderen Frau in einem Satz, oder?«

Natalies rang sich ein Lächeln ab. »Schon okay, ich bin ein großes Mädchen. Ich weiß, dass du deine Vergangenheit hast, aber ich mache mir mal einen Vermerk, nicht mit dir nach Florenz zu fahren.«

Ellie legte eine Hand auf Natalies. »Glaub mir, es wäre nicht schwer, das zu toppen. Wir kennen uns erst ein paar Monate und trotzdem habe ich deine Familie schon getroffen. Mit Grace bestand da keine Chance.«

»Wir alle führen mal Beziehungen, die wir besser hätten bleiben lassen. Das gehört wohl dazu.« Natalie lächelte verlegen und nahm einen Bissen von ihren Spaghetti Carbonara. »Habt ihr noch Kontakt?«

»Ich versuche schon länger, sie dazu zu bringen, ihre Sachen aus meiner Wohnung abzuholen, aber sie weicht mir aus. Irgendwann in den nächsten Wochen muss ich sowieso nach London, da werde ich ihr auf die Zehen treten«, gab Ellie seufzend zu.

»Muss ich mir Sorgen machen?« Die Nervosität war Natalie anzusehen.

»Da gibt es nichts zu sorgen. Du bist wunderschön und sexy und die Frau, mit der ich zusammen sein will. Ich hoffe, dass dir das mit uns genauso viel bedeutet wie mir. Weil das nämlich eine Menge ist.«

Die Luft zwischen ihnen knisterte mittlerweile erheblich.

»Es bedeutet mir auch viel.«

Eine Welle des Glücks durchströmte Ellie. Sie war so froh, dass sie das ähnlich sahen. Ein weiteres Mal konnte sie sich nicht das Herz brechen lassen, das wäre zu viel für sie.

»Wo wir gerade von uns sprechen und wie viel zu mir bedeutest: Ich habe es Dad heute Morgen gesagt.«

Ellie ließ ihre Gabel sinken. »Und das sagst du mir erst jetzt? Wie war es?«

Ein Moment des Zögerns, und ihre Antwort sprach Bände. »Es war in Ordnung.« Doch Natalies Gesichtsausdruck ließ das Gegenteil vermuten.

»Was hat er gesagt?«

»Dass er sich Sorgen um mich macht und dass er möchte, dass ich glücklich bin. Im Prinzip aber, dass er meinem Urteilsvermögen nicht traut.« Sie zuckte mit den Schultern. »Spielt auch keine Rolle, weil er sich so oder so daran gewöhnen muss. Auch wenn es mir lieber wäre, wenn er sich für mich freut. Ist das denn so schwierig? Nach dem Gespräch habe ich meine Mutter angerufen und sie freut sich. Sie kommt zum Sommerfestival her, dann könnte ihr euch kennenlernen.«

Ellie griff nach Natalies Hand, weil sie sehen konnte, wie sehr ihr das wehtat. Doch sie konnte nichts anderes tun, als ihr Mitgefühl zu zeigen. »Wenigstens steht deine Mum hinter dir. Betrachte es mal so: Mir ist es völlig egal, was meine Eltern davon halten, also müssen wir nur einen Menschen von uns überzeugen. Aus der Perspektive sind das immerhin 75 % Erfolg bis jetzt.«

Natalie schenkte ihr das erste ehrliche Lächeln des Abends. »Ich mag deinen Optimismus. Wenn etwas nicht so ist, wie man es gerne hätte, muss man nur den Blickwinkel darauf verändern. Daran könnte ich mir mal ein Beispiel nehmen.«

»Ich arbeite dran und so lange mache ich das auch noch nicht. Funktioniert auch nicht immer, aber manchmal erfüllt es seinen Zweck.«

Sie beendeten ihren Hauptgang und bestellten Tiramisu und Pannacotta zum Nachtisch.

»Weißt du, worüber ich noch nachgedacht habe?«, fragte Ellie und verschränkte ihre Finger mit Natalies auf dem Tisch.

»Mich?«

»Ja, das auch.« Ellie grinste von einem Ohr zum anderen. »Ich habe überlegt, einen Wettbewerb zu veranstalten, um eine neue Eissorte zu kreieren und mich der Dorfgemeinschaft ein bisschen näher zu bringen. Jeder kann einen Vorschlag einreichen, das Dorf darf wählen und der Gewinner oder die

Gewinnerin bekommt ein Jahr lang jede Woche ein Eis umsonst. Denkst du, dass die Leute mich dann mögen werden?«

»Ich glaube, das tun sie schon jetzt.«

Ellie spürte, wie ihr Hitze in die Wangen stieg. »Wart mal ab, bis sie herausfinden, dass ich mit einer Hill schlafe.«

»Sie hatten ihre Gelegenheit«, antwortete Natalie. »Aber ich überlege jetzt schon, welche Eissorte ich vorschlagen könnte.«

»Nachdem ich jetzt weiß, wie du schmeckst, kann ich dir da nicht behilflich sein.« Ellie beugte sich nach vorne und hoffte, dass ihr Lächeln so sinnlich wirkte, wie sie es beabsichtigte. »Süß, klebrig und absolut süchtig machend. Da kann ich einem Nachschlag einfach nicht widerstehen.«

Natalie lief feuerrot an. »Wie schaffst du es, so lieb und verdorben zugleich zu sein?«

»Macht dich das an?« Ellie erhob sich, da sie auf die Toilette musste, und gab Natalie einen Kuss auf die Wange.

»Definitiv«, erwiderte Nat.

Ellie folgte den Schildern, doch plötzlich sah sie aus dem Augenwinkel eine vertraute Gestalt, die sich in Richtung Ausgang des Restaurants bewegte. War das Natalies Vater? Ellie war sich ziemlich sicher. Er unterhielt sich mit einem anderen Mann und die beiden lachten über etwas. Ja, das war Keith.

Doch erst als Keith dem anderen Mann eine Hand auf den Arm legte, merkte Ellie wirklich auf. Sie schüttelte den Kopf. Was Natalies Vater machte, ging sie nichts an, auch wenn es Ellie beinahe so sehr wie Nat ärgerte, wie gleichgültig er sich seiner Tochter gegenüber verhielt.

Vielleicht sollte sie mal mit ihm reden. Doch nach dem, was am Morgen passiert war, würde sie Natalie erst einmal nichts von ihrer Beobachtung erzählen. Für einen Tag hatte Keith genug Schaden angerichtet. Was auch immer mit ihm los war, hatte sicher bis morgen Zeit. Jetzt wollte sie erst mal mit Natalie nach Hause fahren und ins Bett gehen.

Ihre Beziehung machte große Fortschritte.

Kapitel 27

Die Festivalwoche war angebrochen, was den vollen Einsatz aller Beteiligten erforderte. Inzwischen wusste jeder, was er zu tun hatte, doch Natalie bekam immer noch täglich Textnachrichten und E-Mails. Wie sich herausgestellt hatte, war die Organisation eines Festivals ein Vollzeitjob. Kein Wunder, dass Michael Eavis, der Gründer des Glastonbury Festivals, immer so erschöpft aussah. Zwischen dem Laden, ihrer neuen Freundin und der Veranstaltung fand sie kaum genug Zeit, um durchzuatmen. Doch vor dem, was heute Abend anstand, graute es ihr am meisten: Training für die Rede. Nat hatte Yolanda versprochen, dass sie versuchen würde, ihre Phobie überwinden und sie hielt ihr Wort. Dass das Ganze ein positives Ende nehmen würde, bezweifelte Natalie zwar stark, aber sie würde ihr Bestes geben.

Wenn es ihr jemand beibringen konnte, dann Ellie. Dazu hatten sie sich in der Wohnung ihrer Freundin eingefunden, die erstaunlich gemütlich eingerichtet war, wenn man bedachte, dass sie erst zwei Monate hier wohnte. An den Wänden hingen einige Bilder, es gab zwei Sessel, einen kleinen Esstisch mit Stühlen und sogar Blumen in einer Vase. Noch fehlte allerdings das Sofa. Ellie hatte jedoch bereits angekündigt, dass sie es in einem Möbelgeschäft aussuchen und nicht online bestellen wollte.

Gerade saßen sie gemeinsam am Esstisch.

»Also, deine Rede … Eröffnest du das Festival?«

Schon bei dem Gedanken daran brach Natalie der Schweiß aus. »Nein, das macht Yolanda. Zumindest dazu habe ich sie überreden können. Sie kann das viel besser als ich. Aber ich kündige an beiden Tagen verschiedene Programmpunkte an, also ist es trotzdem wichtig.« Sie schnaufte. »Ich muss meine Redeangst überwinden.«

»Den meisten Menschen ist das unangenehm, du brauchst dich deswegen nicht schlecht fühlen.« Ellie schien zu zögern. »Woher kommt es bei dir?«

»Einem Theaterstück in der Schule. Ich sollte die Erzählerin spielen, weil ich eine laut Stimme habe. Ich habe den Text auswendig gelernt, alles saß wunderbar, doch als ich auf der Bühne stand, hatte ich einen Blackout. Meine Panik war so groß, dass die Lehrerin den Erzählertext an meiner Stelle vorlesen musste.« Auch jetzt noch konnte sie sich an das eisige Gefühl der Demütigung erinnern, das sie wochenlang verfolgt hatte. Dieser Teil von ihr schien bis heute eingefroren zu sein. »Das war einer der schlimmsten Momente meines Lebens.«

Ellie wirkte entsetzt. »Okay, ich verstehe vollkommen, dass das dem Selbstbewusstsein einen Dämpfer verpasst. Aber so muss es nicht bleiben. Du kannst akustische und visuelle Signale nutzen, um dich mehr zu entspannen. Und wir können so lange üben, bis du die Sätze so perfekt wie möglich beherrschst.«

Natalie runzelte die Stirn. »Das habe ich doch damals auch.«

Ellie neigte den Kopf zur Seite. »Ja, aber das ist lange her. Du hattest nichts, was dir beim Erinnern hilft. Wenn wir dir das beibringen, ist alles gut. Fangen wir mit den akustischen Unterstützern an. Was ist dein Lieblingslied?«

Ihr Kopf war wie leer gefegt. »Keine Ahnung.« Ja, das war nicht sehr hilfreich.

»Okay, dann kommen wir nachher drauf zurück. Aber es muss ein Lied sein, bei dem du gute Laune bekommst. Jedes Mal, wenn ich Rihannas *We Found Love* höre, bin ich supermotiviert. So was in der Art.«

»Ich denk drüber nach.«

»Gut. Wie ist es mit Kleidung? Hast du ein Outfit, in dem du dich selbstsicher fühlst?«

Das konnte sie beantworten. »Meine schwarze Jeans, das hellgrüne Oberteil und ein schwarzer Blazer. Zusammen mit schwarzen Boots.«

»Das, was du anhattest, als wir uns die Bands angehört haben und anschließend miteinander im Bett gelandet sind?« Ellie grinste. »Das sieht gut aus und passt für den Anlass. Jetzt zum eigentlichen Sprechen.« Sie trommelte mit den Fingern auf der hölzernen Tischplatte herum. »Wenn du es nicht allein machen willst, könnten wir das zusammen machen? Wir überlegen uns einen abwechselnden Text und so hast du Unterstützung, falls du dann wirklich wieder einen Blackout bekommst. Ich weiß ja, was du sagen willst.«

Natalies Herz klopfte wie wild. Vielleicht würde das wirklich funktionieren und außerdem sah man ihr dann nicht direkt an, dass sie die Nerven verlor. Und es würde ihr Yolanda vom Hals schaffen. »Das würdest du tun? Dich als Backup dabei zu haben wäre großartig.«

»Wir schaffen das zusammen. Das neue Traumpaar von Chewford.«

Das brachte Natalie zum Lachen. »Bei dir klingt das, als wäre es schon immer der Plan gewesen. Gefällt mir. Dann bin ich nicht die Bekloppte mit der Phobie.«

»Sagen wir einfach, dass ich großes Interesse an der Rednerin habe. Ich will, dass sie Erfolg hat und dem Dorf zeigen, wie fantastisch sie ist.« Ellie schenkte ihr ein Lächeln.

Manchmal wusste Natalie nicht, was sie getan hatte, um Ellie zu verdienen. »Danke … Mein Dad kann das wirklich gut, weißt du? Er hat früher ein bisschen Stand-up-Comedy gemacht. Und Impro. Er stellt sich einfach auf die Bühne und verwendet alles, was man ihm hinwirft. Das könnte ich nie und in der Vergangenheit war das eins der wenigen Dinge, in dem wir uns nicht ähnlich waren. Inzwischen wird diese Liste immer länger.«

Ellie hatte sicher keine Vorstellung davon, wie traurig diese Tatsache Nat machte, aber sie beließ es dabei. Hier ging es um Ellies Hilfe und die würde sie gerne annehmen.

»Würde er dich normalerweise unterstützen?«

»Ja, aber dafür verstehen wir uns im Moment nicht gut genug.« Sie zuckte die Schultern. »Ich habe ihn erst heute wieder angerufen, weil er mir aus dem Weg geht. Aber er hat nicht abgenommen.«

»Vielleicht war er ja spazieren.«

»Ja, vielleicht. Aber das gehört nicht gerade zu seinen Hobbys.«

Ellie schien etwas sagen zu wollen, schüttelte dann aber den Kopf.

»Was ist?«

»Nichts.« Sie wich Natalies Blick aus.

Nat beugte sich über den Tisch nach vorne. »Sag's mir. Hat es mit Dad zu tun? Weißt du etwas?«

Ellie lehnte sich zurück und schaute kurz zur Decke. »Es ist nur … Möglicherweise trete ich jetzt in ein gewaltiges Fettnäpfchen.« Sie holte tief Luft. »Ist dir schon mal der Gedanke gekommen, dass dein Dad schwul sein könnte?«

Natalie blieb kurz die Luft weg und ihr entfuhr ein Keuchen. »Noch nie. Er war mit meiner Mutter verheiratet.«

»Menschen verändern sich. Das hast du auch.«

»Aber ich bin *ich*. Er ist mein Vater … Und ja, ich weiß, dass das heuchlerisch klingt und Menschen sich tatsächlich verändern.« Zu keinem Zeitpunkt in ihrem Leben war sie auf den Gedanken gekommen, dass er homosexuell sein könntc. Aber jetzt, wo Ellie es sagte, klang das gar nicht mal so absurd. Könnte das sein seltsames Verhalten in den letzten Jahren erklären? Vielleicht. Aber es erklärte nicht seine Reaktion auf Natalie. Dann hätte er sie doch bei ihrem Coming-out mehr unterstützt, wenn er selbst schwul war? Der Teil ergab einfach keinen Sinn. »Das kann nicht sein. Er ist homophob.«

»Oder er hat Angst. Angst vor dem Leben, das du dir aufbaust und das er auch gerne für sich selbst hätte.« Ellie biss sich auf die Wange. »Aber das war nur so ein Gedanke und ich kann mich auch absolut irren. Aber er war in diesem Pub mit dem italienischen Essen. Wo wir vor ein paar Wochen waren.«

»Das Bear Inn?«

»Ja. Er war da und ich habe gesehen, wie er den Gastraum mit einem anderen Mann zusammen verlassen hat.«

»Im Ernst?« In Natalies Kopf rauschte alles durcheinander. »Warum hast du nichts gesagt?«

»Du bist am Morgen schon mit ihm aneinandergeraten. Er hatte für einen Tag genug angerichtet.«

»Es könnte ein Freund gewesen sein.«

»Ja, das wäre möglich.« Ellie schüttelte den Kopf. »Es war nur irgendwas an der Art, wie Keith ihn am Arm berührt hat.« Sie holte tief Luft. »Weißt du was? Vergiss es wieder. Das habe ich mir wahrscheinlich nur eingebildet. Ich hätte gar nichts sagen sollen.«

Natalie konnte den Blick nicht abwenden. Das klang so weit hergeholt und ihr Dad war so … hetero. Oder?

»Ich rufe ihn an. Wenn er zu Hause ist, gehe ich eben zu ihm rüber.«

»Und was willst du dann tun? Ihn direkt danach fragen?«

Natalie stand auf und sah sich nach ihrem Handy um. »Keine Ahnung. Ich muss an die Sache einfach aus einem anderen Blickwinkel rangehen.«

»Er ist immer noch dein Vater.

Das wusste sie. Natürlich war er das. Das Verhältnis zu einigen Menschen hatte sich nach ihrem Coming-out verändert. Aber bei ihrem Dad war das was anderes. Dachte er so von ihr? Im Moment war sie von der Vorstellung vollkommen überfordert. Wo zum Teufel hatte sie ihr Handy hingelegt?

Schließlich fand sie es in ihrer hinteren Hosentasche; sie hatte die ganze Zeit darauf gesessen. Bevor sie sich hinterfragen oder überhaupt näher darüber nachdenken konnte, was sie da tat, wählte sie seine Nummer und wartete. Nebenbei warf sie Ellie einen Blick zu, die ein schlechtes Gewissen zu haben schien. War sie sauer? Hatte Ellie eine Grenze überschritten?

Der Anruf ging direkt auf die Mailbox. Natalie biss die Zähne zusammen und schaute durchs Fenster hinaus auf den Marktplatz. Wo zum Teufel war er? Der Piepton nach der Ansage ertönte, doch Natalie wusste nichts zu sagen.

Hi, Dad. Deine Heimlichtuerei kommt mir komisch vor und ich habe mich gefragt, ob du vielleicht schwul bist. Nein, das war kein guter Ansatz, nicht wahr? Sie nahm das Handy vom Ohr und legte auf, bevor sie sich zu Ellie umdrehte.

»Mailbox. Was auch immer er gerade macht, er will wohl nicht, dass jemand es mitbekommt.« Weitere Gedanken darüber gestattete Natalie sich nicht.

Dann hatte sie plötzlich eine Idee. Sie tippte eine Nachricht an ihre Mutter, bevor sie sich selbst davon abhalten konnte.

Gibt es etwas über Dads Sexualität, das ich wissen sollte?

Ihr Finger schwebte einen Moment über dem Senden-Button, doch dann drückte sie drauf. Ihr Magen krampfte sich zusammen und sie tigerte im Zimmer auf und ab, das Smartphone so fest umklammert, dass es wohl einen

Abdruck auf ihrer Handfläche hinterlassen würde. So hatte sie sich den Abend nicht vorgestellt.

Sie atmete noch einmal tief durch und setzte sich dann wieder zu Ellie.

Diese legte ihr eine Hand aufs Knie, doch Natalie zuckte zurück, weswegen Ellie die Hand wieder wegnahm.

Nat seufzte. »Tut mir leid, das hat mich ziemlich aus der Bahn geworfen.«

»Verständlich. Möchtest du an deiner Rede arbeiten, um dich abzulenken? Oder sollen wir zumindest mal schauen, ob wir ein paar Stichpunkte zusammentragen können?«

Sie knirschte mit den Zähnen. »Ich weiß nicht, ob ich mich darauf konzentrieren kann.« Ihr Handydisplay leuchtete auf. Eine Nachricht von ihrer Mutter.

Das war direkt. Ich habe dir schon mal gesagt: Frag deinen Vater. Ich habe kein Recht, mich dazu zu äußern.

Das konnte Natalie nicht einfach so stehen lassen.

Aber hatte es was mit eurer Trennung zu tun? War es mehr das Problem, dass du dich in den Cotswolds eingeengt gefühlt hast?

Fünf Minuten vergingen bis zur Antwort.

Sagen wir einfach, dass er sich über ein paar Dinge klar werden musste.

Ungläubig ließ Natalie sich gegen die Stuhllehne sinken. Ihre Welt war gerade auf den Kopf gestellt worden. Das war im Prinzip ein Eingeständnis, oder?

»Was ist los?«

Natalie wandte sich Ellie zu, deren saphirblaue Augen fest auf sie gerichtet waren. »Meine Mum hat es gerade mehr oder weniger bestätigt. Sie hat es nicht direkt gesagt, aber das war nicht nötig. Ehrlich gesagt fühle ich mich gerade ein bisschen dumm. Ich habe so ein Drama um mein eigenes Coming-out veranstaltet und in all der Zeit hatte mein Dad ein ähnliches Problem?« Sie schüttelte den Kopf. »Plötzlich ist alles ganz anders, als man denkt.«

Ellie schlang einen Arm um ihre Schultern und Natalie lehnte sich an sie. »Ja, manchmal. Aber wenn es dir hilft: Du bist immer noch die Tochter, die ihn liebt, und dein Vater liebt dich auch. Nur das zählt.«

Natalie erhob sich erneut und ging wieder im Raum auf und ab. »Ich brauche Alkohol. Hast du was da?«

»Ich habe Weißwein im Kühlschrank.«

»Perfekt.«

Während Ellie in die Küche ging, rieb Natalie sich mit beiden Händen übers Gesicht. Ein Glas Wein würde ihre Nerven beruhigen. Das konnte sie gut gebrauchen. Etwas, das sie wieder ins Gleichgewicht bringen würde. Als Ellie mit zwei Gläsern gut gekühlten Weißweins zurückkam, hätte Natalie sie am liebsten geküsst.

Im nächsten Moment ging ihr auf, dass sie genau das tun konnte. Das Gefühl von Ellies Lippen auf ihren hatte eine viel beruhigendere Wirkung, als es der Wein je haben könnte. In so kurzer Zeit war Ellie ein so wichtiger Teil ihres Lebens geworden. Und was für ein Zeitpunkt, um in Natalies Leben zu treten. Genau der Moment, in dem ihr alles um die Ohren flog. Ein Actionfilm war nichts dagegen.

Sie setzten sich wieder an Ellies dunkelbraunen Holztisch. Er wirkte ein bisschen altmodisch mit seinen hochklappbaren Seitenteilen.

»Worüber möchtest du dich unterhalten, um dich ein bisschen abzulenken?« Ellie nippte an ihrem Wein und musterte dabei Natalies Gesicht. Sacht strich sie mit einem Finger über Nats Wange und beugte sich dann zu einem Kuss zu ihr rüber. »Abgesehen vom Wein und dass ich dich ins Bett schleppen könnte, wenn wir ausgetrunken haben.«

Das entlockte Natalie ein ehrliches Lächeln. »Klingt nach einem perfekten Hausmittel.«

Ellie zwinkerte ihr zu. »Ich tue mein Bestes. Wenn jemand herausfindet, dass ein Elternteil homosexuell sein könnte, sind die beste Medizin Alkohol und Sex.«

Natalie grinste schief. »Wolltest du diese Woche nach London fahren?« Wenn ja würde sie sich allein um die Sache mit ihrem Dad kümmern müssen. Und das Festival stand vor der Tür.

Wenn es kommt, dann richtig …

Auf der anderen Seite wäre ein bisschen ungestörte Vater-Tochter-Zeit vielleicht gar nicht so verkehrt. Die vielen Tage, die sie zusammen in seinem Haus verbracht hatte, als sie beide frisch getrennt gewesen waren … Hatte er es damals schon gewusst? Hatte er eine Affäre gehabt? Hatte Mum ihn mit einem anderen Mann im Bett erwischt? Natalie schüttelte den Kopf. Sie musste das Thema für den Moment auf sich beruhen lassen, sonst würde sie noch durchdrehen.

Ellie nickte auf ihre vorherige Frage. »Ja, ich muss nachsehen, in welchem Zustand meine Wohnung ist, damit der Makler sie inserieren kann. Ehrlich gesagt habe ich keine Ahnung, wie es da aussieht. Du hast deine Probleme mit deinem Vater, meins besteht in meiner Ex-Freundin, die ich aus meiner Wohnung bekommen muss. Oder ich muss jemanden rauswerfen, den sie gerade dort wohnen lässt.«

Ein leichtes Ziehen breitete sich in Natalies Bauch aus. Bisher war ihr nicht bewusst gewesen, dass Ellie Zeit mit ihrer Ex verbringen musste. Vielleicht war es gut, dass ihre Gedanken mit etwas anderem beschäftigt waren, während Ellie weg war. Wenigstens grübelte sie dann nicht ständig darüber nach, was Ellie in der großen Freiheit Londons möglicherweise alles trieb.

»Kommst du am Montag zum Quiz? Fi hat gefragt, ob wir da sind.«

»Ich glaube nicht, dass ich das schaffe. Ich muss noch ziemlich viel in der Eisdiele vorbereiten, bevor ich fahre. Red und Gareth schmeißen den Laden, während ich weg bin, das ist großartig.«

»Muss toll sein, wenn einen die Familie so unterstützt.«

Ellie stupste sie an. »Das hast du auch. Deine Mutter, Yolanda und Max, Fi. Das ist nur eine kleine Hürde, die es zu überwinden gilt. Und wenn dein Vater schwul ist? Dann könnt ihr zusammen in Szene-Bars gehen.«

Natalie schloss die Augen und hielt sich die Hände vors Gesicht. »Hör auf. Ich muss echt nicht sehen, wie mein Vater einen Kerl abschleppt.«

»Vorsicht, man könnte noch auf die Idee kommen, du wärst homophob.«

Natalie warf ihr einen finsteren Blick zu. »Können homosexuelle Menschen überhaupt homophob sein?«

»Du hast meine Ex-Freundin noch nicht kennengelernt.«

Natalie stahl sich noch einen Kuss, ließ ihn dieses Mal jedoch länger andauern. Als sie sich wieder zurückzog, musste sie unwillkürlich lächeln. Ja, Wein und Küsse lenkten einen ganz wunderbar ab. »Nein, ich kenne sie nicht, aber ich muss auch nicht begeistert sein, dass du sie wiedersiehst, oder?«

»Ich habe dir schon mal gesagt: Es gibt nichts, auf das du eifersüchtig sein müsstest.« Sie nahm Natalie das Weinglas aus der Hand und zog sie näher zu sich. »Meine Gedanken werden sich nur um dich drehen, versprochen.«

Natalie lächelte. Ja, aber Grace war in Ellies Nähe. Das sagte sie jedoch nicht laut, sondern gab sich gelassen.

»Gut«, erwiderte sie. »Vielleicht kann ich ja gleich dafür sorgen, dass du etwas hast, woran du dich erinnern kannst, während du über die Landstraßen gurkst.«

Ellies strich mit der Zunge über ihre Unterlippe. »Da bin ich sofort dabei.«

Kapitel 28

Als Natalie vorgeschlagen hatte, ihr etwas zum Erinnern zu geben, hatte sie nicht gescherzt. Wann immer sie nicht mit ihren Läden oder dem Festival zu tun hatten, hatten sie Sex. In Natalies kleinem Büro, in der Küche, in ihren jeweiligen Betten. Sie wusste, dass Natalie versuchte, sich damit abzulenken, weil ihr Vater offenbar spontan in Urlaub gefahren war. Ellie bot sich dafür nur allzu gerne an.

Allerdings erschienen ihr die Cotswolds und Natalie im Londoner Verkehr, in dem sie gerade steckt, ganz weit weg. Das hatte sie kein bisschen vermisst. Sie verlangsamte auf dem Kingsway das Tempo etwas, als sie sich dem Russell Square näherte, wo sie sieben Jahre lang gewohnt hatte.

Ein kalter Schauer rann ihr über den Rücken. Wieder hier zu sein fühlte sich so fremd an, als würde es in ein anderes Leben gehören. Eine außerkörperliche Erfahrung. Nur dass sie leibhaftig hier war und hinter einem Lieferwagen festsaß. In der schwülen Juniluft fühlte sie sich verschwitzt und klebrig, aber sie konnte das Fenster nicht öffnen, um ein bisschen Frischluft hereinzulassen. In Upper Chewford war die Luft so anders.

Das Pingen ihres Handys zeigte ihr eine neue eingehende Nachricht an. Sie wusste, dass sie eigentlich nicht aufs Display schauen sollte, aber der Stau bewegte sich kaum. Die Nachricht war von Grace, die ihr mitteilte, dass sie in der Wohnung war.

Wundervoll. Genau das brauchte sie jetzt. Was an »räum deine Sachen aus und lass den Schlüssel liegen« verstand sie denn nicht? Aber Grace war in Sachen Kommunikation noch nie gut gewesen, egal in welche Richtung. Wenigstens wusste Ellie, wo sie stand.

Schließlich bog sie in ihre Straße ab und warf einen Blick nach oben zu ihrer Wohnung. Immer noch da, immer noch attraktiv. Die Einheit lag im dritten Stock eines Altbaublocks mit roter Backsteinfassade und exquisit gearbeiteten Ziersteinen. Die für den Baustil typischen Bogenfenster ließen viel Lichts ins Innere. Als sie noch hier gewohnt hatte, war sie vor dem Haus jeden Tag Touristen begegnet, die den Straßenzug bewunderten und Fotos machten. Es war immer noch ein wunderschönes Stadtviertel mit gut besuchten Bars, Restaurants und Geschäften, in dem es sich gut leben ließ.

Doch inzwischen war es nicht mehr ihr Zuhause. Wie schnell sich so etwas doch ändern konnte. Nun hatte sie eine andere Wohnung, ein Geschäft und vielleicht eine Freundin. Die deutlich mehr Partnerin und Unterstützung war, als Grace je dargestellt hatte. Fünf Jahre gegen sechs Wochen und Natalie gewann den Vergleich haushoch.

Ellie lenkte ihren Land Rover über die schmale Zufahrt in die Tiefgarage. So etwas gab es in den Cotswolds nicht, weil niemand es brauchte. Dort war nur viel Land und blauer Himmel. In London sah sie nur noch graue Wolken und Enge. Rasch stieg sie dir Treppe zu ihrer Wohnung hinauf.

In Windeseile stand sie vor ihrer Eingangstür. Wie froh sie doch war, dass sie elegante Hosen, Lederschuhe und ein maßgeschneidertes Oberteil trug. Beinahe ein Businessoutfit. Die richtige Rüstung für eine Schlacht.

Ein unangenehmes Gefühl breitete sich in ihr aus und auf einmal wurde sie von einer Welle an Bildern ihres alten Lebens überrollt. Natürlich. Sie war gerade dabei, wieder hineinzutreten.

Sie schob den Schlüssel ins Schloss und hatte kaum die Tür geöffnet, als Grace auch schon vor ihr stand. Schlank, blond, leger in Jeans und ein Shirt gekleidet. Wobei Ellie darauf wetten würde, dass das Shirt teuer gewesen war. Grace' gewinnendes Lächeln, das Ellie vom ersten Moment an anziehend gefunden hatte, war noch das gleiche. Das hatte sich nicht geändert, ebenso wenig wie Grace.

Hinter ihr im Wohnzimmer standen noch immer die Kisten mit Grace' Sachen. Sie war also immer noch nicht ausgezogen. Ellie musste gegen den Drang ankämpfen, sie zu erwürgen.

Bevor sie auch nur einen Schritt tun konnte, hatte Grace bereits die Arme um sie geschlungen. »*Elles Belles*, wie schön dich zu sehen! Wie war die Fahrt?«

Ellie versteifte sich, doch Grace war noch nie gut darin gewesen, nonverbale Hinweise wahrzunehmen. »Es war die Hölle und ich würde das hier gerne so schnell wie möglich hinter mich bringen.«

Kopfschüttelnd machte Grace einen Schritt von ihr Weg. »O je, da ist aber jemand unleidlich. Du brauchst einen Drink.« Ihr Tonfall glich einem Singsang.

Du darfst sie nicht umbringen. »Oder du nimmst einfach deine Sachen und verschwindest, wie ich es dir am Telefon gesagt habe.«

Grace winkte nur ab. »Ich musste dich wiedersehen, Ellie. Wir waren noch nicht fertig miteinander.« Sie schnappte sich Ellies Hand und zog sie hinüber ins Wohnzimmer.

Grace' Kisten standen aufgestapelt neben der Tür, zusammen mit einem Koffer, den Ellie noch nie gesehen hatte. Immerhin waren Ellies Sachen noch da. Ihr cremefarbenes Sofa, das sie online bestellt hatte, nachdem Grace sie nicht ins Möbelhaus begleiten wollte. Ihr riesiger Fernseher. Der Couchtisch in Vintage-Optik. All das würde sie spenden. Sie wollte in ihrem neuen Leben keinerlei Überbleibsel ihres alten.

»Wir sind miteinander fertig.« Ellie deutete auf den Koffer. »Und wem gehört der?«

Grace' Mundwinkel zuckten leicht. »Meiner Freundin, die eine Weile hier war.« Sie hob beschwichtigend die Hände. »Keine Sorge, sie ist wieder weg. Ich nehme den Koffer heute Abend zusammen mit meinen Kisten mit. Ich bestelle ein großes Auto über Uber, in das alles reinpasst.«

»Wer ist diese Frau? Irgendein junges Ding, das deinem Charme erlegen ist?«

Ein kurzes Lächeln huschte über Grace' Gesicht. Sie hatte neue, hübsche Dinge schon immer gemocht. »Sie ist nur eine Arbeitskollegin. Wir hatten ein bisschen Spaß, aber nicht mehr. Inzwischen ist das vorbei, aber es erschien mir dumm, sie nicht hier schlafen zu lassen, wo die Wohnung doch leer war und ich einen Schlüssel habe. In London wird viel zu viel Wohnraum nicht genutzt, da willst du dich doch nicht einreihen, oder?«

»Das heißt also, dass du sie hier hast wohnen lassen und sie ganz uneigennützig in meinem Bett vögeln musstest?« Das schoss wirklich den Vogel ab. »Lass es. Habe ich alles schon gehört.«

Sie spürte eine Hand an ihrem Rücken, die sie in Richtung Sofa schob. Sie setzte sich widerwillig.

Grace holte hörbar tief Luft. »Ich hol dir was zu trinken.« Damit ging sie zu Ellies hübschem Barschrank aus Walnussholz und goss zwei Gläser Whisky ein.

Ellie ließ sich kopfschüttelnd nach hinten ins Polster sinken. »Bist du jetzt mit der Frau zusammen?« So schnell konnte die Stimmung von fuchsteufelswild zu resigniert umschlagen. Grace war nicht mehr ihr Problem, sie konnte tun und lassen, was sie wollte. Natürlich konnte Ellie sich darüber ärgern, aber mit welchem Ergebnis? Vorbei war vorbei. Oder besser gesagt: Das mit ihnen war vorbei.

»Ich habe doch gesagt, wir hatten nur ein bisschen Spaß … Seit du weg bist, wird alles schnell langweilig. Ist anscheinend schwer für andere, in deine Fußstapfen zu treten.« Grace sah ihr tief in die Augen.

Ellie nahm einen Schluck von ihrem Whisky. »Schon komisch, das hast du nie gesagt, als wir noch zusammen waren.«

Natürlich ignorierte Grace ihren Einwurf. »Dann erzähl doch mal, wie es auf dem Land so ist. Kennst du die Kühe schon beim Vornamen?«

Ellie setzte sich gerade hin. »Es läuft großartig. Was dir klar sein dürfte, da ich die Wohnung verkaufen will.«

»Ich bin davon ausgegangen, dass du irgendwo in London einen Neustart machst. Du hast immer gesagt, dass du mal ein bisschen Platz im Freien haben willst.«

»Ja, das wollte und will ich immer noch. In den Cotswolds gibt es davon reichlich.« Dieses Mal war sie es, die Grace' Blick suchte. »Meine Zeit in den Cotswolds hat mir vor Augen geführt, was ich hier vermisst habe. Du und ich, wir haben so eine ungesunde Beziehung geführt. Das weiß ich jetzt. Der Umzug war genau der richtige Schritt für mich.«

»Du kannst das Land doch unmöglich dem aufregenden Leben in der Stadt vorziehen.«

»Doch. Ich habe das Gefühl, in einer Fantasiewelt zu leben, wie ich sie mir vorher nie erträumt habe. Bisher dachte ich, dass es so was nur in

Romantikkomödien gibt. Eine rosarote Version von Großbritannien. Aber jetzt ist das für mich wahr geworden. In den Cotswolds kann ich in einen Pub gehen, deren Wirtin ich persönlich kenne, und mich mit den Leuten aus dem Dorf unterhalten. Die Menschen kümmern sich umeinander, grüßen sich auf der Straße. Ich mag den Gemeinschaftssinn unheimlich und dass man vieles gemeinsam erlebt.«

»In London erlebt man auch vieles gemeinsam«, warf Grace ein.

»Ja, nervige Fahrten mit der Tube und Überarbeitung. Ich arbeite für mich selbst und das ist großartig.« Sollte Ellie den Rest auch erzählen? Bevor sie die Frage für sich beantworten konnte, platzte es auch schon aus ihr heraus. »Außerdem habe ich jemanden kennengelernt. Also werde ich mir nichts anderes in London kaufen, sondern dort. Ich lasse mich endlich endgültig nieder.«

Grace umfasste ihr Whiskyglas ein wenig fester. »Du hast jemanden kennengelernt?«

»Ja, und sie hat mir gezeigt, was ich bisher bei einer Partnerin vermisst habe. Kaum zu glauben, aber sie führt den Laden der örtlichen Gin-Brennerei.«

»Du hasst Gin.« Das schien Grace ehrlich zu überraschen.

»Ich komme langsam und mit ein bisschen sanfter Überzeugung auf den Geschmack.« Das stimmte nicht ganz, aber sie wollte, dass Grace es ein für alle Mal verstand.

Ellie führte ein neues Leben. Es war Zeit für sie beide, sich zu verabschieden und darüber hinwegzukommen. Sie rutschte zur Sofakante und stellte ihr Glas auf dem Couchtisch ab. Dem Tisch, nach dem sie ewig und drei Tage gesucht hatte. Den sie mit Grace zusammen mit Mühe in ihre Wohnung geschleppt hatte – eins der wenigen Male, bei denen sich Grace dazu herabgelassen hatte, ihr bei so etwas zu helfen.

Früher hatte Ellie den Couchtisch geliebt, aber jetzt stellte er für sie nur noch einen Abschnitt in einem anderen, seltsamen Leben dar. Sie wollte ihn nicht mehr. Er passte nicht mehr zu ihr. »Deswegen habe ich auch nicht viel Zeit und kann nicht lange bleiben. Ich habe ein Geschäft zu führen.«

»Wer kümmert sich gerade darum?«

»Meine Schwester und ihr Mann. Die Natalie beide schon kennengelernt hat, im Gegensatz zu dir. Nicht einmal in fünf Jahren Beziehung.«

Grace rümpfte die Nase. »Du weißt doch, wie das mit mir und Familien ist, wir sind nicht kompatibel. Du und ich waren das aber schon. Und sind wie immer noch.« Sie stellte ihr Glas auf dem Tisch ab, griff nach Ellies Hand und rutschte näher zu ihr. »Ich weiß, dass ich mich nicht mit Ruhm bekleckert habe, aber wir sind noch nicht fertig miteinander. Das weißt du.« Sie hielt Ellies Blick fest und hob ihre Hand an, um sie sich über ihrem Herze auf die Brust zu drücken. »Spürst du es? Mein Herz weiß, was es will, genau wie deins. Versucht nicht, es zu leugnen, Ellie. Ich weiß, dass du es auch fühlst.«

Ellie spürte gar nichts, außer dass die Härchen auf ihrem Körper sich langsam aufstellten und sich Abwehr in ihr aufbaute. Sie wollte etwas sagen, wollte Grace klarmachen, dass das Unsinn war, aber kein Laut kam aus ihrem Mund, als sie ihn zum Sprechen öffnete. Alles, was sie hörte, war das Rauschen ihres Bluts in ihren Ohren.

Plötzlich waren Grace' Lippen ihren ganz nah. Sie musste Ellies Schweigen als Zustimmung verstanden haben.

Erneut wollte Ellie etwas sagen, doch bevor sie dazu kam, spürte sie Grace' Lippen auf ihren, und sie wurde von ihr ins Polster der Couch gedrückt.

Im ersten Moment war Ellie zu perplex, um zu reagieren. Plötzlich fand sie sich beinahe auf dem Rücken liegend wieder, mit Grace auf sich, die sie immer noch küsste.

Aber dann explodierte der Druck in ihrer Brust und sie konnte sich wieder bewegen. Was zum Teufel sollte das?

Ellie schüttelte den Kopf und wand sich, um Grace von sich runter zu bekommen. Ihre Ex-Freundin ließ von ihr ab und blinzelte sie mit fragendem Gesichtsausdruck an. Es war Grace vermutlich gar nicht in den Sinn gekommen, dass Ellie das hier nicht wollte. Sie hatten es schließlich immer so gemacht.

»Grace, geh verdammt noch mal von mir runter!« Ellies Stimme klang immer noch ein wenig dünn, aber immerhin gehorchte sie ihr nun wieder. Und machte Grace die Lage eindeutig klar. Das hier wollte Ellie nicht. Sie wischte sich mit dem Handrücken über den Mund und hatte das Bedürfnis, ihn auszuspülen. »Was bildest du dir eigentlich ein?«

Perplex starrte Grace sie an, setzte sich dann aber auf. Nun schienen ihr die Worte zu fehlen. Ellie schüttelte erneut den Kopf und erhob sich und machte ein paar Schritte durch den Raum.

Das hier war ihre Wohnung. Wie konnte Grace es wagen …

»Ich sage dir, dass ich mein Leben verändert habe. Ich erzähle dir, dass ich dauerhaft wegziehe. Ich spreche darüber, dass ich jemand anderen kennengelernt habe und das mit uns vorbei ist. Und was machst du? Du stürzt dich auf mich, als hätte ich nichts davon gesagt.« Sie ballte die Hände zu Fäusten. »Hast du mir auch nur eine Sekunde lang zugehört?«

Grace runzelte die Stirn und schwieg einen Moment lang. »Ich dachte, dass du das willst. Dass du zurück nach London und zu mir willst.«

Ellie schloss die Augen und atmete ein paarmal tief durch. Sie würde wohl nie wirklich verstehen, wie Grace' Verstand funktionierte. Er folgte zumindest keinen gängigen Mustern. Nicht denen eines normalen Menschen. »Was an ›ich habe einen Laden eröffnet, eine neue Freundin und ich kaufe ein Haus den Cotswolds‹ hat dich zu diesem Rückschluss geführt?«

Grace ließ einen langen Atemzug entweichen. »Freundin? Du hast nichts von Freundin gesagt. Du hast gesagt *jemand.* Nicht *Freundin.*«

»Es spielt keine Rolle, ob ich eine Freundin habe oder nicht.« Ellie warf die Hände in die Luft. »Du hattest kein Recht, mich auf die Couch zu drücken und mich zu küssen. Wir haben uns seit Monaten nicht mehr gesehen, wir werden sicher nicht einfach da weitermachen, wo wir aufgehört haben. Das mir uns ist vorbei, Grace.«

Grace hatte sichtlich Schwierigkeiten, das zu verarbeiten, und beinahe tat sie Ellie sogar ein bisschen leid. Sie war immer noch wunderschön und Ellie konnte auch im Rückblick nachvollziehen, warum sie sich in sie verliebt hatte. Aber sie war nicht mehr das, was Ellie wollte. Zurückzukommen und sie zu sehen zementierte das nur noch. Red hatte recht gehabt. Ellie brauchte einen klaren Schlussstrich. Und Grace ebenso, ob es ihr nun gefiel oder nicht.

»Ellie, ich weiß nicht, ob *du* verstehst …«

»Spar es dir. Geh einfach. Nimm den Koffer deiner heißen Flamme und verschwinde. Ich stell deine Kisten in den Gang, schreib mir morgen, wenn du sie abholst. Wenn sie bis neun noch da sind, landen sie im Müll. Verstanden?«

»Ellie …«

Ellie hob eine Hand, um sie zu unterbrechen. »Ob du das verstanden hast, habe ich gefragt.«

Grace hielt inne und nickte dann. »Verstanden. Bis morgen.« Sie schnappte sich den Koffer und warf Ellie einen letzten Blick zu, der einen geprügelten Hund neidisch gemacht hätte. Früher hätte das sicher Wirkung gezeigt, doch jetzt nicht mehr. Nicht bei der neuen, besseren Ellie, die für sich selbst eintreten konnte und wusste, was sie wollte. Das ging nur noch sie selbst und Natalie etwas an.

O Gott, Natalie.

Ellie schloss die Wohnungstür und lehnte sich dagegen, froh, endlich allein zu sein. Sie hob eine Hand an die Lippen und wischte sich erneut darüber. Sie hatte zugelassen, dass Grace sie küsste.

Heiße Scham stieg in ihr auf, kroch durch ihre Adern und überwältigte sie beinahe. Red hatte recht behalten. Sie hätte von Anfang an den Wohnungsschlüssel von Grace zurückfordern sollen. Hatte sie das wirklich zugelassen, sich von Grace küssen lassen? Sie atmete langsam aus und vergrub das Gesicht in den Händen.

Wenn sie es Natalie erzählte, könnte das ihre gerade erst aufkeimende Beziehung zerstören, bevor sie richtig begonnen hatte. Allein bei dem Gedanken wurde Ellie schlecht. Das konnte sie nicht riskieren, sie waren erst so kurz zusammen. Sie würde darüber hinwegkommen und es hinter sich lassen müssen. Als wäre nichts passiert.

Sie schloss die Augen und das Herz wurde ihr schwer. Tränen stiegen ihr in die Augen und sie lehnte sich schwer mit dem Rücken gegen das dunkle Holz, während sie sich an die Brust griff. Das Atmen fiel ihr schwer und sie drängte die Tränen zurück. Ganz sicher würde sie jetzt nicht weinen und Grace damit Genugtuung verschaffen. Auch wenn diese gar nicht da war, um es zu sehen.

Stattdessen stieß sie einen heiseren Schrei aus und schlug mit der Faust gegen die Tür. *Verdammt noch mal, Grace.* Sie konnte es einem nicht leicht machen, nicht wahr? Ein bisschen wie London.

Es war höchste Zeit, dass Ellie Abstand zwischen sich und die beiden brachte. Und dieses Mal war es ihr ernst.

Kapitel 29

Natalie betrat das Ultimate Scoop, hielt sich jedoch im Hintergrund, bis Red ihrer aktuellen Kundin ihr Eis überreicht hatte. An der Kaffeetheke kümmerte sich Sandra, eine von Ellies Mitarbeiterinnen, um eine ansehnliche Schlange. Natalie machte ein Foto davon und schickte es Ellie, um ihr zu zeigen, wie gut das Geschäft auch in ihrer Abwesenheit lief. Sie hoffte, dass sie sich darüber freute.

Eigentlich hatte Ellie sich melden wollen, doch seit ihrer Abfahrt herrschte ziemlich Funkstille. Natalie hatte ihr ein paar Nachrichten geschickt, doch die Antworten waren kurz angebunden und beinahe nüchtern gewesen. Als wenn sie mit den Gedanken woanders wäre.

Sie versuchte, nicht zu viel hineinzuinterpretieren. Ellie musste quasi ihr Londoner Leben zusammenpacken und das schaffte man nicht in zwei Tagen. Solange Ellie am Donnerstag wieder hier war, damit sie ihre Festival-Rede üben konnte, war alles in Ordnung. Momentan gab es nur ein grobes Konzept, aber sie hatten noch nicht viel geprobt.

Nachdem Red frei war, ging Natalie zu ihr und schenkte ihr ein etwas gezwungenes Lächeln. Würde Red sie durchschauen?

»Möchtest du ein Eis?« Reds Pony stand ein wenig ab. »Wir haben fast kein Banoffee mehr, wenn du davon was haben willst. Ich persönlich finde es eklig, aber die Leute stehen drauf.«

»Nein, danke.« Natalie erinnerte sich noch gut daran, wie sie die Sorte zum ersten Mal probiert hatte. Und wie Ellie ihr anschließend beinahe die Kleider vom Leib gerissen hatte. Ellies Banoffee-Eis würde immer einen besonderen Platz in ihrem Herz einnehmen. »Wie läuft es denn?«

»Ziemlich gut. Gareth kümmert sich oben um unser eigenes Geschäft und ich schmeiße hier unten Ellies.« Sie ward einen Blick zur Kaffeemaschine.

»Aber ich habe das Gefühl, dass die Leute heute Morgen eher auf Kaffee als auf Eis aus sind.«

»Kann ich ihnen nicht verdenken.« Ihre nächsten Worte wog sie sorgsam ab, um so unbeteiligt wie möglich zu wirken. »Hast du was von Ellie gehört? Sie wollte eigentlich heute wieder zurückkommen, oder?«

»Ja, aber ich glaube nicht, dass sie das schafft. Aber sie hat mir versprochen, dass sie spätestens Morgen wieder da ist. Sie weiß, dass wir wegen unserer Katzen wieder nach Hause müssen, wenn wir am Samstag zum Festival herkommen wollen. Wir steht's denn mit der Planung?«

»Ist ein bisschen wie eine Hochzeit zu organisieren. Man tut im Vorfeld alles, was man kann, aber ich weiß erst am Veranstaltungstag, was klappen wird und was nicht. Also abwarten und Tee trinken. Aber wir starten mit einem Grillfest und ein bisschen Unterhaltung am Freitagabend auf dem Marktplatz. Am Freitag kommt auch die Journalistin für den Artikel über das Festival, und sie will sowohl mich als auch Ellie und Yolanda dafür interviewen. Keine Ahnung, was mich nervöser macht: der Artikel, das Festival oder dass ich auf eine Bühne muss.«

Red schüttelte den Kopf. »Der Artikel wird toll werden. Das Magazin will das Dorf unterstützen, also sei einfach du selbst und alles wird gut. Eröffnest du das Festival?«

»Nein, das macht Yolanda. Ellie und ich sagen in der zweiten Hälfte am Freitagabend ein paar Sachen und mein Dad hilft auch mit. Sofern er noch mal auftaucht.«

Red runzelte die Stirn. »Wieso, was ist denn mit ihm?«

Das war die Frage, auf die Natalie die ganz Woche lang keine Antwort bekommen hatte. Zu allem Überfluss hatte sich ihr Workaholic-Vater, der sich nie freiwillig eine Auszeit nahm, ausgerechnet jetzt dazu entschieden, genau das zu tun. Er hatte ihr Bescheid gegeben, damit sie sich keine Sorgen machte, und beteuert, dass er rechtzeitig zum Festival wieder da sein würde. Das musste sie akzeptieren. Wenn er nicht gefunden werden wollte, durfte sie ihm nicht auf die Pelle rücken.

»Ihm geht's gut. Hoffe ich.« Jetzt war nicht der richtige Zeitpunkt, das zu vertiefen. Red wusste offenbar nicht, worum es ging, was bedeutete, dass Ellie es ihr nicht erzählt hatte. Dafür war Natalie wirklich dankbar. Sie wünschte nur, dass Ellie hier wäre, um mit ihr darüber zu reden. Doch die musste sich um ihren eigenen Kram kümmern.

Ihr Handy vibrierte in ihrer Hosentasche. Als sie einen Blick aufs Display warf, musste sie lächeln. Ellie. »Wenn man vom Teufel spricht, das ist deine Schwester.« Natalie verließ die Eisdiele und nahm den Anruf entgegen.

»Hey, Süße«, hörte sie Ellie sagen.

Allein Ellies Stimme zu hören, wirkte wie Balsam auf ihrer Seele. »Ich war gerade bei dir im Laden und habe mich mit Red unterhalten.«

»Ich weiß, ich habe das Foto gesehen. Hab mir gedacht, ich rufe dich an, weil ich dich vermisse.«

Natalie lächelte. Ellie vermisste sie. Das war ein gutes Zeichen. »Ich vermisse dich auch. Und wann bin ich denn Süße geworden?«

Ihr war gerade aufgegangen, dass diese Begrüßung neu war. Das meiste im Umgang mit Ellie war noch neu. Sie hatten nicht viel miteinander telefoniert, seit das zwischen ihnen angefangen hatte. Mussten sie auch nicht, da sie so nahe beieinander arbeiteten und lebten.

»Schon immer, aber besonders, seit ich in London bin. Hier ist es wie auf einem anderen Planeten. Ich vermisse die Ruhe von Chewford. Und ich vermisse dich.«

Natalie räusperte sich. »Ich würde nicht behaupten, dass es in Chewford so ruhig ist. Zumindest im Moment nicht.«

»Du klingst gestresst. Tut mir leid, dass ich nicht da sein kann, um dir zu helfen.«

»Solange du am Donnerstag wieder hier bist, damit wir die Rede für Freitag üben können, brauche ich nicht mehr von dir.« Natalie kickte einen Stein über den Boden und nickte Harry im Vorbeigehen zu.

Ellie schwieg einen Moment. »Ich verspreche es. Es wird vielleicht spät, aber ich werde da sein. Ist dein Dad schon wieder aufgetaucht?«

»Nope, aber reden wir bitte über was anderes. Ich hoffe, dass er bis Freitag wieder da ist, aber wer weiß? Vielleicht hat er sich einem schwulen Zirkus angeschlossen. Würde mich nicht sehr überraschen. Ich dachte immer, dass mein Leben ein bisschen langweilig und eintönig ist. Aber seit ich dich getroffen habe, ist es deutlich interessanter geworden. Jahrelang nichts und dann: Bumm! Ich habe eine Freundin und mein Dad outet sich.«

»Hat er sich wirklich geoutet?«

»Noch nicht, aber du weißt schon.« Aber darauf wollte Natalie sich im Moment nicht auseinandersetzen. Sie beschäftigte immer noch, was ihr direkt davor rausgerutscht war. Dass sie und Ellie Freundinnen waren. Ein Paar. Sie zog die Schultern nach oben. Das war eine Komplikation, die sie jetzt gerade nicht brauchen konnte.

»Bist du meine Freundin?« Schwang da ein Lächeln in Ellies Stimme mit? Sie hoffe es sehr.

»Ist mir so rausgerutscht.« Natalie hielt den Atem an.

»Es gefällt mir.«

»Ja?« Erleichterung durchflutete sie.

»Ja. Ich habe auch so an dich gedacht. Dass wir jetzt ein Paar sind. Das läuft schon ein paar Wochen, wir sollten es offiziell machen. Ist das okay für dich?«

»Sehr okay.«

»Dann okay.«

Natalie stand einen Moment lang mit dem Handy in der Hand und einem verliebten Lächeln auf den Lippen einfach nur da. Sie waren ein Paar. »Wie läuft es denn sonst so?«

Ellie gab ein ersticktes Keuchen von sich. »Es ist so viel zu tun.«

Frag nicht nach ihrer Ex.

Frag nicht nach ihrer Ex.

Frag nicht nach ihrer Ex.

»Hast du dich mit deiner Ex-Freundin getroffen?« *Verdammt.* In den Textnachrichten hatte sie das vermieden, aber kaum zwei Minuten im direkten Gespräch und sie konnte sich nicht mehr beherrschen.

»Ja.«

Eine lange Pause.

»Wie ist es gelaufen?«

»Sagen wir einfach, ich habe das Kapitel geschlossen. Das Treffen war sehr kurz und jetzt ist es erledigt.«

Ein unangenehmes Gefühl breitete sich in Natalies Magen aus. Da war noch ein Kapitel gewesen, das geschlossen werden musste? Am liebsten hätte sie nachgehakt, ließ es dann aber doch.

»Das ist leider schlechtes Timing, aber ich muss auflegen. Gleich kommen ein paar Entrümpler vorbei und zahlen mir viel zu wenig Geld für viel zu teure Sachen.«

Natalie nickte und gab einen zustimmenden Laut von sich. Ellie hatte sie angerufen, das war das Wichtigste.

»Ich rufe dich noch mal an, wenn ich ungefähr weiß, wann ich ankomme. Vielleicht können wir uns noch sehen, wenn es nicht zu spät ist.«

Sofort stand Natalie ein erotisches Bild von Ellie vor Augen, die ihre Finger in sie schob und sie zum Orgasmus brachte. Schon spürte sie wieder das süße Pochen zwischen ihren Beinen. Das war auch eine Methode, sie aus der trüben Stimme zu reißen. »Sehr gerne.«

»Dann haben wir ein Date.«

»Und Ellie?«

»Ja?«

»War schön, deine Stimme zu hören.«

Kapitel 30

Natalie überquerte die Brücke, die dem *Golden Fleece* am nächsten lag und joggte dann über den Parkplatz, bevor sie den öffentlichen Fußweg zwischen den Wiesen hindurch einschlug. Hier war sie vor Wochen mit Ellie entlanggelaufen, als sie sich noch kaum kannten und angespannt miteinander umgingen. Wie sehr sich das verändert hatte. Sie waren ein Paar. Wenn man das Natalie vor ein paar Monaten gesagt hätte, hätte sie nur gelacht. Aber jetzt führte sie eine Beziehung mit einer Frau, in der sie die Möglichkeit auf eine gemeinsame Zukunft sah. Allein das beruhigte sie enorm.

Heute war Ruhe besonders wichtig. Zum einen war eine Gruppe kanadischer Touristen in den Laden gekommen und während ihres Besuchs war eine Flasche Gin zu Bruch gegangen. Ob sie alle Glassplitter gefunden hatte, konnte Natalie nicht mit Sicherheit sagen, aber zumindest roch der Laden jetzt authentisch. Außerdem hatte es ein Problem mit den Burgern und Hotdogs für das Grillfest gegeben, weil der regionale Produzent seine Zusage nicht eingehalten hatte. Ein weiterer Punkt auf ihrer Liste.

Joggen hatte jedoch schon immer ihre Nerven beruhigt, insbesondere inmitten der saftig grünen Wiesen. Heute bildete da keine Ausnahme. Mit jedem Schritt entspannten sich ihre Muskeln mehr und die Anspannung fiel von ihr ab. Natalie liebte die Einsamkeit beim Laufen, das Ziehen in ihren Muskeln, während sie sich auf ihren Körper und sonst nichts konzentrierte. Nach der Trennung von Ethan hatte sie mit dem Joggen angefangen, und es hatte sie gerettet. Bislang hatte sie nie eine Therapie gebraucht, weil Laufen ihr Ventil darstellte. Wenn sie Dampf ablassen musste, zog sie ihre Laufkleidung an.

Ein hohes, schrilles Pfeifen durchschnitt die Luft. Natalie verlangsamte ihr Tempo und schaute sie um, bis sie Fi entdeckte, die ihr von der anderen Seite der Wiese aus zuwinkte. Das war Fis Partytrick, sie liebte diese Pfiffe.

Natalie drehte um und joggte den Weg zurück zu ihrer Cousine. Rocky war natürlich auch dabei und bellte sie an. Natalie beugte sich zu ihm hinunter und für ein paar Sekunden verstummte er sogar.

»Ich wollte nach dem Spaziergang bei dir vorbeikommen. Ich habe Neuigkeiten.«

Natalie verengte die Augen. »Sag mir bitte, dass es gute Neuigkeiten sind.«

Fi neigte den Kopf zur Seite. »Kommt wohl auf die Perspektive an. Mum hat eine Lebensmittelvergiftung. Sie hat gestern Abend versucht, grünes Thaicurry mit Meeresfrüchten zu kochen, und das ist nicht gut ausgegangen.«

Yolanda war nie krank, das kam in ihrem Weltbild nicht vor. Wenn sie ausfiel, war sie praktisch halb tot. »Warum wollte sie denn kochen? Das endet bei ihr nie gut.«

»Sie hat ein Rezept gefunden, das sie ausprobieren wollte. Überraschung für Dad.« Fi zog die Schultern nach oben. »Aber das bedeutet, dass sie auch zur Eröffnung des Festivals ausfällt. Sie hat Bettruhe mit einem Eimer als treuem Begleiter.«

»Igitt.« Natalies Herz rutschte ihr in die Hose. »Keine Chance für das Festival?« In ihrem Kopf herrschte das blanke Chaos angesichts dieser Katastrophe.

»Wenn alle Stricke reißen, kann ich einspringen. Ich weiß, dass du nicht gerne vor Leuten sprichst. Wir machen das einfach wie früher als Kinder.«

Natalie ließ den Kopf hängen. Tief durchatmen. Das war nicht das Ende der Welt. Ja, sie würde sich auf eine Bühne stellen müssen, wovor sie am meisten Angst hatte. Yolanda war krank. Ihr Vater verschwunden. Fi meinte es gut, aber unterm Strich war auf sie kein Verlass. Doch sie hatte immer noch Ellie.

Sie biss die Zähne zusammen und machte sich einen gedanklichen Vermerk, Ellie nachher anzurufen, um sich noch einmal zu versichern, dass sie auch wirklich zur Eröffnung kam. Denn Natalie wollte das Festival auf keinen Fall allein eröffnen oder sich auf die Hilfe ihrer Familie verlassen. Sie war die introvertierte Natalie, der die Stimme schon bei dem kleinsten Anflug von Druck versagt.

»Oh und dein Dad ist übrigens wieder da. Wo war er denn die ganze Woche? Mum hat was von ihm gebraucht, also hat sie ihn genervt, bis er sie zurückgerufen hat.«

Das ließ Natalie aufmerken. »Ist er bei sich zu Hause?«

»Ich denke schon.«

Natalie warf einen Blick auf die Uhr. Sieben. Noch früh genug, um nach Hause zu laufen, zu duschen und bei ihrem Vater vorbeizuschauen. Es wurde Zeit, dass sie sich unterhielten. »Dann muss ich jetzt los. Die Eröffnung beginnt am Freitag um sieben Uhr abends, also sieh zu, dass du da bist, falls ich dich brauche.«

Fi salutierte. »Das verpasse ich auf keinen Fall.«

Ihr Vater hatte einen distanzierten Gesichtsausdruck aufgesetzt, als er ihr die Tür öffnete und sie ins Wohnzimmer manövrierte. Aber abgesehen davon sah er sehr gut aus. Neue Jeans und ein kurzärmeliges Hemd, das ihm gut stand und nicht so aussah, als würde es auf einem seiner üblichen Bekleidungsläden stammen.

Tatsächlich sah es eher aus, als hätte es jemand anderes für ihn ausgesucht. Konnte das stimmen? Natalies Herz begann bei diesem Gedanken so schnell zu schlagen, dass sie sich setzen musste. Ihr Vater hatte auch neue Couchkissen. Offenbar war er in seinem Urlaub shoppen gegangen.

Keith ließ sich am anderen Ende des Sofas nieder. Einen Moment lang beäugten sie sich wie zwei Boxer, die sich vor dem Kampf umkreisten.

Einen Augenblick später stand Keith wieder auf. »Möchtest du was zu trinken?«

»Nein, ich brauche einen klaren Kopf für dieses Gespräch. Und ich glaube, du auch. Wir reden schon viel zu lange um den heißen Brei herum, es wird Zeit, dass wir Klarheit schaffen.«

Er runzelte die Stirn. »Ich dachte eher an Tee oder Kaffee.«

Sie schüttelte nur den Kopf.

Keith schien mit sich zu ringen, nickte dann aber und setzte sich erneut. »Natalie, es fällt mir nicht leicht, aber ich muss dir was sagen.«

Natalie schwieg und überließ ihm die Führung.

»Ich habe diese Woche viel nachgedacht.«

»Und zu welchem Schluss bist du gekommen?« Sofort danach hätte sie sich dafür am liebsten in den Hintern getreten. Er musste das in seinem Tempo machen. Sie konnte sich noch gut daran erinnern, wie schwer es ihr selbst gefallen war.

»Dass ich dir einen Teil meines Lebens vorenthalten habe. Aber nicht nur dir. Allen anderen auch. Aber insbesondere mir selbst.«

Ihm selbst?

»Ich habe meine Sexualität hinterfragt, seit ich denken kann.«

O Gott. Jeder Muskel in ihrem Körper spannte sich an.

Also stimmte es. Es war eine Sache, es zu vermuten, jedoch eine ganz andere, es bestätigt zu bekommen.

»Aber in letzter Zeit musste ich mich mehr mit mir und der Art, wie ich mein Leben führen will, auseinandersetzen. Auch weil ich gesehen habe, wie du mit jemandem zusammenkommst. Tatsächlich war ich nie stolz darauf, wie ich lebe. Versteckt. Ich habe diese Seite von mir jahrelang weggeschoben. Aber nie weit genug.« Sein Adamsapfel hüpfte auf und ab, als er schluckte. Dann schlug er die Beine übereinander. »Was ich damit eigentlich sagen will, es aber nicht hinbekomme, ist … Ich bin schwul.«

Natalie ließ sich nach hinten sinken und starrte ihn wortlos an.

Keith bewegte sich nervös auf seinem Sitzplan. »Jetzt sag doch was.«

Sie ließ sich noch einen lange Moment Zeit, bevor sie erwiderte: »Du bist schwul. Das ist irgendwie … seltsam.« Dann hielt sie inne. Sie musste ihre Worte sorgfältig abwägen. Das war wichtig. »Wie lange bist du schon schwul?«

Keith schenkte ihr ein gequältes Lächeln und zuckte die Schultern. »Wie lange bist du denn schon lesbisch?«

Gutes Argument. »Das ergibt für mich alles keinen Sinn. Wenn du das bei dir vermutet hast, warum hast du dich mir gegenüber so homophob verhalten?«

Er seufzte, stand dann auf und ging ein paarmal auf und ab, bevor er sich ihr wieder zuwandte. »Ich habe auf dich projiziert, was ich für mich verinnerlicht hatte. Das tut mir wirklich leid. Ich wollte dich nicht verletzen, oder mich selbst. Diesen Teil von mir habe ich so lange unterdrückt, dass ich mich verantwortlich gefühlt habe, als du dich geoutet hast. Ich wollte nicht für dein Unglück verantwortlich sein. Also habe ich versucht, dich davon abzubringen.«

»Aber wenn ich dem gefolgt wäre, hätte es mich noch unglücklicher gemacht. So stehe ich der Zukunft zumindest offen gegenüber. Und schau nur, was passiert ist. Ich habe jemanden kennengelernt.«

»Ich weiß. Und sie ist wundervoll.«

»Das hast du vor ein paar Wochen noch nicht gesagt.« Natalie hatte ihre liebe Mühe, das alles zu verarbeiten.

»Das hätte ich aber tun sollen. Ich entschuldige mich aufrichtig für alles, was ich zu dir gesagt habe. Ich glaube nicht, dass es je aufhören wird, mir leidzutun.«

Natalie rieb sich übers Gesicht. »Spulen wir noch mal ein bisschen zurück, das ist ganz schön viel auf einmal. Du sagst, dass du schwul bist und schon immer warst?«

»Deine Mutter wusste es – ab einem gewissen Zeitpunkt. Sie hat es akzeptiert und dachte sogar, dass sie damit leben kann. Konnte sie aber nicht.«

Genauso gut hätte er ihr einen Schlag in die Magengrube verpassen können. »Ihr hattet eine offene Beziehung?«

»Mehr eine Vereinbarung. Solange ich diskret damit umgegangen bin.«

Ihr schwirrten so viele Fragen durch den Kopf. Und sie empfand Mitgefühl für ihre Mutter und alles, was sie durchgemacht haben musste. »Dann hast du über all die Jahre eine Affäre gehabt?«

»Nicht wirklich. Ich war nie so mutig wie du. Aber in letzter Zeit hast du mich dazu beflügelt, mehr zu wollen.«

»*Aber du bist mutiger als er*«, hatte Amanda gesagt. Das ergab jetzt auch Sinn.

»Ich habe jemanden kennengelernt«, fuhr Keith fort. »Sein Name ist Jonathan. Er hatte viel Geduld mit mir, was auch nötig ist, weil es so viel zu sortieren gibt. Aber es ist ein Anfang.« Er atmete tief durch und sah Natalie fest in die Augen. »Er hat mir gezeigt, dass ich eine Beziehung und ein Leben haben kann. Es muss kein schmutziges Geheimnis sein. Und du hast mir das auch gezeigt. Du warst mir ein Vorbild. Du hast dein Leben unglaublich mutig selbst in die Hand genommen und ich wünschte, ich hätte das schon vor Jahren getan. Ich habe so viel Zeit verschwendet.«

Er vergrub das Gesicht in den Händen und seine Schultern begannen zu zucken. Natalie hatte ihren Vater so selten weinen sehen, dass sie einen Moment brauchte, um zu verstehen, dass sie ihn schluchzen hörte.Ein paar Sekunden lang konnte sie sich nicht vom Fleck rühren. Das war noch nie zuvor passiert. Er war immer ihr starker, verlässlicher Dad gewesen. Aber jetzt sah sie ihn so, wie er war: Ein verängstigter Mann, der ihre Unterstützung brauchte. Und dieses Gefühl kannte sie nur zu gut. Nun war es an ihr, ihren Vater zu unterstützen. Nach allem, was er im Lauf ihres Lebens für sie getan hatte, war das das Mindeste, was sie zurückgeben konnte.

Rasch rutschte sie zu ihm rüber und nahm ihn in die Arme. Sie reichten nicht ganz um ihn herum, aber weit genug. Keith stieß ein leises Wimmern aus, lehnte sich aber an sie und vergrub das Gesicht an ihrer Schulter.

Natalie drückte ihm einen Kuss auf die Haare. Es fühlte sich so weich und vertraut an. Kurz löste sie sich ein wenig von ihm, um ihm die Brille abzunehmen und auf den Couchtisch zu legen, dann umarmte sie ihn wieder fest. So blieben sie eine ganze Weile sitzen, bis Keith sich schließlich beruhigt hatte. Er suchte sich ein Papiertaschentuch und schnäuzte sich, bevor er seine Brille wieder aufsetzte.

»Ich habe es ganz schön versaut, oder? Hab mir die Beziehung zu meiner Tochter versaut, wo sie doch der Menschen sein sollte, den ich am meisten unterstütze.«

Natalie sagte nichts dazu. Er hatte sich die letzten acht Jahre nicht mit Ruhm bekleckert, da würde sie ihm nicht widersprechen. Aber das konnten sie wieder einrenken.

»Dann fangen wir jetzt neu an. Auch wenn ich eine Weile brauchen werde, um das sacken zu lassen. Ich hätte das bei dir einfach nie vermutet.«

Er schüttelte den Kopf. »Ich habe mich gefragt, ob dieser Tag wohl je kommen wird. Aber es war wohl unausweichlich. Schon komisch. Ein Coming-out mit zweiundsechzig? Wer hätte das gedacht?«

»Es ist nicht zu spät, du selbst zu sein, Dad.«

Keith musterte sie eingehend, bevor er sie schüchtern anlächelte. »Ich habe dich nicht verdient. Aber du wirkst nicht allzu sehr überrascht. Hattest du eine Ahnung?«

»Dass du etwas verheimlichst, ja. Aber darauf wäre ich nie gekommen.«

Er nickte. »Ich habe Jonathan etwa zur gleichen Zeit kennengelernt wie du Ellie. Wir sind uns an einer Tankstelle über den Weg gelaufen und haben uns einfach so unterhalten.«

»An einer Tankstelle?«

»Ja, in der Warteschlange. All die Jahre habe ich nur Apps benutzt, wer hätte gedacht, dass da so laufen wird?«

»Dann warst du die letzte Woche über bei ihm?«

Wieder ein Nicken.

Natalie vollführte eine kreisende Handbewegung. »Und die neuen Klamotten? Ist das für ihn?«

Keith wurde rot. »Wir waren zusammen einkaufen. Er hat mich in Geschäfte mitgenommen, in die ich normalerweise nicht gehe.«

»Und du siehst fantastisch aus, also danke an Jonathan.« Sie schwieg kurz. »Weiß er, dass du eine lesbische Tochter hast?«

»Ja, er war auch derjenige, der mir gesagt hat, dass ich mein Leben offener leben muss, um ein Vorbild zu sein. Natürlich hatte er recht. Genau wie deine Mutter.«

»Sie sitzt mir schon seit einiger Zeit damit im Nacken. Ich dachte, dass du vielleicht etwas vermutest, wenn Amanda schon nicht locker lässt.« Er seufzte. »Deine Mutter war die ganze Zeit über so großartig. Mehr als ich je verdient habe. Also wurde mir klar, dass ich etwas tun muss. Deswegen war ich die Woche bei Jonathan. Um mich zu sammeln. Ich wollte morgen nach der Arbeit zu dir kommen und mit dir reden, aber du warst schneller als ich.«

So oft hatte sie gedacht, dass er Vorurteile gegen sie hatte. Dabei war alles nur Fassade gewesen, um seine eigenen Ängste zu überspielen. »Ein schwuler Vater. Ich glaube, darüber wurde schon ein Song geschrieben.«

»Du musst du mir mal vorspielen.«

»Mache ich.« Sie lächelte ihn an. »Wann lerne ich Jonathan kennen?«

Keith zog den Kopf zwischen die Schultern. »Ich muss es erst noch Yolanda und Max sagen, aber ich glaube, sie vermuten etwas. Vielleicht bringe ich ihn dieses Wochenende mit, wobei das Festival wohl ein bisschen zu hektisch ist, um ihn allen vorzustellen.«

»Das wird bestimmt nicht so schlimm. Dann könnte er auch gleich alle, die dir wichtig sind, auf einmal treffen. Mum und Dave kommen auch.«

»Die entscheidendere Frage ist, ob ich schon bereit bin, ihn allen vorzustellen.« Er sah so verletzlich aus, dass Natalie ihn am liebsten sofort wieder in den Arm genommen und ihm gesagt hätte, dass alles gut werden würde.

»Hör auf dein Bauchgefühl. Ich will, dass du glücklich wirst. Und ich hoffe, dass du dir das für mich auch wünscht.«

»Das habe ich immer. Mehr als alles andere auf der Welt.«

Natalie würde sich an diesen neuen, offeneren Dad erst noch gewöhnen müssen. Sie umarmten sich noch einmal und Keith drückte sie so fest, dass ihr beinahe die Luft wegblieb. Sie ließ ihn gewähren. Es fühlte sich vertraut an.

»Keine Geheimnisse mehr, okay? Das war schon immer unsere goldene Regel. Ich kann nicht fassen, dass du mir wegen Ellie einen Vorwurf gemacht hast, während du selbst so was Großes verheimlicht hast.«

»Ich weiß. Es tut mir leid.«

Sie schüttelte den Kopf. »Genug Entschuldigungen für heute.« Sie schaute ihm fest in die Augen. »Noch eins: Yolanda hat eine Lebensmittelvergiftung, also erzähl es ihr vorsichtig. Wenn sie dich vollkotzt, heißt das nicht, dass sie sauer auf dich ist.«

Keith lachte leise. »Alles klar. Noch was?«

»Im Moment nicht. Außer dass mir dein neuer Look wirklich gefällt. Jonathan hat offenbar Geschmack«, sagte Natalie mit einem ehrlichen Lächeln.

»Er hat sich für mich entschieden«, erwiderte ihr Vater.

Kapitel 31

Ellie bog auf den Marktplatz ein und unendliche Erleichterung breitete sich in ihr aus. Sie war zu Hause. Während der letzten Tage hatte sie sich immer wieder gefragt, ob sie wohl jemals in ihr neues Leben zurückdurfte. Ob London sie wieder in seinen Bann ziehen, sie aussaugen und gebrochen zurücklassen würde. Aber sie hatte es geschafft.

Sie stellte das Auto ab und umfasste das Lenkrad einen Moment lang fester. Zeit, den Abschluss eines alten Lebensabschnitts und den Beginn eines neuen zu feiern. Bei Natalie brannte noch Licht. Ellie war unglaublich müde, aber sie wusste, dass allein Nats Anblick ihr neue Energie verschaffen würde. Die Woche war anstrengend gewesen, aber jetzt konnte sie sich wieder auf das konzentrieren, was wirklich zählte. Außerdem hatte Natalie ihr schon gesagt, dass sie Ellie etwas zu erzählen hatte, das aber lieber persönlich tun wollte.

Ellie schlug die Autotür zu, schnappte sich ihren Koffer vom Rücksitz und überlegte kurz, ob sie ihre restlichen Sachen von dort und aus dem Kofferraum direkt ausräumen sollte. Dann schüttelte sie jedoch den Kopf. Das konnte bis morgen warten, Natalie war wichtiger.

Sie schickte ihr eine Textnachricht, dass sie nur noch schnell ihren Koffer in die Wohnung brachte und dann rüberkam. Sie schrieb außerdem, dass Natalie den Champagner schon mal kaltstellen sollte, und fügte einen Smiley ein.

Als sie ihre Haustür fast erreicht hatte, trat plötzlich eine Gestalt aus dem Schatten. Wer war das? Die Lichterverhältnisse waren so schlecht, dass sie kein Gesicht erkennen konnte. Doch als sie näher kam, verkrampfte sich Ellies Magen so sehr, dass sie einen Moment lang dachte, sich übergeben zu müssen. Grace.

»Was zum Teufel machst du hier?« Ihre Stimme verriet die Anspannung nicht, die sich bereits in ihrem Bauch zusammenbraute und mit jeder Sekunde mehr zu überwältigen drohte.

»Ich wollte dich sehen.«

»Woher weißt du, wo ich wohne?«

»Dank meiner exzellenten Kombinationsgabe. Du hast mir erzählt, dass du über der Eisdiele in Upper Chewford lebst. Also musste ich nur herfahren und auf dich warten. Du hattest recht, du lebst den englischen Landtraum. Dieses Dorf ist wirklich süß. Die Mutter aller süßen Dörfer. Ich musste heute Nachmittag gleich mal Fotos vom Fluss und den niedlichen Brücken auf Instagram stellen. Die sind großartig.«

Ellie hob eine Hand. »Heute Nachmittag? Du hast so lange auf mich gewartet?«

Grace nickte. »Ich hab mir sogar ein Eis bei dir geholt.« Sie senkte den Blick kurz zu Boden. »Ich habe es fallen lassen, aber deine Mitarbeiterin hat mir ein neues gegeben. Guter Kundenservice.«

Natürlich hast du es fallen lassen.

»Aber ja, ich habe den ganzen Nachmittag gewartet. Manche Dinge sind wichtig. Du bist mir wichtig, Ellie. Ich gebe dich nicht kampflos auf.«

»Das wirst du müssen, weil ich mich entschieden habe. Das habe ich dir schon in London gesagt.«

»Gehen wir doch rauf in deine Wohnung. Nur eine halbe Stunde, um zu reden. Ich kann dich überzeugen. Wir hatten eine gute Zeit miteinander, Elles Belles. Das weißt du.«

»Wir hatten gar nichts, das weiß ich.« Ellie wurde zunehmend lauter. »Du hattest deine Chance und als du mich haben konntest, wolltest du mich nie. Aber jetzt, wo ich nicht mehr verfügbar für dich bin, zeigst du auf einmal Interesse? Du willst, was du nicht haben kannst.« Ellie atmete tief durch, um sich zu beruhigen und die heiße Wut zurückzudrängen, die in ihr aufstieg. »Du hast dich kein Stück verändert. Aber weißt du, was sich verändert hat? Ich.« Sie tippte sich mit dem Zeigefinger gegen die Brust. »Ich habe mich verändert, Grace.«

Grace schüttelte den Kopf. »Du vergisst, wie gut ich dich kenne. Klar, das Dorf hat seinen Charme, aber in sechs Monaten wirst du es kaum erwarten können, hier weg zu kommen. Versteh doch, Ellie, das bist nicht du.«

»Wer denn sonst? Ist dir je der Gedanke gekommen, dass ich in deiner Nähe nie ich selbst sein konnte? So ist das nämlich. Das Dorfleben tut mir gut. Mit jemandem zusammen zu sein, der eine normale Beziehung will, tut mir gut.«

»Normal ist für normale Menschen. Du und ich sind die Ausnahme von der Regel. Wir leben nicht so. Das ist für Langweiler«, konterte Grace.

»Vielleicht haben diese Langweiler ja recht. Vielleicht ist langweilig und normal zu sein, verdammt schön.«

Grace packte sie am Arm. »Das meinst du nicht ernst. Du wolltest immer ein aufregendes Leben. Ich verstehe das, du hattest deinen Spaß, die Ladenbesitzerin zu spielen. Komm mit zurück nach London und wir erobern die Welt.«

Ellie schüttelte den Kopf. »Du redest wirres Zeug und klingst dabei wie eine Schallplatte mit Sprung.«

»Das mit uns ist noch nicht zu Ende, Ellie. Das lasse ich nicht zu.«

»Das ist nicht mehr deine Entscheidung. Dieses Recht hast du mit deinem Verhalten in den Jahren, seit wir uns kennen, verwirkt. Du wolltest keinerlei Bindung eingehen. Noch nicht einmal ein beschissenes Sofa wolltest du mit mir kaufen gehen.«

Das Licht in Natalies Hauseingang ging an. Ellie erstarrte.

Was habe ich in meinem früheren Leben verbrochen, um das zu verdienen? Die Hilflosigkeit, der sie gerade ausgesetzt war, ließ sie erzittern. Sie wusste, was gleich passieren würde, und musste den Impuls unterdrücken, loszurennen. Natalie kam die Treppe herunter. Wahrscheinlich um nachzusehen, warum Ellie so lange brauchte.

Und tatsächlich erschien Natalie einen Moment später in ihrem Hauseingang. Als sie jedoch erkannte, dass Ellie nicht allein war, verschwand ihr Lächeln schlagartig zusammen mit aller freudigen Erwartung, die eben noch auf ihrem Gesicht gelegen hatte.

Ellie umrundete ihren Koffer und Grace und schenkte Natalie ein Lächeln. »Ich war schon auf dem Weg, aber ich wurde aufgehalten.«

»Das sehe ich.« Natalie musterte Grace von oben bis unten.

Ellie konnte ihr Lächeln nicht aufrechterhalten. »Das ist Grace. Grace, das ist Natalie.«

»Die berühmte Gin-Lady.« Grace reichte ihr eine Hand, die Natalie zögerlich schüttelte.

»Berühmt ist übertrieben.«

»Ellie hat mir ständig von dir erzählt, als sie die letzten Tage bei mir in London war.«

Ellie runzelte dir Stirn. »Bei dir in London?« Das hatte schon falsch geklungen, als Grace es gesagt hatte. Wieso musste sie es dann noch mal wiederholen?

»Das ist deine Ex-Freundin Grace?« Natalie verschränkte die Arme vor der Brust und im Licht des Hauseingangs konnte man sehen, wie sie die Zähne zusammenbiss.

»Genau die«, antwortete Grace, bevor Ellie es konnte. »Allerdings versuche ich, Ellie davon zu überzeugen, dass wir wieder zusammenkommen.«

Natalie zog die Augenbrauen zusammen.

»Und ich versuche, Grace klarzumachen, dass das mit uns vorbei ist. Schon wieder.« Angst erfasst Ellie. Sie musste das beenden. Ihr Herz zerbrach in kleine Stücke und sie konnte nichts dagegen tun.

»Ich dachte, das Kapitel hättest du abgeschlossen. Hast du zumindest gesagt.« Natalie schnitt eine Grimasse. »Aber offenbar wurde es wieder aufgeschlagen.«

Ellie ertrug Natalies Gesichtsausdruck nicht. Enttäuschung Gemisch mit Schmerz.

»Ich habe Ellie gerade gesagt, dass sie sich hier irgendwann langweilen wird. Im Herzen ist sie ein Großstadtmädchen. Das sind wir beide.«

»Ich war ein Großstadtmädchen. Aber das hat sich geändert. Ich verkaufe meine Wohnung!« Die letzten Worte kamen ihr ziemlich schrill über die Lippen.

»Ist sie noch inseriert?« Natalie dagegen klang sehr leise.

»Noch nicht …«

»… weil sie das eigentlich gar nicht will«, warf Grace ein.

»Weil der Makler noch keine Zeit hatte!«, rief Ellie.

»Ziehst du zurück nach London? War es das, was du mir sagen wolltest?« Natalies Stimme zitterte vor Anspannung. Und Ellie hasste es, dass sie dafür verantwortlich war.

»Ich glaube, dass sie das gerne würde«, meldete sich Grace erneut zu Wort.

»Nein, ich ziehe nicht zurück nach London!« Ellie schaute von Natalie zu Grace und wieder zurück. »Mein Gott, ich drehe gleich durch.«

»Dann sind wir ja schon zwei«, erwiderte Natalie kopfschüttelnd. »Ich dachte, dass wir uns etwas aufbauen. Ich dachte, dass du das genauso willst, wie ich. Aber du hast bisher nicht mal deine Wohnung zum Verkauf gestellt, also habe ich vielleicht mal wieder den Kürzeren gezogen.« Sie schüttelte den Kopf. »Ich lasse dich und deine Ex allein. Ihr habt offensichtlich noch einiges zu bereden.«

»Natalie, warte!«

Sie drehte sich noch einmal um und warf Ellie einen finsteren Blick zu. »Meld dich, wenn du deine Angelegenheiten geregelt hast. Ich habe keine Lust, wieder von einer Londonerin verlassen zu werden. Das habe ich schon durch.«

Kapitel 32

Natalie lag im Bett und starrte an die Decke. Sie hatte kaum geschlafen und das würde man ihr sicher auch ansehen. Noch letzte Woche war Ellie hier bei ihr gewesen. Aber jetzt, wo sie ihren Vater zu seinem Coming-out inspiriert und er einen Partner hatte, löste sich ihre Freundin in Luft auf, bevor sie auch nur die Gelegenheit gehabt hatte, sie in der Öffentlichkeit so zu nennen.

Nat hatte sich gerade erst an den Gedanken gewöhnt, dass sie tatsächlich ein liebenswerter Mensch war und eine normale Beziehung führen konnte, doch dann wachte sie auf und musste feststellen, dass sie erneut in die London-Falle getappt war. Wieder einmal wurde sie zurückgelassen, weil jemand seinem Traum in London nachjagte.

Oder hatte Ellie die Wahrheit gesagt und wollte tatsächlich hierbleiben? Natalie wollte ihr das so gerne glauben und auch alles andere, was sie noch vor ein paar Tagen gesagt hatte. Aber ihre Taten sprachen Bände, oder? Sie war mit einer anderen Frau aus London zurückgekommen und ihre Wohnung stand immer noch nicht zum Verkauf, obwohl sie das schon seit Wochen versprach. Und wo hatte Grace eigentlich gestern Nacht geschlafen?

Natalies Herz krampfte sich zusammen und sie zog sich die Decke über den Kopf. Das war's dann wohl mit ihrer Beziehung, oder? Denn selbst wenn Ellie ihr die Wahrheit in Bezug auf die Wohnung gesagt hatte, dann sicher nicht was Grace betraf. Entgegen ihrer Aussage hatten sie offenbar Zeit miteinander verbracht. Verdammt, sie waren sogar zusammen nach Chewford gekommen. Das war wirklich die Krönung. Nach allem, was sie gesagt und getan hatten. Vor allem Letzteres lag Natalie schwer im Magen. Hatte Ellie das alles gar nichts bedeutet? Die Intimität, die sie miteinander geteilt hatten, die Worte, die sie sich verträumt zugerflüstert hatten?

Eins wusste Natalie jedoch genau: Ellie hatte sich den schlechtestmöglichen Tag ausgesucht, um ihr Leben in Flammen aufgehen zu lassen. Heute war

Freitag. Der erste Tag des Sommerfestivals. Der Tag, an dem sich Natalie vor die komplette Dorfgemeinschaft stellen und eine Rede halten musste.

Ellie, Yolanda und Fi hatten ihr alle Hilfe zugesichert. Doch nun waren erstere nicht mehr verfügbar und Fi unzuverlässig. Es schien, dass Nat auf sich allein gestellt war.

Sie schluckte die Tränen hinunter, die ihr unwillkürlich in die Augen stiegen. Sie würde ihnen jetzt nicht nachgeben, dafür hatte sie heute keine Zeit. Sie musste aufstehen, sich mit dem Festivalkomittee absprechen und nachsehen, ob jeder wusste, was zu tun war. Also schob sie ihre Gefühle beiseite und ging unter die Dusche, wild entschlossen, den gestrigen Abend von sich abzuwaschen. Doch so sehr sie es versuchte, sie hatte immer noch das Gefühl, ihn unangenehm auf der Haut zu spüren.

Sie zog sich das Outfit an, das Ellie so gefallen hatte. Das fühlte sich zwar irgendwie nicht mehr richtig an, aber sie würde es trotzdem tragen. Eine Entscheidung weniger, die sie treffen musste, und sie hatte sich schon zu früherer Gelegenheit darin selbstsicher gefühlt. Genau das brauchte sie heute.

Vorsichtig verließ Natalie das Haus. Guy kümmerte sich heute zusammen mit den Brennereimitarbeiterinnen Steph und Amy um den Laden. Irgendwie hatte Nat fast erwartet, Ellie und Grace immer noch auf ihrer Türschwelle vorzufinden. Immer noch ins Gespräch vertieft. Aber sie waren nicht da. Jetzt wirkte die Straße wieder vollkommen normal. Wie sehr sich Natalie nach ein bisschen Normalität sehnte. Sie wollte Ellie wieder auf den Stufen zu ihrem Haus küssen, wie an dem Pub-Quiz-Abend. Aber normal war hier schon eine ganze Weile nichts mehr.

Als sie den Marktplatz überquerte, musste sie sich eine Hand über die Augen halten, um sie gegen das helle Sonnenlicht abzuschirmen. Das Festival war ihre Idee gewesen, doch jetzt wollte sie sich am liebsten direkt wieder ins Bett legen und sich verstecken.

Ihr Handy vibrierte der Hosentasche und sie hielt einen Moment inne, um aufs Display zu schauen. Die Journalistin teilte ihr mit, dass sie auf dem Weg war, und fragte, ob sie und Ellie um die Mittagszeit für das Interview frei waren.

Natalie ließ den Kopf hängen, als Verzweiflung sich um sie legte wie ein nasses Handtuch. Verdammte Scheiße, das hatte sie komplett vergessen. Ob sie das wohl verschieben konnten? Rasch steckte sie das Handy wieder in die Hosentasche, damit konnte sie sich jetzt nicht auseinandersetzen.

Die Buden und Stände wurden bereits von den Dorfhandwerkern Mark und Alan aufgebaut. Natalie ging Richtung Fluss, wo Clive und Josie eine Bar im Biergarten des Pubs errichteten. Die Musikbühne würde mitsamt ihrem Aufbautrupp später am Morgen eintreffen. Alles lief nach Plan und doch wusste Natalie nicht, was sie tun sollte. In ihrem Kopf herrschte das blanke Chaos.

Auf dem Rückweg zum Marktplatz lief sie ihrem Vater über den Weg, der sie anlächelte und sie fest umarmte. »Da ist mein Mädchen! Wie geht's dir? Du musst so stolz sein. Das erste Sommerfestival und das alles hast du geschafft!«

Als er sich wieder von ihr löste, zerbrach etwas in ihr angesichts seines Lächelns. Sie waren doch jetzt ehrlich zueinander, oder? Konnte sie ihm die Wahrheit erzählen?

Ihr Körper traf die Entscheidung für sie, denn sie brach in Tränen aus und fiel ihm praktisch wieder in die Arme. Es war wie gestern Morgen nur mit vertauschten Rollen. Jetzt war sie es, die vor ihrem Dad zusammenbrach. Nur dass sie gerade mitten auf dem Marktplatz standen, wo jeder sie sehen konnte. Was auch sonst.

Keith nahm sie fest in den Arm. »Was ist denn los? Ist was passiert? Ich dachte, das wäre ein Tag zum Freuen?«

Das hatte sie auch gedacht, aber sie konnte gerade nicht sprechen. Wenn sie jetzt den Mund aufmachte, würde sie vermutlich nicht mehr aufhören, zu weinen. Schnell löste sie sich von ihrem Vater und schlug den Weg nach Hause ein.

»Hat es mit dem Festival zu tun?« Keith legte ihr einen Arm um die Schultern.

Natalie schüttelte den Kopf.

»Ellie?«, fragte er, als sie gerade m Ultimate Scoop vorbeikamen.

Als Natalie aufsah, entdeckte sie Ellie hinter der Theke. Auf keinen Fall durfte die sie so sehen. Plötzlich wollte sie auf keinen Fall in Ellies Nähe sein und selbst ihre Wohnung war noch zu nah dran. Was für ein fürchterliches Durcheinander.

Keith führte sie zurück über den Marktplatz und hinunter zum Fluss, wo sie sich schließlich auf einer Bank bei der alten Mühle setzten. Das Haus ihres Vaters befand sich nur ein Stück weiter, aber das hier war auch gut. Hauptsache weg von neugierigen Augen.

»Was ist los? Was ist seit gestern passiert?«

Natalie riss sich zusammen und holte tief Luft. »Ellie kam mit ihrer Ex-Freundin aus London zurück und hat ihre Wohnung nicht zum Verkauf inserieren lassen. Scheint, als würde sie vielleicht wieder dort hinziehen.«

Keith runzelte die Stirn. »Im Ernst? Aber sie hat hier doch die Eisdiele. Was hat Ellie denn dazu gesagt?«

»Sie hat es geleugnet und gesagt, dass sie hierbleiben will. Aber ich weiß einfach nicht, ob ich ihr glauben kann. Ich meine, sie hat mir erzählt, dass sie ihre Ex nur ganz kurz gesehen hat und dieses Kapitel für sie abgeschlossen ist. Und dann ist die Frau plötzlich hier. Was soll mir das sagen?«

»Nichts, bis du nicht mit Ellie geredet hast. Sie hat doch gemeint, dass das mit ihrer Ex vorbei ist?«, fragte Keith verwirrt.

Natalie nickte. »Aber warum ist sie dann hier?«

»Das sieht schon komisch aus, da stimme ich dir zu … Aber vielleicht will die Ex einfach kein Nein akzeptieren. Ellie kommt mir wie jemand vor, um den es sich zu kämpfen lohnt.« Er gab Natalie einen Kuss auf den Scheitel. »Aber du darfst dich davon heute nicht ablenken lassen.«

»Das weiß ich. Aber Ellie und ich wollten heute Abend die Programmpunkte gemeinsam ankündigen. Wir hatten schon einen groben Plan. Das bringt mir echt wenig, wenn sie später wieder mit ihrer Ex nach London abdüst.« Sie warf die Hände in die Luft. »Warum passiert mir das schon wieder? Vielleicht hattest du recht. Vielleicht wird man unglücklich, wenn man homosexuell ist.«

Keith nahm sie wieder in die Arme, in denen sofort wieder sicher fühlte. Wie früher. »Das stimmt nicht und ich möchte nicht, dass du so was sagst. Du hattest immer eine positive Einstellung, selbst wenn es noch so schwierig wurde. Gib das nicht auf, das ist was Besonderes. Du hast mir das beigebracht.«

Er sah ihr fest in die Augen. »Und weißt du was? Ich kann zwar nicht viel, aber reden kann ich. Wenn du möchtest, übernehme ich gerne die Festivaleröffnung für dich. Yolanda und ich sind ja praktisch ein und dieselbe Person.«

Erleichterung durchflutete sie. Ihr Vater eilte zu ihrer Rettung. »Das würdest du tun?«

»Natürlich. Aber du wirst neben mir stehen und kannst ein paar Worte sagen. Das solltest du, es ist dein Baby. Wir sind ein Team, das waren wir schon immer.«

»Danke, Dad.« Sie gab ihm einen Kuss auf die Wange. Er roch nach Äpfeln und sah müde aus, aber glücklich. Das Gefühl kannte sie nur zu gut. »Ach, warst du eigentlich schon bei Yolanda und hast mir ihr gesprochen?«

Er lächelte. »Ja.«

»Und?«

»Sie meinte, dass es ja mal Zeit wurde. Dass sie das vermutet hat, seit ich mir als Kind ihre Puppen unter den Nagel gerissen habe.«

Das entlockte Natalie zum ersten Mal an diesem Tag ein Lachen. »Warum merken homosexuelle Menschen es so oft erst als letztes? Wir sollten unsere Familien dazu anhalten, früher was zu sagen. Das würde uns so viel Schmerz ersparen.«

»Da hast du nicht unrecht.« Keith griff nach ihrer Hand und drückte sie sanft. »Was kann ich heute noch für dich tun, abgesehen von der Rede? Ich stehe dir zur freien Verfügung, also gib mir Anweisungen.«

»Musst du nicht arbeiten? Ich dachte, dass Yolanda dich bei irgendwas in der Brennerei braucht?«

Er schüttelte den Kopf. »Schon erledigt. War nur ein kleiner Schluckauf in der Lohnabrechnung und ich habe das an jemand anderen weitergereicht. Ich habe mir die Woche freigenommen, also mache ich das auch. Nur weil sie meine Schwester ist, muss ich mich nicht von ihr rumkommandieren lassen.«

Natalie musste zum zweiten Mal heute herzlich lachen. »Sie kommandiert dich seit ihrer Geburt herum.«

Dann holte sie ihr Handy aus der Tasche und ging die To-do-Liste für den Tag durch. Wenn er sich schon anbot, würde sie das sicher nicht ablehnen. Beim

Anschalten des Displays fiel ihr ein weiterer verpasster Anruf von Ellie auf. Damit waren es schon fünf. Wie gerne würde sie ihr Telefon auf lautlos stellen, aber das ging nicht. Nicht heute. Sie wischte die Benachrichtigung weg und überflog Ellies erste Textnachricht kurz.

Natalie, ich muss dringen mit dir reden.

Ja, das musste sie, aber nicht jetzt. Sie hatte zu viel zu tun und Ellie wusste das eigentlich auch.

»Du könntest nachher im Laden aushelfen. Sarah und Amy müssen den Brennerei-Stand aufbauen und dann ist Guy ganz alleine. Könntest du da ab vier einspringen?«

»Kein Problem, ich werde da sein«, sagte Keith mit einem Nicken.

Als ihr Smartphone plötzlich klingelte, zeigte ihr ein Blick aufs Display, dass die Journalistin anrief. Die konnte sie nicht länger ignorieren, also drückte sie auf den grünen Button.

»Hi! Hier ist Jenna von *Live Your Best Life!*. Ich dachte schon, ich würde umsonst zu Ihnen fahren, nachdem mich niemand zurückgerufen hat. Weder Sie noch Ellie sind ans Telefon gegangen.«

Irgendwie freute Natalie sich darüber, dass Ellie der Entscheidung über diese Sache offensichtlich auch auswich.

»Tut mir leid, ist alles ein bisschen stressig heute.«

»Das habe ich mir schon gedacht. Ich bin in etwa einer Stunde da, klappt das denn mit dem Interview am Mittag? Wenn wir uns wie besprochen mit Ellie in Ihrer Wohnung zusammensetzen, würde ich dann später zur Eröffnung noch mal vorbeischauen.«

Natalies Puls schnellte noch ein Stück in die Höhe. Sie und Ellie würden sich in dem gleichen Raum befinden, und auch noch nett miteinander umgehen müssen? Allein der Gedanke verursachte einen Kurzschluss in ihrem Hirn. »Sicher. Ich habe heute noch nicht mit Ellie gesprochen, deswegen weiß ich nicht, ob sie es schafft. Aber ich bin natürlich an Bord. Haben Sie meine Adresse?«

»Ja, ich freue mich schon darauf, Sie kennenzulernen.«

Natalie verabschiedete sich und steckte das Handy zurück in die Tasche, holte es aber gleich wieder heraus, als ihr aufging, dass ihr Vater noch eine Aufgabe brauchte.

Keith zog eine Augenbraue nach oben. »Haben du und Ellie noch was vor?«

Natalie nickte niedergeschlagen. »Ein Interview für eine Zeitschrift. Den Termin haben wir schon vor Monaten ausgemacht, als wir noch Freunde waren. Bevor wir miteinander geschlafen haben. Definitiv, bevor sie ihre Ex hergebracht hat. Das wird ziemlich interessant werden.«

Wenn das mal nicht die Untertreibung des Jahrzehnts war.

Kapitel 33

Ellie hatte die Nachricht für das Interview bekommen und jetzt stand sie hinter der Theke und wusste nicht, was sie tun sollte. Würde Natalie auftauchen? Sie hatte sie vorhin zusammen mit ihrem Vater draußen vor der Eisdiele gesehen, doch sie hatte nicht zu Ellie reingeschaut. Sie war noch immer wütend, so viel stand fest. Ellie konnte ihr keinen Vorwurf machen, sie wusste, wie das ausgesehen hatte. Allerdings wäre das Interview so viel einfacher, wenn sie sich vorher kurz unterhalten hätten. Doch die Uhr an der Wand verriet ihr, dass es zwei Minuten vor zwölf war. Sie würden sie tun müssen, als wären sie Freunde, wenn sie das durchziehen wollten.

Ellie sog scharf Luft ein, als Natalies vertraute Gestalt an ihrem Fenster vorbeiging. Sie trug ihr Festival-Outfit, das sie gemeinsam ausgesucht hatte. Ihr Power-Outfit. Ein gebügeltes, hellgrünes Oberteil, schwarze Jeans, schwarze Boots. Den Blazer würde sie vermutlich erst später überziehen.

Der Anblick mache Ellie noch trauriger. Als Natalie diese Kleidung das letzte Mal getragen hatte, hatten sie zum ersten Mal miteinander geschlafen.

Rasch schob Ellie den Gedanken von sich. Sie musste ein Interview geben und eine Freundin zurückgewinnen. Showtime.

»Sandra, kannst du ab jetzt übernehmen? Ich brauche wahrscheinlich nicht länger als eine Stunde.« Sie legte ihre Schürze ab und winkte Sandra zu, bevor sie die Eisdiele verließ und zu Natalies Tür rüberging.

Nats kurze, braune Haare waren gestylt und ihr Make-up makellos. Wahrscheinlich fiel nur Ellie die feinen Stressfalten in ihrem Gesicht auf. Die Anspannung in ihren Schultern und wie sie den Atem anhielt. Vor allem deswegen, weil es Ellie genauso ging.

Neben Natalie stand eine Frau etwa Mitte zwanzig, die so sehr strahlte, dass Ellie den Eindruck hatte, sie wolle mit der Sonne konkurrieren. Selbst ihr

Lächeln war blendend. Als sie Ellie näher kommen sah, streckte sie ihr eine Hand entgegen.

Ellie schüttelte sie kräftig. Vielleicht würde der Enthusiasmus der Frau über ihre eigene Resignation hinwegtäuschen. Die Hoffnung starb zuletzt.

»Sie müssen Ellie sein! Ich bin Jenna von *Live Your Best Life!*. Natalie hat mir schon ein bisschen was darüber erzählt, was Sie hier machen. Was für eine großartige Geschichte.« Jenna sprach lauter, als notwendig gewesen wäre, und klang wie eine Radiomoderatorin. In London hatte Ellie viele Leute aus der Medienbranche gekannt und alle nutzten die gleiche Lautstärke und einen ähnlichen Tonfall. Wurde ihnen das auf der Uni beigebracht?

Ellie rang sich ein Lächeln ab, wagte es aber nicht, Natalie anzuschauen. Zumindest sprach Nat über sie, das war ein Anfang.

»Wollen wir nach oben gehen?«

In Natalies Wohnung gab es keine Anzeichen dafür, dass der gestrige Abend sie in irgendeiner Form aus der Bahn geworfen hatte. Es sah alles so aus, wie beim letzten Mal, als Ellie hier gewesen war. Natalie hatte ihnen ein leckeres Essen gezaubert und dann ... Nein, weg daran durfte sie jetzt nicht denken. Das brachte nichts. Sie musste ihr Pokerface aufsetzen und professionell wirken. Dieses Interview war gut fürs Geschäft, darauf musste sie sich konzentrieren.

Natalie setzte Tee auf und vermied auch weiterhin den Augenkontakt mit Ellie. Sie erzählte Jenna eine Kurzversion der Geschichte der Brennerei und dass etliche Leute aus dem Dorf dort arbeiteten, sie selbst mit eingeschlossen.

»Waren Sie schon ein Gin-Fan, bevor Ihre Tante die Brennerei gegründet hat?«, fragte Jenna.

»Ich habe ihn getrunken, aber nur, weil sich das für Briten so gehört. Aber jetzt verstehe ich, wie er hergestellt wird, welche Kräuter und Gewürze man hinzufügen kann, und das ist wirklich faszinierend. Außerdem spielt es eine große Rolle, was man zum Gin ins Glas gießt. Die Frage sollten Sie aber eigentlich Ellie stellen. Als wir uns kennengelernt haben, mochte sie ihn kein bisschen.«

Natalie wandte sich Ellie zu und zum ersten Mal an diesem Tag begegneten sich ihre Blicke. Was Ellie dort sah, brach ihr beinahe das Herz. Natalie strahlte pure Traurigkeit aus, und Ellie hätte alles getan, um es wieder gut zu machen. Aus dieser Entfernung konnte sie auch sehen, dass Nats Augen gerötet waren. Sie hatte geweint.

Konzentration. Natürlich erinnerte Ellie sich noch gut an ihre erste Gin-Verkostung, bei der sie die Karten für die Wünschetruhe geschrieben hatten. Sie erinnerte sie an jedes kleine Detail ihrer bisherigen Beziehung. Hauptsächlich deshalb, weil es sie einfach nicht losließ. Natalie hatte ihr Herz erobert, ob es ihr nun gefiel oder nicht.

»Ich habe mal schlechte Erfahrungen als Teenager damit gemacht und seitdem habe ich Gin gemieden«, erklärte Ellie Jenna mit einem gekünstelten Lächeln. »Aber Natalie hatte viel Geduld mit mir und war sehr überzeugend. Sie hat mir sogar eine private Ginverkostung in ihrem Laden angeboten, um mich umzustimmen. Und ich muss zugeben, dass die *Yolanda*-Gins wirklich gut schmecken. Sie sollten die mal probieren, sie sind sehr süffig.«

»Das habe ich nachher auf dem Festival vor«, antwortete Jenna. »Sie veranstalten also Verkostungen im Laden?«, wandte sie sich wieder an Natalie.

»Ja, genau.«

»Auch für Einzelpersonen, sagen wir, spezielle Kundinnen?« Jenna zog eine Augenbraue nach oben und in ihren Augen stand ein Funkeln.

Das ließ Ellie aufhorchen. War Jenna die Spannung zwischen ihnen aufgefallen? Ellie merkte nur, dass Natalie nicht mit ihr sprechen wollte.

»Ja, unsere Kunden sind uns sehr wichtig, und jeder kann im Laden alle Gins probieren.«

Ellie schaute zu ihr rüber, doch Natalie wandte den Blick rasch ab.

Jenna richtete ihre Aufmerksamkeit wieder auf Ellie. »Natalies Geschichte ist toll, aber ich würde auch gerne etwas aus dem Blickwinkel einer Außenstehenden wie Ihnen erfahren, die neu hier ist. Warum sind Sie hergezogen und haben London hinter sich gelassen?«

Ellie versuchte, ein begeistert zu klingen. »Sie sehen ja selbst, wie schön es hier ist, oder?« Natalie schaute sie dabei nicht an. Sie konnte es nicht. Wenn sie das tat, würde sie wahrscheinlich den wahren Grund preisgeben, warum sie sich hier endlich wie sie selbst fühlte.

Warum sie hierhergezogen war? Wegen Grace.

Warum sie hierbleiben wollte? Wegen Natalie.

Ellie konzentrierte sich auf Jenna und spuckte Phrasen aus, die die Journalistin zum Strahlen brachten, während sie zum wiederholten Mal ihr Aufnahmegerät überprüfte. »Klare Luft«, »neues Unternehmen«, »aus dem Hamsterrad aussteigen«. Jenna sog alles auf. »Familie, Gemeinschaft, Freundschaft, die Nachbarn kennenlernen.«

»Und Ihre Eisdiele ist direkt gegenüber von Natalies Gin-Laden. Ich gehe also davon aus, dass Sie beide sich von Anfang an oft über den Weg gelaufen sind und sich dabei besser kennengelernt haben.«

Ellie gab ihr einen kurzen Abriss über den Vorfall auf der Brücke und alles andere, was seitdem passiert war. Das war gefühlt schon so lange her. »Natalie war die perfekte Nachbarin. Sie hat direkt nach meiner Ankunft so viel geholfen und das ist bis heute so.« Ellie sah auf.

Auf Natalies Gesicht zeigte sich Überraschung, aber sie überspielte es schnell. »Es war einfach, zu jemandem nett zu sein, der Geschäftstüchtigkeit in die Gemeinschaft einbringt. Als Mitglied der örtlichen Einzelhandelsvereinigung habe ich Ellie gerne unter die Arme gegriffen, damit sie sich schnell einlebt.«

Ellie wurde schlecht. Das war nicht der einzige Grund. Natalie hatte ihr auch geholfen, weil sie sich gut verstanden. Weil sie sich anziehend fanden. Aber sie wollte nicht, dass ihre gescheiterte Beziehung die Seiten eines Hochglanzmagazins zierte. Das würde ihrer Beziehungsunfähigkeit noch die Krone aufsetzen.

»Und dabei sind Sie Freundinnen geworden? In Ihrer E-Mail schrieben Sie ja, dass Sie für das Festival eng zusammenarbeiten und heute Abend auch gemeinsam die Ankündigungen machen werden.«

Ellie hielt den Atem an, während sie auf Natalies Antwort wartete. Bekam Jenna die Anspannung im Raum mit? Sie war so greifbar, dass es Ellie ein Rätsel war, wie man das nicht merken konnte.

Natalie nickte und biss sich auf die Unterlippe. »Wir haben sehr eng zusammengearbeitet, aber die Pläne für die Eröffnung heute Abend könnten sich vielleicht noch ändern, da meine Tante krank geworden ist.« Sie warf Ellie einen raschen Seitenblick zu. »Aber ja, Ellie war eine große Hilfe. Sie hat sich so wunderbar in die Dorfgemeinschaft eingefügt, als wäre sie hier geboren worden. Niemand würde denken, dass sie noch an London hängt.«

Das war wie ein Schlag in die Magengrube. Ellie biss die Zähne zusammen und unterdrückte mit Mühe einen frustrierten Aufschrei. Stattdessen lächelte sie Jenna angestrengt an.

Jenna schaute zwischen ihnen hin und her.

»Was Natalie damit sagen möchte: Ich werde London immer verbunden bleiben. Und auch für einen Städtetripp fahre ich gerne mal wieder hin. Das habe ich erst diese Woche gemacht. Aber mein Herz gehört jetzt dem Dorf.« Ellie schaute Natalie nun direkt an. »London ist Vergangenheit. London und alles, was dazugehört. In Chewford führe ich zwei Unternehmen und hier schlage ich Wurzeln. Und Natalie ist zusammen mit dem ganzen Dorf definitiv Teil meiner Zukunft.«

Natalie schaute nicht auf.

Jenna schaltete das Aufnahmegerät aus. »Das war wundervoll! Es ist großartig zu sehen, dass zwei Frauen erfolgreich sind und sich gegenseitig dabei helfen. Genau solche Geschichten lieben unsere Leserinnen und Leser. Ich freue mich so darauf, dieses Wochenende mehr Zeit mit Ihnen beiden zu verbringen.«

Natalie begleitete Jenna mit dem Versprechen hinaus, sie nachher auf dem Festival herumzuführen.

Jenna ging die Treppe hinunter und Ellie wartete, ob Natalie sie vielleicht bis zur Tür begleiten würde, damit sie anschließend miteinander reden konnten. Nat hatte jedoch andere Pläne, denn sie blieb an der Tür stehen und forderte Ellie mit einer Handbewegung auf, vorauszugehen.

Als Ellie an ihr vorbeikam, schien die Luft zwischen ihnen zu knistern. Sie mussten das klären, aber nicht, während die Journalistin hier war.

Sie verabschiedeten Jenna und wiesen ihr noch die Richtung zur Adresse ihrer Freundin. Dann waren sie allein.

Ellie krümmte die Zehen in ihren Turnschuhen und suchte nach dem perfekten Anfang. Ihr fiel nichts ein, also sprach sie einfach aus, was ihr auf der

Seele lag. Für alles andere war es ohnehin zu spät. Sie musste Natalie beweisen, wie viel sie ihr bedeutete.

»Ich muss los«, meinte Natalie in diesem Moment. »Großer Tag.« Sie strich mit einem Fuß über den Boden, bevor sie aufsah.

»Bevor du gehst, wollte ich noch kurz mit dir über gestern Abend sprechen. Ich habe gemeint, was ich gesagt habe. Ich werde nicht weggehen. Grace und ich sind fertig miteinander.«

Plötzlich öffnete sich Ellies Haustür und Grace erschien im Türrahmen, eine kleine Reisetasche in der Hand. Ellies Magen sackte ihr in die Kniekehlen.

Nicht jetzt.

Um Gottes willen, nicht jetzt, Grace.

Grace winkte ihr mit einem Schlüsselbund zu. »Ich wollte die gerade in der Eisdiele abgeben, aber wir können das auch so machen«, sagte sie und kam zu ihnen rüber. »Danke, dass ich bei dir übernachten durfte. Ich muss wieder zurück. Viel Glück mit dem Festival ... War nett, dich kennenzulernen, Natalie.«

Damit drehte sie auf dem Absatz und und überquerte den Marktplatz. Ellie sah ihr nach, bis sie aus ihrem Blickfeld verschwand. Sie wünschte sich wirklich, auf etwas anderes schauen zu können, als Natalies ungläubigen Gesichtsausdruck.

»Ihr seid miteinander fertig? Ist sie deswegen über Nacht geblieben?«

»Sie hat im Wohnzimmer geschlafen und fährt jetzt wieder. Endgültig! Mit uns ist Schluss, das musst du mir glauben. Ich will dich und ich dachte eigentlich, das hätte ich klar gemacht.«

»Du fährst nach London, kommst mit deiner Ex im Schlepptau wieder und erzählst mir, dass du deine Wohnung immer noch nicht inseriert hast. Du hast das exakte Gegenteil von dem getan, was du angeblich tun wolltest, also entschuldige bitte, wenn ich dir kein Wort glaube. In dem Gespräch mit Jenna hattest du mich fast soweit. Du warst überzeugend. Ich bin so dumm.« Sie schüttelte mit Tränen in den Augen den Kopf.

Fuck, fuck, fuck. »Ich sage aber die Wahrheit. Ich liebe dich, Natalie! Bitte glaub mir doch.«

Natalie schüttelte weiterhin den Kopf und schnaubte spöttisch. »Du *liebst* mich? Das sagt sich leicht, Ellie. Ich habe heute keine Zeit dafür, ich muss ein Festival leiten. Und du wirst nachher nicht auf der Bühne gebraucht, mein Dad hilft mir. Das ist wohl so oder so das Beste.«

Ellie blieb auf Natalies Türschwelle stehen und sah zum zweiten Mal innerhalb von fünf Minuten einer Frau hinterher, die sie stehenließ.

Kapitel 34

»Hängt das Schild gerade?«

Red betrachtete es. »Geht schon, merkt keiner.«

»Wirklich sehr hilfreich.« Ellie bedachte ihre Schwester mit einem finsteren Blick. Sie wusste, das Red die Stimmung auflockern wollte, aber es klappt nicht. Nicht, nach dem Desaster, das sich vorhin draußen abgespielt hatte. Ellie hatte sich den Rest des Tages in ihrer Eisdiele versteckt und machte jetzt das Gleiche in ihrer Festival-Bude. Die war genau wie das Ultimate Scoop in Rosa und Weiß gehalten und sah sehr einladend aus. Doch Ellie konnte heute für nichts Begeisterung aufbringen.

Natalie hielt sie für ein Arschloch oder eine Betrügerin, vielleicht auch beides. Das Problem daran: Ellie konnte es sogar nachvollziehen. Grace' Abgang aus Ellies Wohnung hatte nicht gut ausgesehen. Gestern Abend hatte Ellie sie weggeschickt und ihr gesagt, dass sie sich entweder ein Zimmer in einem der Pubs nehmen oder wieder nach Hause fahren sollte.

Zwei Stunden später hatte Grace jedoch wieder auf der Matte gestanden und behauptet, dass alle Pubs wegen des Festivals ausgebucht waren. Das stimmte wahrscheinlich sogar, da sie ordentlich Marketing für die Veranstaltung betrieben hatten. Also hatte sie Grace auf einer Luftmatratze im Wohnzimmer schlafen lassen, unter der Bedingung, dass sie am nächsten Tag unauffällig verschwand. Wie wunderbar dieser Plan aufgegangen war.

»Ich verstehe immer noch nicht, warum du nicht einfach mit Natalie redest.« Das war Gareth. Ellie hatte Red und ihm die Situation erklärt. Red hatte scharf Luft geholt und ihr einen bedeutungsvollen Blick zugeworfen, Gareth dagegen wirkte nur verwirrt. »Ihr müsst doch nur dieses Missverständnis aufklären.«

»Ein Missverständnis, das ein bisschen tiefer reicht«, erklärte ihm Red. »Das ist ein Frauen-Ding, das du nicht verstehen würdest.«

»Ich verstehe Frauen ziemlich gut. Ich verstehe, dass ihr beide stur seid«, sagte Gareth. »Du magst sie. Und ich bin mir ziemlich sicher, dass sie dich auch noch mag, auch wenn sie gerade sauer auf dich ist. Das Recht hat sie auch. Du warst in einer Beziehung mit einer anderen Frau und das könnte noch nicht vorbei sein. Also musst du sie nur allein erwischen, darauf achten, dass Grace nicht in der Nähe ist, und dich Natalie zu Füßen werfen. Wörtlich oder im übertragenen Sinn. Das kannst du selbst entscheiden.« Er kratzte sich am Kinn. »Mit beidem gleichzeitig wärst du ziemlich schwer zu ignorieren.«

»Er hat ein bisschen zu viel *Game of Thrones* gesehen, ignorier seine dramatische Ader.« Red lehnte sich nach vorne und gab ihrem Mann einen Kuss auf die Wange. »Aber du könntest es zumindest versuchen.«

Ellie sparte sich eine Erwiderung und bückte sich, um das Tischtuch ihrer Auslage zu fixieren. Der Marktplatz wirkte mit den vielen Wimpeln und Lampions, die überall aufgehängt worden waren, sehr sommerlich und die Standbetreiber so gut wie bereit für den Start um sechs Uhr. Natalie hatte einen Feuerschlucker als Unterhaltungselement zur Eröffnung gebucht, der auftreten würde, bevor die Bands zu spielen begannen. Darauf hatte Ellie sich wirklich gefreut. Jetzt nicht mehr.

»Oh, hi. Keith, nicht wahr?«

Ellie schaute sich um, mit wem Red da sprach. Und schluckte hart, als sie erkannte, dass tatsächlich *dieser* Keith vor ihnen stand. Mit seinem Erscheinen hatte sie nicht gerechnet.

»Hi«, sagte sie gezwungen.

»Hi.« Er lächelte ein wenig zögerlich.

Red nahm Gareth taktvoll beiseite, damit sie sich allein unterhalten konnten.

»Fast fertig?«

Ellie nickte. »Ich habe meinen Eisportionierer, es kann also losgehen.« Sie schwieg einen Moment. »Aber ich gehe mal davon aus, dass Sie nicht wegen Eis hier sind.«

Er schüttelte den Kopf. »Nein. Wegen Natalie.«

Panik machte sich in Ellie breit. »Geht es ihr gut? Ist ihr irgendwas passiert?«

»Nein, alles in Ordnung. Na ja, körperlich. Aber sie hat ein bisschen Liebeskummer, deswegen bin ich hier.« Er warf einen kurzen Blick über die Schulter hinter sich. »Ich mach's kurz, weil sie gerade eine Runde dreht und ich nicht will, dass sie uns miteinander reden sieht. Ich bin ihr Vater, also muss ich auf ihrer Seite stehen. Das gehört sich so.«

Ellie brach das Herz noch ein bisschen mehr. »Ich habe sie nicht gesehen, seit wir vor einer Stunde mit dem Aufbau begonnen haben. Ich glaube, sei meidet diese Ecke.«

»Überrascht mich nicht.« Keith räusperte sich und sah sich noch einmal um, bevor er fortfuhr. »Sie hat mir erzählt, dass Ihre Ex-Freundin aufgetaucht ist. Dass Sie zurück nach London ziehen.«

Ellies Magen krampfte sich zusammen. Sie schüttelte nachdrücklich den Kopf. »Tue ich nicht«, erklärte sie betont langsam. »Das habe ich ihr auch gesagt.«

Keith schaute sie auffordernd an. »Das hatte ich gehofft, weil das für mich auch überhaupt keinen Sinn ergeben hat. Aber das ist Natalie schon mal passiert. Sie braucht die Gewissheit, dass Sie hierbleiben und eine Beziehung mit ihr führen wollen.«

»Das will ich. Aber ich glaube, dass Grace' Auftauchen meine Absichten ein bisschen untergraben hat.«

»Ein bisschen, ja … Eins muss ich noch wissen. Möchten Sie wieder mit Natalie zusammenkommen?«

»Mehr als alles andere.«

»Und mit Ihrer Ex läuft nichts mehr?«

Ellie schüttelte den Kopf. »Sie will nur, was sie nicht haben kann, das ist alles. Je mehr ich es ihr entziehe, desto krasser wird ihre Reaktion. So eine Art Mensch ist sie. Aber jetzt ist sie weg und wenn es nach mir geht, bleibt das auch so.«

»Okay. Dann gibt es noch Hoffnung für Sie und Natalie. Sie will es nur nicht zugeben, weil sie genauso stur ist wie ich.«

Ellie nickte. Keith wusste mich Sicherheit, was Sehnsucht bedeutete, sei es nun versteckte oder offensichtliche. Hatte Natalie schon mit ihm geredet? Oder er mit ihr? Sie wirkten inzwischen viel vertrauter miteinander als zuvor, also möglicherweise ja. Ellie hoffte es sehr. Selbst wenn nichts aus ihr und Natalie wurde, wünschte sie sich, dass Nat die Beziehung mit ihrem Vater kittete. Das war wichtig. Der Wegzug ihrer eigenen Eltern hatten ein Loch in ihrem Leben hinterlassen, mit dem sie umzugehen gelernt hatte, aber niemand sollte das durchmachen müssen.

»Ich habe einen Plan. Ich werde in ungefähr einer halben Stunde meine Brille abnehmen und Natalie bitten, sie mir aus meinem Haus zu holen. Ich helfe in ihrem Laden aus und sie weiß, dass ich die Brille später noch brauche, und auch, wo ich sie zu Hause immer hinlege, also kann nur Nat sie mir holen. Nur dass die Brille in meiner Tasche ist. Es dient als Vorwand, sie zu meinem Cottage zu locken, wo Sie auf sie warten werden. Alles Weitere liegt dann bei Ihnen. Mehr kann ich Ihnen nicht helfen.«

Er überreichte ihr einen Schlüssel und eine Visitenkarte. »Der ist für die Eingangstür und auf der Karte steht meine Adresse. Eine Alarmanlage gibt es nicht, warten Sie einfach im Wohnzimmer. Aber verstecken Sie sich bitte nicht, sonst bekommt Natalie am Ende noch einen Herzinfarkt. Ich will nicht, dass sie vor Schreck in Ohnmacht fällt.«

Ellie nahm den Schlüssel entgegen und schloss fest die Hand darum. »Ich habe Angst, dass sie mir nicht zuhört. Sie war vorhin ziemlich eindeutig.«

»Wollen Sie sie zurück?« Sein Blick brannte sich in ihre Seele. Den gleichen hatte seine Tochter auch.

»Definitiv, mit absoluter Sicherheit.«

»Dann ist es den Versuch wert, oder?«

Ellie nickte. Wenn er es so ausdrückte, war die Antwort natürlich ja. »Sie haben recht. Ich liebe sie. Das sollte ich ihr klarmachen, oder?«

Keith lachte. »Vielleicht sollte Sie das lieber ihr als ihrem Vater sagen.«

Sie lächelten sich an und es fühlte sich gut an, einen Verbündeten gefunden zu haben.

»Ich möchte Natalie glücklich sehen und ich denke, dass Sie einen wesentlichen Anteil an ihrem Glück haben werden, also unterstütze ich Sie. Ich weiß, dass es nicht leicht ist, sich anderen zu öffnen. Das habe ich bei Natalie versäumt und ihr so das Leben schwerer gemacht, als es hätte sein müssen. Ich wünschte, dass mir früher jemand geholfen hätte. Das tue ich jetzt für Sie.«

Neue Hoffnung keimte in Ellie auf. Sie bekam noch eine zweite Chance. »Vielen Dank. Wirklich.« Dann lehnte sie sich über den Tisch und umarmte ihn fest.

Kapitel 35

Natalie eilte den Gang hinunter ins Wohnzimmer. Sie konnte nicht sauer auf ihren Vater sein, immerhin half er ihr heute mit der Eröffnung. Aber mal im Ernst, wie oft hatte sie ihm schon gesagt, dass er sich seine Brille an einer Kette um den Hals hängen sollte? Der Weg hierher gab ihrem imaginären Schrittzähler noch etwas zu tun – nicht, dass das notwendig gewesen wäre. So viel, wie sie heute von A nach B gerannt war, hatte sie ihr Soll mit Sicherheit schon lange erfüllt.

Als sie ins Wohnzimmer trat, stockte ihr jedoch der Atem. Denn da stand Ellie. Hochgewachsen und wunderschön, wie immer. In Natalie rangen die unterschiedlichsten Gefühle miteinander. Gott, diese Frau war so unglaublich anziehend und Natalies Körper hatte auch keine Skrupel, ihr genau das mitzuteilen. Doch Ellie war auch verantwortlich für den Absturz, den sie in den letzten vierundzwanzig Stunden durchlebt hatte.

Von Liebe und Lust zu Schmerz und Verzweiflung. Vier Jahreszeiten in einem Tag. Alles hatte mit hoffnungsvollem Frühlingserwachen begonnen und endete in einer Eiszeit. Natalie blinzelte.

»Was tust du denn hier?« Ihr Verstand weigerte sich gerade, das zu verarbeiten. »Bist du in Dads Haus eingebrochen? Das wäre schon ein bisschen gruselig.«

Ellie hielt einen Schlüssel hoch. »Hat mir dein Vater gegeben.«

»Warum?« Nein, sie verstand immer noch nicht.

»Er möchte, dass wir uns aussprechen. Er meinte, dass er selbst so viel Misskommunikation verursacht hat, dass er nicht will, dass das noch mal passiert.«

Natalie sog scharf Luft ein. »Dass mein Vater schwul ist, ist was anderes als die Tatsache, dass du mich angelogen hast.«

Ellie zog die Augenbrauen nach oben. »Er hat es dir gesagt?«

Natalie nickte. »Das wollte ich dir gestern Abend sagen. Ist irgendwie untergegangen.«

»Dann habt ihr euch ausgesprochen?«

»Ja, jetzt ist alles ein bisschen klarer. Und kann heilen.« Sie seufzte. »Das ist immerhin etwas.«

»Er hat mir gesagt, dass er dich glücklich sehen möchte.«

»Ich bin mit nicht mehr sicher, ob du ein Teil meines Glücks sein wird.« Sie biss die Zähne zusammen. Ellie konnte wohl kaum erwarten, dass Natalie sie einfach so wieder in ihr Leben ließ, als wäre nichts gewesen. Sie würde sie schon überzeugen müssen, dass sie das Risiko wert war. Im Moment standen ihre Chancen 50/50.

»Okay, das habe ich verdient.« Ellie deutete auf das Sofa, von dem aus man in den Garten schauen konnte. »Aber würdest du mir einen Moment lang zuhören? Gib mir bitte eine Chance, es dir zu erklären. Wenn du am Ende immer noch nichts von mir wissen willst, gehe ich. Aber setz dich fünf Minuten. Bitte?«

Natalie spitzte die Lippen, ging dann aber langsam zum Sofa. »Nur, weil du so nett gefragt hast.« Und weil ihre Haut überall kribbelte, nur weil sie sich mit Ellie im gleichen Raum befand. Der Teil hatte sich nicht verändert. Aber wenn sie Ellie nicht vertrauen konnte, spielte das keine Rolle. Sie musste ihr Leben leben können, ohne ständig über die Schulter zu schauen, ob sich Ellies Vergangenheit mal wieder anschlich. Konnte Ellie ihr das garantieren?

»Okay, ich sitze. Du hast fünf Minuten.«

Ellie nickte und ging ein paarmal auf und ab. Das passierte in diesem Raum in letzter Zeit ganz schön oft, schoss es Natalie durch den Kopf. Ellie holte tief Luft und rieb die Hände gegeneinander.

»Abgesehen von den letzten vierundzwanzig Stunden war ich noch nie in meinem Leben so zufrieden wie seit meinem Umzug in dieses Dorf. Seit ich das Ultimate Scoop eröffnet habe. Aber hauptsächlich, seit ich dich kennengelernt habe. In den ersten sechs Monaten in dem Cottage habe meine Entscheidung, alles und jeden von heute auf morgen hinter mir zu lassen, schon manchmal hinterfragt. 6 Monate, die ich schon längst hier hätte verbringen können. 6

Monate, die ich schon mit dir hätte verbringen können. Aber ich denke, dass alles aus einem bestimmten Grund passiert. Und ich musste die Geister meiner Vergangenheit austreiben, bevor ich einen Neuanfang wagen konnte. Mitten auf der grünen Wiese, umgeben von Schafen und sonst nichts, konnte ich das.«

Sie machte eine kurze Pause und musterte Natalie. Diese war noch damit beschäftigt, die Worte zu verarbeiten. Der erste Teil blieb am stärksten hängen. Dass Ellie so glücklich wie noch nie war, seit sie sich kannten.

Das konnte sie nachvollziehen, denn bis zum gestrigen Abend war es ihr auch so gegangen.

Ellie ging wieder ein paar Schritte, hielt dann jedoch inne. »Dann bin ich ins Dorf gezogen. Und hätte dich beinahe ertränkt.« Ein kleines Lächeln huschte über Ellies Gesicht. »Und obwohl ich dich zugeparkt habe und schlecht beim Pubquiz bin, warst du so nett zu mir. Du hast mir mit meinem Laden geholfen, zu mir selbst zu stehen, und dann hast du mich geküsst. Das hat alles verändert, Natalie. Du musst mir glauben. Ich musste zurück nach London, um die Wohnung auszuräumen und sie für den Verkauf vorzubereiten. Der mit absoluter Sicherheit stattfinden wird. Ich will mich hier niederlassen und endlich Wurzeln schlagen, an einem Ort, wo der Boden fruchtbar ist, und ich eine Chance habe, zu leben und zu gedeihen.«

Langsam kam Ellie auf sie zu – und ließ sich dann auf ein Knie sinken. Natalies Puls schoss in die Höhe. Was zum Teufel? Wollte sie ihr einen Antrag machen?

Ellie beobachtete ihre Reaktion und sprang sofort mit einem Kopfschütteln wieder auf. »O scheiße, keine Panik, ich will dir keinen Heiratsantrag machen. Das war nur was, das Gareth gesagt hat.«

Natalie runzelte die Stirn und lachte dann befreit auf. »Was hat er gesagt?«

»Dass ich mich dir zu Füßen werfen und um Vergebung betteln soll. Das wollte ich gerade machen, aber dann habe ich deinen Gesichtsausdruck gesehen.«

Nat fasst sich an die Brust, in der ihr Herz noch immer wie wild hämmerte. »Ich meine, auch wenn wir uns wieder versöhnen, würde ich dich nicht heute heiraten wollen. Das wäre wohl ein bisschen zu viel des Guten. Nur, dass wir uns da verstehen.«

Ellie setzte sich lächelnd neben Natalie und griff nach ihren Händen. »Glasklar. Keine Heiratsanträge. Ich setze mich, damit ich nicht in Versuchung komme, wieder auf die Knie zu gehen.« Sie atmete tief durch. »Ich habe mich mit deinem Vater unterhalten und ihm erzählt, dass ich keine Ahnung hatte, dass Grace herkommt. Sie hat von selbst herausgefunden, wo ich wohne, und ist einfach hier aufgetaucht. Und ja, ich hätte sie nicht in meinem Wohnzimmer schlafen lassen sollen, aber sie hat es in allen Pubs versucht und die waren wegen des Festivals ausgebucht.«

In Natalies Wange zuckte ein Muskel und sie zog ihre Hand weg. Der Beinahe-Antrag hatte sie Grace für einen Moment vergessen lassen. »Aber du hast gesagt, dass ihr Schluss gemacht habt. Dir muss doch klar sein, wie das aussieht.«

»Natürlich. Aber wir sind fertig miteinander. Das waren wir schon vor langer Zeit. Grace schätzt es nur nicht besonders, wenn sie ihren Willen nicht bekommt. Wenn ich zugestimmt und mit ihr gegangen wäre, wäre sie sofort abgehauen.« Sie schaute Natalie fest in die Augen. »Ich will dich und ich hoffe, dass dir das meine Worte und Taten in den letzten Monaten bewiesen haben. Mir tut leid, was gestern passiert ist, aber das alles ist außer Kontrolle geraten. Ich hätte mich viel früher um meine Wohnung kümmern sollen. Ich hätte Grace früher aus meinem Leben werfen müssen, insbesondere seit wir zusammen sind. Irgendwie habe ich wohl gehofft, dass sie einfach verschwindet. Das war ein Fehler und es tut mir wirklich leid.«

Natalie klammerte sich an die Ehrlichkeit in Ellies Tonfall und ihren Augen. Es war alles da: Offenheit, Verletzlichkeit, Aufrichtigkeit. Sie wollte Ellie glauben. Sie so nah bei sich zu haben, machte Nat das Atmen schwer und sie sog Ellies Duft tief ein, bevor sie den Blick auf ihre Lippen senkte. Die verlockten sie wie immer.

»Ist Grace weg?«

Ellie nickte. »Ja. Zumindest hat sie mir eine entsprechende Nachricht geschickt. Aber selbst wenn sie noch einmal auftauchen sollte, ändert das nichts. Ich habe mich für dich entschieden. Und für alles, was damit zu tun hat. Inklusive deinem schwulen Vater.«

Das brachte Natalie zum Lächeln. »Mein schwuler Vater. Das ist etwas, woran ich mich noch gewöhnen muss. Er bringt seinen Freund mit zum Festival, hat er dir das erzählt?«

Ellie riss die Augen auf. »Er hat einen Freund? Wow, das ging schnell.«

»Bei dem hat er sich diese Woche versteckt. Scheint, als hätte die Hill-Familie gerade eine Glückssträhne in Sachen Liebe.«

»Das hoffe ich.« Ellie hob Natalie Finger an die Lippen und küsste sie. »Ich denke, meine fünf Minuten sind um. War das genug, um dich zu überzeugen?«

»Du fährst so bald nicht mehr nach London?«

»Erst wenn meine Wohnung zum Verkauf steht – was sie tut, sobald der Makler den Hintern hochbekommt – und er einen neuen Eigentümer gefunden hat. Dann suche ich mir hier was mit Garten. Vielleicht schaffe ich mir sogar einen Hund an, wer weiß?« Sie lächelte. »Aber die Wurzeln, die ich gerne schlagen würde? Die beinhalten auch dich. Jede Einzelne davon. Wenn ich mir meine Zukunft hier vorstelle, bist du darin. Tatsächlich bist du sogar der wichtigste Teil davon.« Sie räusperte sich und drückte Natalies Hand noch einmal. »Was ich damit sagen will: Ich habe mich in dich verliebt, Natalie. Ich liebe dich, seit ich dich in den Fluss geschubst habe.«

Das war das letzte Puzzlestück, das noch gefehlt hatte. Keine andere Frau hatte ihr je mit so viel Überzeugung ihre Liebe gestanden. Natalies Atem stockte. Ellie hatte nur einen Versuch gehabt und direkt einen Volltreffer gelandet. Noch immer schaute sie Natalie mit so viel Offenheit an, aber da war auch ein bisschen Angst.

Nun hatte Natalie die Zügel in der Hand. Ellie hatte sich von ihrer verletzlichen Seite gezeigt, hatte nichts zurückgehalten. Darauf musste Nat reagieren und ablehnen stand außer Frage. Also lächelte sie.

»Ich glaube, ich habe ein bisschen länger gebraucht, um mich in dich zu verlieben.«

Bevor sie an sich zweifeln konnte, lehnte sie sich zu Ellie und gab ihr einen Kuss auf den Mund. Ihre Lippen schmeckten noch süßer als beim ersten Mal, wenn das überhaupt möglich war. Sie hatte nie aufgehört, von ihnen zu träumen, und bekam immer noch weiche Knie, weil es sich so richtig anfühlte. Ellie zu küssen war so wundervoll und sie wollte es wieder und wieder tun. Das ging nur, wenn sie ihre Entschuldigung annahm und sie wieder in ihr Leben ließ. Ellie hatte ihr gesagt, dass sie sie liebte – und dieses Mal glaubte Natalie ihr. Das war genug, um ihren Schutzwall zu senken.

Dann wurde sie aller klaren Gedanken beraubt, als Ellies Zunge sich in ihren Mund vorwagte. Sie ließ sich tiefer in den Kuss sinken.

Lange Moment später lösten sie sich wieder voneinander und Natalie rang keuchend nach Luft.

Ellie streichelte ihr mit dem Zeigefinger über die Wange, bevor sie ihr noch einen Kussauf den Mund drückte. »Heißt das, dass du mir verzeihst?«

»Ich denke schon«, erwiderte Natalie. »Aber du bist noch auf Bewährung.«

»Verstanden. Lass mich wissen, wenn du mir Handschellen anlegen musst.«

Hitze durchflutete Natalie und sie grinste. Das Gefühl war zurück. Das Ellie-Gefühl. Das, das sie umfing wie Sonnenschein. Wie frisch gewaschene, flauschige Handtücher. Sie hatte es vermisst.

»Dann hast du dich wirklich auch in mich verliebt?« Ellie strahlte übers ganze Gesicht.

Natalie schenkte ihr ein selbstsicheres Lächeln. »Ja, obwohl ich es eigentlich nicht wollte. Private Ginverkostungen bekommt bei mir nicht jeder, auch wenn ich Jenna vorhin was anderes erzählt habe.«

Ellie schlug sich eine Hand vors Gesicht. »O Gott, können wir diese furchtbare halbe Stunde bitte vergessen?« Sie linste grinsend zwischen ihren Fingern hindurch. »Apropos … Musst du nicht ein Festival eröffnen?«

Natalie schnitt eine Grimasse und sprang auf. »Ja, aber wenigstens hat mich das eben ein paar Minuten lang von der Tatsache abgelenkt, dass ich gleich auf eine Bühne muss.« Auch Ellie erhob sich. »Mein Dad wollte mir helfen, aber irgendwie fühlt sich das jetzt komisch an. Er kann das Ganze ja einleiten, aber denkst du, dass wir noch genug Zeit zum üben haben für das, was wir sagen wollten?«

Ellie nickte nachdrücklich. »Ganz sicher. Wir schaffen das zusammen.« Sie gab Natalie noch einen Kuss. »Und übrigens freut es mich, dass du trotz allem dein Power-Outfit angezogen hast.«

Natalie zupfte an ihrem hellgrünen Kragen. »Manche Dinge sind nicht verhandelbar. Und wie sich herausgestellt hat, gehörst du auch dazu.«

»Da bin ich ja froh.« Ellie reichte ihr eine Hand und deutete mit dem Kopf in Richtung Tür. »Bereit, das zusammen zu rocken?«

Natalie nahm ihre Hand an. »So bereit, wie ich nur sein kann.«

Kapitel 36

Ellie hielt Natalies Hand weiterhin fest umfasst, als sie auf den Marktplatz zusteuerten, auf dem sich inzwischen eine große Menschenmenge tummelte. Sie warf ihrer Freundin einen Seitenblick zu und fragte stumm, ob es für sie in Ordnung war, ihre Zusammengehörigkeit so offen zu zeigen. Natalie nickte beinahe sofort, was in Ellie ein warmes Glühen auslöste. Sie musste noch einiges wiedergutmachen, das wusste sie. Doch sie hoffte, dass Natalie ihre Worte verinnerlicht hatte. An allem anderen konnten sie arbeiten. Für den Moment reichte es Ellie, Natalie an ihrer Seite zu haben und ihre Hand zu halten.

Ellie schlängelte sich durch das Gedränge vor der kleinen Bühne. Natalie hatte die Notizen auf ihrem Smartphone dabei und die letzten fünfzehn Minuten hatten sie damit verbracht, alles noch mal durchzugehen. Sie waren so gut vorbereitet, wie es eben ging. Wenn man dem Tag etwas Positives abgewinnen wollte, dann die Tatsache, dass Natalie keine Zeit gehabt hatte, sich gedanklich an ihrem Bühnenauftritt festzubeißen. Dass ihr Leben den Bach runterging, war dringlicher gewesen. Allerdings würde Ellie wohl ihre Hand verlieren, wenn Nat noch fester zudrückte.

»Es ist alles gut. Wir schaffen das«, flüsterte Ellie ihr ins Ohr. »Du musst einfach nur ehrlich aussprechen, was du denkst. Und wenn du irgendwo ins Stocken gerätst, springe ich ein. Ich passe auf dich auf.« Ellie würde allerdings nicht unbedingt ihre Gedanken aussprechen, weil in ihr immer noch ein wahres Gefühlschaos tobte.

Natalie nickte nervös und atmete dann tief durch. Sie kamen am Gin-Stand vorbei, an dem Mitarbeiter, die Ellie noch nicht kannte, Drinks ausschenkten. Natalie blieb einen Moment stehen und es war offensichtlich, wie beliebt sie bei den Angestellten war. Ellie konnte das gut verstehen.

Sie kämpften sich zu Keith durch, der sich mit einem Mann unterhielt, den Ellie noch nie gesehen hatte. Er war groß, hatte silbergraue Haare und sein Gesicht zierte ein breites, offenes Lächeln.

Natalie ließ Ellies Hand los.

Ellie zog die Augenbrauen zusammen.

Natalie räusperte sich und richtete ihren Blazer.

Als Ellie sich wieder zu Keith umwandte, wirkte dieser ebenso unsicher und war knallrot angelaufen. Da ging ihr ein Licht auf.

Keith fing ihren Blick auf. »Alles in Ordnung?«, formte er mit den Lippen.

Ellie umarmte ihn fest und brachte die Lippen nah an sein Ohr. Ja, das war deutlich persönlicher, als sie zuvor miteinander umgegangen waren, aber der Tag schrie quasi nach dramatischen Handlungen und Gefühlen.

»Alles gut«, flüsterte sie. »Dank dir.« Sie ließ ihn wieder los und schenkte ihm ein aufmunterndes Lächeln. Nun war Keith an der Reihe.

Er schob seine Brille höher auf die Nase.

»Dann hast du deine Brille also gefunden?«, fragte Natalie mir hochgezogener Augenbraue.

»Ja. Hast du auch gefunden, wonach du gesucht hast?«

Natalie sah ihm in die Augen, bevor sie Ellie einen kurzen Seitenblick zuwarf. »Ja. Vielen Dank.« Sie griff nach seiner Hand und drückte sie sanft.

Keith räusperte ich. »Natalie, Ellie …« Er deutete auf den Mann an seiner Seite. »Das ist Jonathan. Jonathan, das ist meine Tochter Natalie und ihre Partnerin Ellie.«

Ellie schaute zu Natalie, um abzuschätzen, wie sie Keiths Aussage über ihre Beziehung aufnahm. In ihrem Bauch war gerade Wärme explodiert. Sie war Natalies Partnerin. Daran konnte sie sich glatt gewöhnen. Und wenn sie Nats strahlendes Lächeln richtig deutete, war sie ebenso zufrieden damit.

»Schön, dich kennenzulernen.« Natalie schüttelte Jonathan herzlich die Hand.

»Ebenso«, antwortete er. »Dein Dad hat mir viel von dir erzählt. Darf ich euch einen Gin ausgeben? Ich habe gehört, dass der von der örtlichen Brennerei ziemlich gut schmeckt.« Er lächelte wissend und Ellie hätte schwören können, dass er sich ein bisschen darüber amüsierte.

Kluger Schachzug, Jonathan. Sehr kluger Schachzug.

Natalie schüttelte den Kopf. »Vielleicht später. Ich muss gleich das Festival eröffnen … Ach, Dad?«

»Ja?«

»Wir würden uns sehr freuen, wenn du mit auf die Bühne kommst und ein paar Worte sagst. Wir brauchen dafür wirklich einen Hill Senior. Aber dann übernehmen Ellie und ich, wenn das okay ist?«

Keith stutzte kurz, nickte dann aber. »Natürlich. Das ist dein Festival. Tu, was immer du möchtest.«

»Wunderbar.« Natalie legte ihrem Vater eine Hand auf den Arm, bevor sie Ellie weiterzog. Gerade wollte sie etwas sagen, als sie Ethan und Jen über den Weg liefen.

»Hey, Natalie, Ellie«, begrüßte Ethan sie. »Macht ihr die Eröffnung?«

Natalie griff nach Ellies Hand. »Ja.«

Mutig. Soweit Ellie wusste, hatte es sich noch nicht im Dorf rumgesprochen, dass sie ein Paar waren. Ellie schluckte und wartete auf Ethans Reaktion. Aus irgendeinem Grund war sie wichtig. Trotz allem hatten Natalie und Ethan eine gemeinsame Vergangenheit, sie verband etwas. Was sie voneinander dachten, war beiden wichtig.

Ethan zögerte jedoch keine Sekunde, sondern lächelte breit. »Schön für dich. Ich weiß ja, wie sehr du Reden vor Publikum hasst. Aber mit Ellie an deiner Seite wirst du es sicher toll meistern.«

Als sie schließlich auf der Bühne standen und und Keith Applaus für seine kleine Einleitung zum ersten Upper Chewford Sommerfestival kassiert hatte, ließ Ellie den Blick über das Meer von Gesichtern schweifen. Es waren sicher ein paar Hundert Leute zusammengekommen, was unglaublich war. Einige von ihnen kannte sie gut, andere weniger. Barry vom Fish-and-Chips-Imbiss, Jodie und Craig. Red und Gareth standen hinter ihrem Schokoladenstand. Helen, die Professorin, Josie und Harry, das andere lesbische Paar des Dorfs, und schließlich Keith und Jonathan, die sich mitten im Gedränge schüchtern anlächelten. Der Anblick der vertrauten Menschen löste eine Flut an Gefühlen in ihr aus. Sie liebte sie alle, aber am meisten liebte sie die Frau, die neben ihr auf der Bühne stand. Sie hatten einen Leitfaden für ihre Ankündigungen, aber Ellie wusste schon jetzt, dass sie sich nicht daran halten würde.

Bevor sie jedoch etwas sagen konnte, schnappte Natalie sich das Mikrofon. Angesichts von Natalies Bühnenangst war das unerwartet.

»Hallo, Upper Chewford!«

Die Menge johlte. Natalie suchte Ellies Blick, ihre Brust hob und senkte sich schnell.

Ellie nickte ihr zu. »Du kannst das.«

Natalie räusperte sich. »Ich …«, setzte sie an, verstummte dann jedoch wieder.

Ellies Herz raste. Sie konnte nicht zulassen, dass Natalie auf der Bühne versagte. Nicht heute Abend. Gerade wollte sie nach dem Mikrofon greifen und Natalie retten, als diese den Kopf schüttelte und tief durchatmete. Und noch einmal. Sie schaute das Mikrofon streng an und hob es dann wieder an die Lippen.

»Willkommen zu unserem ersten Sommerfestival. Mein Name ist Natalie Hill und ich hatte die Ehre, diese fantastische Veranstaltung zusammen mit meinem großartigen Komitee zu organisieren.«

Jubel vom Publikum und Ellie ging das Herz auf. Natalie schien selbst kaum fassen zu können, was sie da gerade getan hatte. Dann überwog jedoch offenbar der Triumph. Natalie schien die Stimmung der Menschen tatsächlich einen Moment lang zu genießen, bevor sie fortfuhr.

»Diejenigen von euch, die mich kennen, wissen, wie sehr ich Reden vor Publikum hasse.« Sie räusperte sich erneut und suchte sich einen sichereren Stand. Ihre Hand zitterte, aber sie biss sich durch. »Wobei *hassen* ein zu schwaches Wort ist. Ich habe Todesangst davor. Dank einiger wundervoller Freunde und meiner Familie stehe ich nun aber hier vor euch und überwinde diese Angst in mehr als nur einer Hinsicht.« Sie schaute wieder zu Ellie und griff nach ihrer Hand.

»Gut gemacht, Nat!«

Ellie ließ den Blick über die Gesichter schweifen, bis sie Fi entdeckte, von der der Kommentar stammte. Sie hatte sich bereits zwei Finger in den Mund gesteckt und wartete nur darauf, Natalie zuzupfeifen. Und schon ertönte der schrille Laut.

Natalie lächelte und Ellie drückte ihre Hand. »Du schaffst das«, flüsterte sie.

Natalie holte tief Luft. »Vor allem die Frau neben mir hat mir geholfen, an meiner Angst zu arbeiten und meine Nerven zu beruhigen. Das ganze, verdammte Dorf hat jahrelang darauf gewartet, dass ich diese Frau finde. Meine Freundin, Ellie Knap.«

Lauter Jubel aus der Menge und als Ellie genauer hinschaute, sah sie, dass Keith und Ethan die Arme in die Luft gereckt hatten und lauter und länger klatschten als alle anderen. So viel Unterstützung zu bekommen, fühlte sich unglaublich gut an. Und durch ihre Verbindung zu Natalie, galt diese nun auch ihr.

Hatte sie die richtige Entscheidung getroffen, hierher zu ziehen? Aber so was von.

»Genießt das Festival, es gibt Musik, Essen, Getränke und viel gute Laune. Lasst uns das beste Fest aller Zeiten feiern!« Natalie reichte das Mikrofon mit roten Wangen an Ellie weiter.

Nun war es an Ellie, sich zu räuspern. »Ich mache es kurz, weil ihr heute Abend noch mehr von uns sehen und hören werdet. Wenn die Grills nachher für euch angeschmissen wurden, startet auch die Livemusik mit den Cauliflowers, einer großartigen Folkband.« Ein kurzer Blick zu Natalie, dann schaute Ellie jedoch zu einem weiter entfernten Punkt, wo sie nichts und niemanden sah, den sie kannte. Sonst hätten sie die Emotionen wohl überwältigt.

»Ich bin Ellie, die Betreiberin der Eisdiele und außerdem Partnerin dieser eloquenten Frau, dem Schatz des Dorfs, Natalie Hill.« Noch einmal ließ sie das Gesichtermeer auf sich wirken. »Ich bin vor ein paar Monaten nach Upper Chewford gezogen und habe damals immer noch unter meinem Londoner Leben gelitten. Doch dieser Ort ist einfach wundervoll. Das ganze Dorf hat mich und meine Familie unter seine Fittiche genommen. Ihr habt die *Chocolate Box* und das Ultimate Scoop als Kunden unterstützt und dafür bin ich sehr dankbar. Also: vielen Dank!« Mehr Jubel.

»Aber darüber hinaus habt ihr mir auch das Gefühl gegeben, anzukommen und gemocht zu werden. Ihr habt mir gezeigt, wie wichtig Gemeinschaft und Freunde sind. Dafür danke ich euch allen. Jedem Einzelnen, der mich gefragt hat, wie es mir geht oder mir den Tag mit einem Lächeln versüßt hat. Das Ganze ist mehr als die Summe seiner Teile. Ich hoffe, das wisst ihr. Alles zusammen macht es zu einem Ort, an dem man glücklich leben kann. Wo es noch eine echte Gemeinschaft gibt. Ein Ort, an dem ich jeden Tag aufstehe und mich auf das freue, was mich erwartet.« Sie drückte einen Kuss auf Natalies Hand. »Mein besonderer Dank gilt dieser Frau, die den Geist des Dorfs verkörpert. Danke, dass du mich immer unterstützt und an mich geglaubt hast, selbst wenn einiges dagegen sprach. Danke, dass du so bist, wie du bist. Dafür, dass man sich so leicht in dich verlieben kann, genauso wie in das Dorf.«

Ellie ließ das Mikrofon sinken und die Menge johlte. Irgendwer rief: »Nehmt euch ein Zimmer!«

Vielleicht sollten sie das. Vielleicht hatte sie übertrieben. Aber das war ihr egal. In diesem Augenblick, in dem sie auf das Dorf und zu Natalie schaute, konnte sie sich an keinen Moment in ihrem Leben erinnern, der auch nur annähernd so perfekt gewesen war. Außerdem kamen in Filmen und Serien ständig Männer vor, die beim großen Finale eine Frau in die Arme nahmen und sie küssten, warum sollte sie das also nicht tun?

Bevor sie irgendwelche Bedenken über gesellschaftliche Normen sie daran hinderten, schlang sie einen Arm um Natalie und küsste sie zärtlich. Dann beugte sie sich nach hinten und vertieften den Kuss, wie es Tausende Hollywoodfilme in der Vergangenheit bereits vorgemacht hatten.

Als sie schließlich Luft holen mussten und sich wieder aufrichteten, entdeckte Ellie Red im Publikum, die sie breit angrinste und die Daumen nach oben reckte. Das Johlen der Menge war ohrenbetäubend. So mutig war Ellie noch nie zuvor gewesen und sie wusste gar nicht, was in sie gefahren war. Vielleicht wollte sie Natalie zeigen, dass man keine Angst vor der Bühne haben musste. Oder vor Küssen in der Öffentlichkeit.

Als sie schließlich die Stufen nach unten stiegen, war die Journalistin Jenna eine der Ersten, die sie abfing. Wenn sie über die veränderte Stimmung zwischen Ellie und Natalie wunderte, ließ sie es sich zumindest nicht anmerken.

»Das war mal eine außergewöhnliche Rede.«

Ellie stieg Hitze in die Wangen. »Danke. Ist einfach so passiert.«

»Das hat man gemerkt. Und das sind immer die besten. Es hat zusammengefasst, was sie vorher über ihre Unternehmen erzählt haben und wie sie einander unterstützen. Mir war vorher aber tatsächlich nicht klar, dass Sie beide auch ein Paar sind.«

Das wunderte Ellie nun wiederum nicht.

»Ich beziehe das aber sehr gerne in den Artikel mit ein, das gibt dem ganzen noch mal einen anderen Blickwinkel. Der Fokus wird jedoch weiter darauf liegen, wie das Dorf Ihr Leben und ihre Perspektive auf die Welt verändert hat. Dass Sie dabei auch noch eine Freundin abgestaubt haben, ist die Kirsche auf der Torte … Steht unser Treffen um acht im Pub noch? Nach dieser Rede gebe ich Ihnen beiden gerne einen aus.« Nachdem Ellie und Natalie das bestätigt hatten, lehnte Jenna sich ein wenig nach vorne. »Die Familie muss zusammenhalten.« Sie zwinkert ihnen zu. »Bis nachher.« Damit stürzte Jenna sich wieder ins Getümmel.

Ellie wartete, bis sie sich sicher war, dass Jenna sich außer Hörweite befand. »Sie ist eine von uns. Das hätte ich nun nicht erwartet.«

»Und wir werden auf einen Drink eingeladen, weil wir Lesben sind. Solche Vorteile sollte man mehr bewerben. Vielleicht nehmen sich dann mehr Leute ein Beispiel an uns.«

Sie schlenderte über den Platz und nahmen hin und wieder Glückwünsche entgegen.

»Fühlt es sich so an, wenn man heiratet?«, fragte Natalie, nachdem ihnen schon wieder ein Dorfbewohner die Hand hatte schütteln wollen.

»Ich glaube, dass das noch mal eine Nummer größer ist. Das ganze Dorf hat darauf gewartet, dass du jemanden findest, der dich glücklich macht. Jetzt werden sie mich alle mit Argusaugen beobachten. Wenn ich mich daneben benehme, werde ich wahrscheinlich auf dem Marktplatz an den Pranger gestellt.«

»Dann solltest du dich wohl besser nicht daneben benehmen.«

Ellie schenkte ihr ein Grinsen. »Ich werde beim Bestes dafür tun.« Sie drückte Natalies Hand. »Warte nur, bis der Artikel rauskommt. Das wird uns ganz schön viel Aufmerksamkeit einbringen. Die Leute werden bei uns einkaufen und uns angaffen. Bisher dachte ich immer, dass Liebe nur Stoff für Filme und Bücher darstellt, aber nicht fürs wahre Leben. Da hatte ich wohl recht: Ein Artikel in einem Hochglanzmagazin und zack, ist man verliebt.«

»Dafür sollten wir also deiner Schwester danken.«

»Lieber nicht. Wenn sie das rausfindet, wird sie unausstehlich sein.« Ellie blieb neben der Wünschetruhe stehen, in die sie vor Wochen in Natalies Laden ihre Karten geworfen hatten. Ellie deutete mit dem Kopf darauf. »Deine Wünschetruhe wird ganz schön frequentiert.« Mindestens die Hälfte der Karten war bereits weg. »Was hattest du dir gewünscht?«

Natalie sah zu ihr auf, schüttelte aber den Kopf. »Wenn man es jemandem erzählt, wird es nicht wahr … Aber ich glaube, die Truhe könnte tatsächlich magische Eigenschaften besitzen.«

Ellie zog eine Augenbraue nach oben. »Interessant. Hast du dir gewünscht, eine große, geheimnisvolle Frau mit exzellentem Modegeschmack kennenzulernen und dich in sie zu verlieben?«

»Scheint, als hätte das Universum meinen Wunsch ignoriert und stattdessen dich zu mir geschickt.« Sie grinste und stellte sich dann auf die Zehenspitzen, um Ellie zu küssen.

Ellie war ein bisschen schwindelig, als Natalie sich wieder von ihr löste. Was sie vorhin gesagt hatte, war ihr voller Ernst gewesen. Doch jetzt wollte sie Natalie auch zeigen, was sie für sie empfand.

Das würde jedoch warten müssen. Sie hatten ein Festival am Laufen zu halten und sich bei einer Journalistin beliebt zu machen.

»Ich habe mir gewünscht, eine sexy Einheimische kennenzulernen und sie später zu vögeln. Ich hoffe, dass du dafür zur Verfügung stehst«, raunte sie Natalie verführerisch ins Ohr.

Natalie grinste sie selbstsicher an. »Dabei kann ich definitiv behilflich sein.

Kapitel 37

Ellie öffnete die Tür zur Eisdiele und schloss sie dann mit einer übertriebenen Geste hinter ihnen wieder ab. Das war auch nötig, da scheinbar das ganze Dorf es sich zur Aufgabe gemacht hatte, Meinungen zu Natalies und Ellies Beziehung kundzutun.

»Geht von hier aus eine Treppe nach oben in deine Wohnung?« Die gab es in Natalies Laden nicht und sie war sich ziemlich sicher, dass es bei Ellie ebenso war.

Ellie schüttelte den Kopf. »Nein, aber ich will dir was zeigen.« Sie umrundete mit Nat im Schlepptau die Theke und stieß sich prompt die Hüfte an einer Ecke. »Autsch! Wow, ich gehe hier jeden Tag vorbei, doch das passiert mir nur selten.«

Natalie grinste. »Zu viel Gin im Pub. Wer hätte gedacht, dass ich das mal zu dir sage.«

»Er hat sogar ziemlich gut geschmeckt. Ist alles Jennas Schuld. Sie musste ja unbedingt ihre Firmenkreditkarte nutzen.« Sie schob Natalie nach unten, hinter den Tresen.

Natalie schluckte.

»Dein Gesichtsausdruck ist unbezahlbar.« Ellie küsste sie auf den Mund und drängte ihr Becken gegen Nats.

In Natalie breitete sich ein wildes Kribbeln aus. Was schlug Ellie da vor? »Bist du exhibitionistisch veranlagt und hast es mir bisher verheimlicht? Das hier haben wir schon mal versucht und es ist schief gegangen. Vor dem ganzen Dorf am Festivalabend rumzumachen verschafft uns sicher eine Erwähnung im *Cotswold Chronicles*. Ich bin mir sogar sicher, dass Harry persönlich dafür sorgen würde. Hast du gesehen, wie froh sie und Josie waren, dass es nun noch ein anderes, geoutetes Lesbenpaar im Dorf gibt?«

Ellie lachte leise. »Sie haben übers ganze Gesicht gestrahlt. Wenn jetzt was Lesbisches passiert, können sie es immer auf uns schieben.« Sie küsste Natalie noch einmal. »Und jetzt lass mich dir zeigen, wofür ich dich hergebracht habe.« Sie zog eine Augenbraue nach oben. »Ich weiß, was du denkst. Wer ist jetzt die Exhibitionistin?«

Natalie konnte ein Lächeln nicht unterdrücken. Das stimmte wohl. Wenn Ellie jetzt den Reißverschluss ihrer Jeans öffnete und hier, direkt an der Theke, eine Hand hineinschob, würde sie nicht protestieren. »Hör auf, mich so leicht zu durchschauen.«

Ellies Schlafzimmerblick verriet sie. »Ich durchschaue Menschen gern. War schon immer so.« Noch ein Kuss, dieses Mal mit Zunge.

Natalie verlor jeden Gedanken daran, wo sie sich befand, bis Ellie von ihr abließ und aufstand. »Wir machen das nicht hier«, knurrte sie.

Natalie spürte bereits die Feuchtigkeit zwischen ihren Beinen. »Spielverderberin.«

Ellie tippte ihr mit einem Finger gegen die Brust. »Bleib da.« Sie drehte sich um und öffnete einen der Gefrierschränke, um ihm einen Eiscontainer zu entnehmen. »Ich habe dich hergebracht, damit du deine Eissorte probieren kannst, bevor wir nach oben gehen.«

Natalie runzelte die Stirn. »Meine Eissorte?«

»Gebutterter Popcorn & Gebranntes Karamell. Dein Vorschlag hat die meisten Stimmen bekommen, also hast du den Wettbewerb gewonnen.«

Natalie blieb der Mund offenstehen. Sie hatte noch nie in ihrem Leben etwas gewonnen. »Unglaublich! Aber ich kann dir kein Jahresabo an Eis abluchsen. Die Leute wissen von uns, sie werden denken, dass es Schiebung war.«

»Das war mir bewusst, deswegen habe ich die Zweitplatzierte zur Gewinnerin erklärt. Der Preis geht an Jodie von Chewford Estates. Aber die Gewinnersorte konnte ich nicht ändern, weil deine mit meilenweitem Abstand vorne lag.«

»Offenbar besitze ich einen hervorragenden Geschmack.«

»Das will ich doch meinen«, antwortete Ellie. Dann löffelte sie mit einem glänzenden Teelöffel ein wenig Eis aus dem Container und bot es Natalie an.

Nat öffnete gehorsam den Mund und der Geschmack explodierte formlich auf ihrer Zunge. »O mein Gott, das ist wirklich so lecker, wie ich es mir vorgestellt habe. Vielleicht sogar noch besser. Ab wann bietest du es an?«

»Sobald mein Lieferant das Okay von mir bekommt. Sie arbeiten schon seit zwei Wochen daran. Ich denke, dass sie die Sorte sogar ins Sortiment aufnehmen werden, weil sie so beeindruckt davon waren.«

»Sieh mal einer an. Und schon stellst du die Eiswelt auf dem Kopf.« Natalie nahm Ellie den Löffel aus der Hand und bediente sich selbst. »Einfach nur perfekt … Ein bisschen wie du.« Schließlich stellte sie den Container zurück in den Gefrierschrank und griff nach Ellies Hand. »Können wir jetzt nach oben gehen?«

Ellie neigte zustimmend den Kopf. »Sicher doch.«

Ellie zog Natalie mit sich in ihre Wohnung und in ihrem Blick lag so viel Verlangen, dass Natalie nicht wegschauen konnte. Die Leidenschaft zwischen ihnen hatte sich über den ganzen Abend immer weiter aufgebaut. Sie war wirklich stolz auf sich, dass sie ihre Bühnenangst überwunden hatte, aber das verblasste neben der Erfahrung, Ellie an ihrer Seite zu haben. Noch heute Morgen hatte sie das für unmöglich gehalten. Und heute Mittag ebenso. Aber nun waren sie hier.

Ellie manövrierte sie durchs Wohnzimmer. Die Vorhänge waren geöffnet, doch da sie kein Licht angemacht hatte, konnte sie niemand von draußen sehen. Natalie konnte allerdings sehr wohl auf Upper Chewford und die letzten Festivalbesucher hinunterschauen, die gerade nach Hause gingen. Ellie griff nach ihrer Hand und gab ihr einen Kuss auf die Wange.

»Das hast du vollbracht. Das alles, Upper Chewford bekannter zu machen. Das war dein Verdienst.«

Natalie wandte sich zu ihr um, sodass ihre Lippen sich beinahe berührten. »Ich hatte Hilfe dabei. Und wurde auch ein bisschen abgelenkt, aber das war schon in Ordnung.«

»Abgelenkt, hm?« Ellie zog eine Augenbraue nach oben. Dann schob sie Natalie gegen die Wand neben dem Fenster und wiederholte, was sie gerade unten im Laden schon getan hatten.

»Ich kann dich gerne noch ein bisschen mehr ablenken, wenn du möchtest.« Damit presste Ellie ihren Mund auf Natalies, was dieser keine Möglichkeit zum Antworten ließ. Sie schwelgte einfach in dem herrlichen Gefühl, das Ellies Lippen auf ihren auslösten.

Als wüsste sie genau, wie erregt Natalie bereits war, verschwendete Ellie keine Zeit. Sie schien zu verstehen, wie sehr Natalie sie brauchte. Sie hatten seit Ellies Trip nach London keinen Sex mehr gehabt. Vier ganze Tage lang. Eine Ewigkeit, wenn man bedachte, wie kurz sie erst zusammen waren.

Als Ellie ihr in die Augen schaute, wollte Natalie am liebsten den Moment einfangen und festhalten. In Ellies Augen konnte sie alles lesen, was für sie wichtig war. Die Liebeserklärung vorhin war fantastisch gewesen, aber auch Teil einer emotionalen Achterbahn. Doch dieser Blick? Da gab es keinen Spielraum zur Interpretation. In ihm lag so viel Hunger und Mut und all das gehörte ihr. Mehr konnte sich Natalie gerade nicht wünschen.

Ein kleines Lächeln umspielte Ellies Mundwinkel, als sie Natalies Jeans mit einem Ruck nach unten schob. Dann drängte sie Nat gegen die Wand und schob ihr eine Hand in den Schritt.

Großer Gott.

Ellie brachte ihre Lippen nah an Natalies Ohr und ihr warmer Atem kitzelte sie am Ohrläppchen. »Ich kann fühlen, wie feucht du schon bist.« Ihr kurzes Innehalten steigerte das Ganze nur noch. »Nick einmal, wenn du willst, dass ich dich sofort ficke.«

Da brauchte Natalie nicht lange überlegen. Noch nie war sie sich bei etwas sicherer gewesen. Ellie machte es ihr jedoch nicht leicht. Sie ließ sich vor Nat auf die Knie sinken, die Hand weiterhin auf Natalies Scham, und knabberte an ihren Beinen.

Seit wann gehörten ihre Beine denn zu ihren erogenen Zonen? Wahrscheinlich seit Ellie sich ihnen widmete. Irgendwann erhob Ellie sich wieder und schob ein Knie zwischen Natalies Beine, um sie ein wenig auseinanderzuschieben, während sie gleichzeitig mit der Zunge in Nats Mund eindrang.

Natalie schloss die Augen und erlaubte sich, sich von Ellie verführen zu lassen. Eine große Wahl hatte sie da ohnehin nicht.

Als Ellies Zunge über ihre Unterlippe strich, tat ihr Finger das Gleiche am Bund von Natalies Slip. Nat sog scharf Luft ein und Ellies Finger wagte sich weiter vor.

Sie kniff die Augen zusammen und lehnte den Kopf nach hinten gegen die Wand. Ellie schob den Finger in sie und Natalie konnte das Stöhnen nicht mehr zurückhalten, das sich tief aus ihrem Inneren Bahn brach. Das hatte sie schon den ganzen Tag gewollt und nun erfüllte Ellie ihr den Wunsch.

Sie nahm einen zweiten Finger hinzu und schlug einen beinahe quälend langsamen Rhythmus an. Ihre Zunge kehrte zu Natalies Lippen zurück und lockte sie an Orte jenseits der Realität. Dann strichen die Lippen wieder über ihr Ohrläppchen, was Natalie nur noch mehr Lust verschaffte. Sie musste sich zusammenreißen.

»Du bist so sexy. Ich will mit dir schlafen, während du auf Chewford runterschaust. Was hältst du davon?« Sie zog ihre Hand zurück und drehte Natalie um, sodass sie mit dem Gesicht zum Fenster stand. Dann drängte sie ihre Beine von hinten auseinander.

Bevor Natalie auch nur ein Wort über die Lippen brachte, war Ellie schon wieder in ihr, eine Hand auf ihrem Hintern, während die andere ihr gab, was sie wollte. Was für ein exquisites Gefühl.

All die Jahre war Natalie ein wichtiger Teil dieser Region gewesen. Und dennoch hatte sie sich seit ihrem Coming-out immer wie eine Außenseiterin gefühlt. Man brauchte keine Partnerin, um ein echtes Mitglied der Gemeinschaft zu sein, das wusste sie. Aber es half dabei. All die anderen Frauen in ihrem Leben hatten nie verstanden, was ihr das Dorfleben bedeutete.

Ellie schon. Weil es ihr genauso ging.

Natalie klammerte sich ans Fensterbrett und ließ alle Sorgen los, währen Ellie das Tempo anzog. Sie entledigte sich der Dinge, die sie jahrelang zurückgehalten hatten. All ihre Ängste, all ihre Zweifel. Weil Ellie in ihr Leben getreten war und sie weggewischt hatte. Ellie wollte, dass sie erfolgreich und als Paar ein echter Teil der Dorfgemeinschaft waren. Sex mit Blick auf den Marktplatz zu haben, war wie eine Taufe, ein Neuanfang für sie beide. Hatte Ellie das so beabsichtigt?

Darüber konnte Natalie jetzt nicht nachdenken. In ihrem Kopf drehte sich alles und sie hatte längst aufgehört, das Karussell anhalten zu wollen. Sie spürte nur noch Ellie, in ihrem Herz und ihrer Seele. Als ihre Freundin über ihre Klitoris rieb, verstärkte Natalie den Griff um das Fensterbrett. Wenn sie fiel, konnte sie sich so zumindest an etwas festhalten.

Innerhalb von Sekunden war sie wie im Rausch, Glückseligkeit breitete sich in ihr aus und ihre Klitoris pulsierte lustvoll. Das machte Ellie mit ihr. Seit sie in Natalies Leben getreten war, war sie eine Konstante, die immer dafür sorgte, dass Natalie beendete, was sie angefangen hatte. Das Festival, die Eröffnungsrede und jetzt der gewaltigste Orgasmus ihres Lebens, der sie vom Kopf bis zu den Zehen erfüllte.

Nichts hätte sie darauf vorbereiten können. Fühlte sich so Sicherheit an? Wahrscheinlich.

Sie sank keuchend nach vorne und kam noch einmal. Ihr Becken drängte sich Ellie entgegen und Natalie schaute nach hinten. »Kann ich mich hinlegen?«

Ellie nickte und brachte sie ins Schlafzimmer, wo sie Natalie so sorgsam aufs Bett half, als würde sie die Kronjuwelen in Händen halten.

Nachdem sie sich in die Horizontale begeben hatte, stieß Nat einen lang gezogenen Seufzer aus und grinste breit. »Okay …«, meinte sie. »Das war neu.«

Ellie erwiderte das Grinsen. »Das hoffe ich doch.«

»Mich hat noch nie jemand mit Blick auf den Marktplatz gevögelt.«

»Ich bin froh, dass die anderen nicht so kreativ waren.« Sie gab Natalie einen Kuss auf den Mund. »Ich hoffe, das hat dir gezeigt, was ich für dich empfinde. Du bist nicht wie die anderen, Nat. So etwas habe ich noch nie gefühlt.«

Natalie Herz setzte einen Schlag aus. »Noch nie?« Ihre Blicke trafen sich und erneut wallte Verlangen in ihr auf. Verdammt, sie liebte diese Frau so sehr. Alles an ihr.

Ellie schüttelte den Kopf. »Noch nie.«

»Kein Umzug zurück nach London.«

»Ich muss Eis verkaufen. Wenn ich jetzt verschwinde, gibt das einen Aufstand.«

»Das stimmt wohl.«

»Außerdem habe ich die perfekte Freundin, warum sollte ich also weg wollen. Und darüber hinaus komme ich tatsächlich wieder auf den Geschmack von Gin habe und gute Kontakte zur Produzentin. Der Gin hat den Ausschlag gegeben.«

Natalie rollte sich mit einem Kopfschütteln auf Ellie. »Wenn du bleibst, kriegst du so viel Gin, wie du willst.«

»Bekomme ich das schriftlich?«

Natalie öffnete den Reißverschluss von Ellies Jeans. »Du kannst haben, was immer du möchtest.«

Kapitel 38

Das erste Upper Chewford Sommerfestival war unter Dach und Fach, und offiziell von allen zum Erfolg erklärt worden. Als Ellie und Natalie am Montagabend zum Quiz in den Pub gingen, beglückwünschten sie einige Leute zu der guten Arbeit. Josie bestand darauf, dass die erste Runde Getränke aufs Haus ging und erzählte ihnen, dass die Umsätze am Wochenende durch die Decke gegangen waren. Das überraschte Ellie wenig, da die Hundeschau und die letzten Auftritte der Bands im Biergarten des Pubs stattgefunden hatten.

Sie brachte die Getränke zu Natalie, die bereits mit ihrem Vater und Jonathan, Yolanda und Max, sowie Fi und dem frechen Rocky am Tisch saß. Fi unterhielt gerade alle mit einer lustigen Geschichte.

»Was habe ich euch gesagt? Man hat uns beraubt.« Sie nahm Rockys Vorderpfoten in die Hände und ließ es so aussehen, als würde er tanzen. »Wir hätten den Sieg holen müssen, nicht war? Eine Schleife für ›best-erzogener Hund‹ hat er vielleicht nicht verdient, aber sehr wohl für niedlichster Hund. Ich meine, seht ihn euch doch an. Was meinst du dazu, Ellie?«

Ellie lachte. »Vielleicht ›Lautester Hund‹? Sprich mit deiner Cousine hier, vielleicht kann sie nächstes Jahr eine Kategorie schaffen. Hab gehört, dass sie ziemlich viel Einfluss hat.«

Natalie hob abwehrend die Hände und schüttelte den Kopf. »Damit habe ich nichts zu tun. Die Hundeschau wurde von Eugenie und Clive veranstaltet. Könnten wir außerdem bitte nicht über das Festival nächstes Jahr sprechen? Ich erhole mich noch vom letzten. Gebt mir wenigstens eine Woche.«

Fi grinste sie an. »Okay. Ich nerve dich nächsten Montag wieder.«

Yolanda verdrehte die Augen.

»Aber mal im Ernst, ihr habt wirklich ganze Arbeit geleistet«, fuhr Fi fort. »Die letzte Band war der Hammer. Ich habe noch nie erlebt, dass ein ganzes Dorf zusammen singt und unterm Sternenhimmel tanzt.«

Natalie nippte lächelnd an ihrem Gin. »Ich auch nicht. Sogar ihr habt getanzt.« Sie deutete auf ihren Vater und Jonathan.

»Zu viele Leute haben uns dazu gedrängt. Ein Coming-out macht einen zur Lokalprominenz, auch wenn man das gar nicht will«, erwiderte Keith. »Man bekommt viel mehr Aufmerksamkeit, als einem zusteht, nur dafür, wer man ist und in wen man sich verliebt. Außerdem denken die Leute, dass sie ein Recht dazu haben, Fragen über das eigene Leben zu stellen. Die Krönung war wirklich, als Mrs Maynard uns abgepasst hat. Da tanze ich doch lieber, als mich von ihr ausfragen zu lassen, wann ich denn gemerkt habe, dass ich schwul bin.«

»Ich glaube, ich bin gut dabei weggekommen«, fügte Jonathan hinzu und trank einen Schluck von seinem Bier.

»O ja«, stimmte Natalie zu. »Hauptsächlich, weil Mum da war und man lieber sie ausgefragt hat. Ich glaube, sie war froh, dass sie heute Morgen wieder nach Hause fahren konnte.«

»Sie hat es fantastisch gemeistert. Ich weiß schon, warum ich sie geheiratet habe.« Keith drückte Jonathans Arm bei dem letzten Satz, doch Jonathan schien es nichts auszumachen, dass Keith' Ex-Frau zu Besuch gewesen war. Auch er war früher mit einer Frau verheiratet gewesen und hatte einen Sohn, weswegen er das späte Coming-out und die Familienprobleme, die das mit sich brachte, gut nachvollziehen konnte.

Bis jetzt schien es, als hätte Keith sich einen tollen Mann geangelt, und Ellie freute sich wirklich für ihn. Sie war mit ihrer Wahl auch mehr als zufrieden, also war es für sie beide gut gelaufen. Da spielte es auch keine Rolle, dass Keith schon über sechzig war, als er endlich zu sich selbst stehen konnte. Er konnte es inzwischen und schien damit aufzublühen.

Josie klopfte gegen das Mikrofon und die Anwesenden wandten sich ihr zu. »Zwei Pfund pro Person, maximal vier Mitglieder pro Team. Unsere amtierende Quizmasterin Helen hat wieder tolle Fragen für euch vorbereitet. Wie jeden Monat gilt es, eine Oxford-Professorin zu schlagen!« Josie schaut zu ihrem Tisch rüber. »Habt ihr noch Platz für eine Person?«

»Nur, wenn sie gut aussieht«, schoss Fi zurück.

»Hände weg, Hill. Die gehört mir.« Josie zwinkerte Fi zu, bevor sie sich zu Harry umdrehte, die allein an der Bar saß. »Babe, ich hab dir ein Team besorgt. Setz dich zur Hill-Dynastie. Von Fragen zu Alkohol werdet ihr aber ausgeschlossen.«

Ellie griff nach Natalie Hand, während sie Keith und Jonathan hinterherwinkten, die sie an der Brücke zurückließen. *Ihrer Brücke.* Gegenüber der alten Mühle. Dort, wo alles begonnen hatte, in mehr als einer Hinsicht. Sanft drückte sie Natalies Finger, während sie langsam auf den Übergang zu schlenderten. So machte Ellie inzwischen fast alles. Langsam. Inzwischen lebte sie ihr Leben nach ihrem eigenen Rhythmus. Auch die Kopfschmerzen plagten sie dadurch nur noch sehr selten.

Über ihnen erstreckte sich der Nachthimmel in dunklem Blau und die Sterne funkelten wie Feenlichter. Die Luft fühlte sich immer noch warm auf der Haut an. Neben ihnen floss der Ale beinahe lautlos entlang und das Ufer war bis auf zwei Frauen auf der gegenüberliegenden Seite menschenleer.

»Der erste Abend mit deinem schwulen Vater und Jonathan. Wie war es für dich?«

Natalie stieß einen Atmenzug aus und schüttelte den Kopf. »Es war nicht komisch, was wiederum komisch ist. Es fühlte sich an, als hätte es immer so sein sollen. Er hat so viele Jahre verschwendet, aber wenigstens hat er jetzt jemanden gefunden. Es ist, als wäre alle Anspannung aus seinem Körper gewichen und er kann endlich wieder atmen. Was bedeutet, dass ich wieder atmen kann. Er hat alles an mich weitergegeben und ich habe nie verstanden, warum.«

»Aber das tust du jetzt.« Ellie kickte ein Steinchen vor sich her.

»Ja, das tue ich.«

Ein flackerndes Licht durchbrach die nächtliche Ruhe. Ellie drehte sich um und kniff die Augen zusammen, um besser sehen zu können, als es immer näher kam. War das ein Fahrrad? Das surrende Geräusch, das zunehmend lauter wurde, deutete darauf hin. »Hey, passen Sie auf!«

Auf einmal quietschten Reifen und Natalie und sie machten einen Satz nach hinten. Ellie streckte eine Hand aus, um irgendwo Halt zu finden, und machte einen Schritt nach hinten, was sie gefährlich nahe an die Kante brachte.

Panik schoss in ihr hoch. Das konnte doch nicht schon wieder passieren. Ihr wurde schwindelig, und sie taumelte weiter nach hinten. Aber sie fiel nicht.

Stattdessen griff eine Hand nach ihr und zog sie zurück. Und wer stand hinter ihr, ganz wörtlich? Natalie. Ihre einssechzig große Wonderwoman.

Dass Nat immer für sie da war, daran musste Ellie sich erst noch gewöhnen.

Sie hielten sich aneinander fest und Natalie gab ihr einen Kuss auf den Oberarm. »Alles okay?«

Einen Moment lange musste sich Ellie aufs Atmen konzentrieren und konnte deswegen nicht sprechen. »Ich werd's überleben.«

Der Radfahrer war längst verschwunden.

»Verdammte Touristen und ihre Fahrräder.«

Natalie lachte. »Vielleicht sollten wir der Brücke in Zukunft fernbleiben. Möglicherweise ist das kein gutes Omen für uns.«

Ellie stützte sich einen Augenblick lang mit den Händen auf den Oberschenkeln ab. »Da bin ich anderer Meinung.« Sie richtete sich wieder auf. »Die Brücke hat uns einander vorgestellt und hier haben wir uns zum ersten Mal geküsst. Sie ist mit unserer Geschichte verbunden, das ist unsere Brücke.«

»Unsere Brücke. Das klingt schön. Selbst wenn man beim Überqueren mit seinem Leben spielt.«

Natalie verstummte, als Ellie ihr Gesicht mit beiden Händen umfasste und ihre Lippen mit den eigenen suchte. »Du bist fantastisch, weißt du das?« Als sie sich wieder zurückzog, funkelte es in Natalies Augen wie die Sterne über ihnen. »Um die Brücke für uns zu gewinnen, müssen wir öfter drübergehen und uns hier küssen. Einverstanden?«

Natalie grinste. »Du verhandelst ganz schön hart.«

»Wir fangen gleich morgen damit an. Ich will joggen gehen und da du heute Nacht in meinem Bett schläfst, kannst du auch aufstehen und mitkommen. Was hältst du davon?«

»Das kommt drauf an, wie lange du mich heute noch wach hältst. Wenn du all meine Energie verbrauchst, kann ich nichts versprechen.«

Ellie gab ihr noch einen Kuss und zog sie dann mit sich in Richtung Heimat. »Ich würde gerne noch was mit dir zusammen machen. Abgesehen von Joggen und Sex.« Sie warf Natalie einen Seitenblick zu. »Jetzt, wo das Festival vorbei ist und wie ein bisschen mehr Zeit haben, würdest du diese Woche mit mir ein Sofa kaufen gehen?«

Natalie lächelte und küsste Ellies Hand. »Sehr gerne.«

Ellie atmete die frische Chewforder Luft tief ein, bevor sie Natalies Hand drückte. »Gut«, erwiderte sie. Ihr Herz raste wie verrückt.

Eine Weile gingen sie schweigend weiter und nur ihre leisen Schritte auf dem Gehweg durchbrachen die Stille. »Habe ich dir in letzter Zeit gesagt, dass ich dich liebe?«

Ellies Herz geriet erneut ins Stolpern. »Heute Morgen. Aber ich höre es gerne noch mal.« Ihr Lächeln war auch in ihrer Stimme unüberhörbar.

Natalie knuffte sie mit dem Ellenbogen in die Seite. »Wer hätte gedacht, dass ich mich in eine Großstädterin verliebe?«

»Oder dass sie eine Eissorte nach dir benennt. Bist du bereit für Popcorn Hill?«

»Was, wenn ich irgendwann keine Lust mehr darauf habe?«

»Wird nicht passieren.«

»Dann ja. Solange du es ausgibst. Manchmal auch nackt, hoffe ich.«

»Das lässt sich sicher einrichten.« Ellie gab ihr einen Kuss auf die Wange.

»Dann bin ich für alles zu haben. Wegen dir, aber vor allem für das Eis.«

»Ich hatte gehofft, dass du das sagst.«

Ebenfalls im Ylva Verlag erschienen

www.ylva-verlag.de

Bevor du sagst »Ich will«

Clare Lydon

ISBN: 978-3-96324-449-0
Umfang: 213 Seiten (73.000 Wörter)

Abby Porter hat einen tollen Job und mit Marcus Montgomery den perfekten Verlobten. Als er merkt, dass Abby bei den Hochzeitsvorbereitungen unter Stress gerät, engagiert er eine professionelle Brautjungfer zu ihrer Unterstützung – nicht ahnend, was er damit anrichtet.

Eine bezaubernde Liebesgeschichte über die alles entscheidende Frage: Willst du diesen Mann heiraten? Oder lieber deine Brautjungfer?

Eine Nacht zum Verlieben

Clare Ashton

ISBN: 978-3-96324-324-0
Umfang: 182 Seiten (61.000 Wörter)

Liebe oder Reichtum? Dem Kopf oder dem Herzen folgen?

Pia und Cate kommen definitiv aus zwei unterschiedlichen Welten. Eine hoffnungslose Romantikerin und eine elegante Materialistin. Mithilfe einer verführerischen Sommernacht will Pia ihre neue Freundin verzaubern und ihr zeigen, dass ein perfektes Date nicht teuer sein muss. Ob ihr das gelingt?

Die Liebe wagen

A.L. Brooks

ISBN: 978-3-96324-473-5
Umfang: 285 Seiten (91.000 Wörter)

Carmen Lyttleton, erfolgreiche Inhaberin einer Talentagentur, hat nicht viel Zeit für Männer übrig. Als sie ihre beste Freundin in das Tätowierstudio von Ash Taylor begleitet, stellt sie erstaunt fest, wie beeindruckend sie nicht nur Ashs Kunst, sondern auch die Frau findet. Nach und nach wird die Anziehungskraft zwischen beiden immer stärker.

Fertig mit der Liebe?

L.T. Smith

ISBN: 978-3-96324-489-6
Umfang: 168 Seiten (44.000 Wörter)

Ellie Anderson ist fertig mit der Liebe. Erst sind alle Beziehungen gescheitert, dann starb auch noch ihr geliebter Hund. Nun lebt sie ganz für ihre Arbeit. Da trifft sie im Tierheim auf Charlie, einen wunderschönen, braunäugigen Terrier. Es ist Liebe auf den ersten Blick. Leider gibt es eine Rivalin, die ebenfalls den Hund adoptieren möchte, und selbst so verführerische braune Augen hat.

Über Clare Lydon

Ihren ersten Roman schrieb Clare Lydon bereits in der Grundschule und bekam dafür 9.5 von 10 Punkten. Bis heute weiß sie nicht, aus welchem Grund ihr dieser halbe Punkt abgezogen wurde. Zu wenige Lesben vielleicht? Das kann man ihr heutzutage natürlich nicht mehr vorwerfen.

Clares Sternzeichen ist Jungfrau. Sie ist ein großer Fußballfan, gilt als Königin des Karaoke und liebt Curly Wurlys über alles. Außerdem hatte sie noch nie eine Katze und ergreift vor sämtlichen Heimwerkertätigkeiten schreiend die Flucht. Derzeit lebt sie mit ihrer Frau in London.

Bibliografische Information der Deutschen Bibliothek
Die Deutsche Bibliothek verzeichnet diese Publikation in der Deutschen Nationalbibliografie; detaillierte bibliografische Daten sind im Internet über www.dnb.de abrufbar.

1. Auflage
Taschenbuchausgabe Juni 2021 bei Ylva Verlag, e.Kfr.

ISBN: 978-3-96324-514-5

Dieser Titel ist als Taschenbuch und E-Book erschienen.

Übersetzung: Stefanie Kersten
Lektorat: Katrin Hockert
Korrektorat: Jenny Spanier
Coverdesign: Caroline Manchoulas

Kontakt:
Ylva Verlag, e.Kfr.
Inhaberin: Astrid Ohletz
Am Kirschgarten 2
65830 Kriftel
Tel: 06192/9615540
Fax: 06192/8076010
www.ylva-verlag.de
info@ylva-verlag.de
Amtsgericht Frankfurt am Main HRA 46713